半嘉集

张传敏 著

本书出版受到重庆市人文社科重点研究基地项目资助

四川出版集团

巴蜀书社

图书在版编目(CIP)数据

半蠹集 / 张传敏著. —成都:巴蜀书社,2011.11
ISBN 978-7-80752-923-1

Ⅰ.①半… Ⅱ.①张… Ⅲ.①中国文学－现代文学史－文集
Ⅳ.①I209.6-53

中国版本图书馆 CIP 数据核字(2011)第 219751 号

半蠹集 张传敏 著

责任编辑	潘伟娜
封面设计	张 科
出　　版	四川出版集团巴蜀书社
	成都市槐树街2号　邮编 610031
	总编室电话:(028)86259397
网　　址	www.bsbook.com
发　　行	巴蜀书社
	发行科电话:(028)86259422　86259423
经　　销	新华书店
印　　刷	成都翔川印务有限责任公司
版　　次	2011 年 12 月第 1 版
印　　次	2011 年 12 月第 1 次印刷
成品尺寸	210mm×148mm
印　　张	9.375
字　　数	230 千
书　　号	ISBN 978-7-80752-923-1
定　　价	20.00 元

本书若有印装质量问题,请与工厂调换

天才来自勤奋,聪明由于积累
——序张传敏《半蠹集》
吕　进

传敏的《半蠹集》即将由我家乡的巴蜀书社出版,我是很高兴的。《半蠹集》收集了作者十几年来的部分学术收获,主要的涵盖面就是学科史、左翼文学研究和七月诗派研究这三个传敏用力最多的领域。这不仅是作者对既往的检阅,也给我们提供了可靠的从事学术研究的参考系数。

学人重"史",文学亦然。传敏的主攻方向是学科史。中国现代文学史研究似乎有两个阶段:起步于上个世纪30年代初期的"新文学史"研究和起步于1949年以后的"现代文学史"研究。我特别看重传敏的《民国时期的大学新文学课程研究》一书,它可以说是新文学史和现代文学史的考古学式的史前研究,为学科的历史轨迹提供了某些依据。我觉得这部书有着特别的价值。翻阅这部著作,给人一种厚重的感觉。在当前学风蒙尘、学术失范、学者蒙羞的世风之下,这样的成果令人感动。传敏从学制变迁与"新""旧"话题、"新"派人物与新文学课程、新文学讲义和校园刊物与课程语境四个视角基本再现了民国时期大学新文学课程的历史概貌。附录的北大、清华、青岛大学、武大、西南联大5所学校的民国时期大学课程表、考试时间表、学程说明书，都说明作者下笔的严肃和治学的严谨。没有花哨，没有想当然，筚路蓝缕，数年的艰辛如鱼饮水，冷暖自知。传敏在七月诗派研究和左翼文学研究上也用功不少。在这些领域，他仍然发挥了他的"无一字无来历"的学风，不尚空谈。在青年学者群里，传敏这种学风多么令人欣慰。做学问最怕的就是飘忽。传敏让我想起郭沫若当年说的一句话："天才来自勤奋，聪明由于积累。"

龚自珍有诗云："季方玉粹元方死，握手城东问蠹鱼。""半蠹"是自谦。其实传敏学养是深厚的，他在中国社科院和南京大学先后攻硕和攻博的时候，显然是位好学生，在那里奠定了此后发展的学术基石。传敏风趣幽默，多才多艺，能诗能唱，打球也是好手。2006年7月从山东聊城大学调来新诗研究所以后，给大家留下了好印象。在调动过程里，新诗研究所给我的邮箱里发来几次关于他的材料，我因为忙，没有细看，只看了他的科研成果，觉得是可以调来的。2006年下半年，一次所里开会，大家指着一位帅哥给我介绍说："张传敏！"我大惊，从姓名看，我还一直以为他是一位女博士呢。

传敏是山东临清人。许是从孔子的家乡走来，对待长辈，他特别讲究礼数。每逢过年过节，他是一定要到我的家里坐坐的，不管我是在北碚还是在重庆。临清这座城市对于我并不陌生，研究臧克家时我就注意到它了。臧克家在抗战前的几年都在临清中学任教，这时他刚刚以第一部诗集《烙印》成名不久，在临清出版了诗集《运河》、长诗《自己的写照》等。山东诸城人臧克家是新诗研究所的顾问教授，现在，山东临清又走来了张传敏。山东真亲切啊！

是为序。

目 录

序 ·· 吕　进　1

"化大众"与"大众化"
　　——对左翼文艺大众化运动中知识分子双重身份的考察 ······ 1
　一、引论：对左翼文艺大众化讨论研究状况的简略回顾 ······ 1
　二、意识形态革命 ·· 17
　三、"化大众"与"大众化" ································ 41
　四、回归与构想 ·· 67
　五、余波和结语 ·· 81

中国现代文学走向左翼现实主义的内在逻辑
　　——论新浪漫主义、自然主义和左翼现实主义的深层精神
　　　关联 ·· 97

中国左翼现实主义观念之发生 ·································· 108

论郭沫若的文艺大众化思想及其知识分子立场 ·················· 122

晚清学制改革中的白话与文学 ·································· 131
　一、晚清新学制和"五四"新文学之间的关联 ················ 131
　二、晚清学制中的白话 ···································· 138

  三、晚清学制中的文学观念……………………………… 143
中国现代文学学科之发端……………………………………… 149
民国时期的大学新文学课程…………………………………… 166
新文学如何走进大学课堂……………………………………… 182
  一、新知识与新权力……………………………………… 183
  二、禁忌与规训…………………………………………… 189
  三、权力之外：个性与思路……………………………… 192
近现代文学的进化立场………………………………………… 198
  一、旧文学的"新花样"——晚清的文学进化观………… 199
  二、西方、白话、写实主义："五四"文学进化论（上）
    ………………………………………………………… 209
  三、分歧与反诘："五四"文学进化论（下）…………… 218
  四、批判与继承：左翼文学的"进化——革命"说……… 226
抗战时期七月诗派的重庆经验………………………………… 235
胡风的"沉重"与七月派的裂痕
  ——由胡风的一封信谈起…………………………………… 246
谁为"七月派"………………………………………………… 272
跋………………………………………………………………… 295

"化大众"与"大众化"
——对左翼文艺大众化运动中知识分子双重身份的考察

一、引论：对左翼文艺大众化讨论
研究状况的简略回顾

（一）

文艺大众化是左翼文学的理论核心之一，也是中国现代文学始终关注的问题。在中国现代文学史上，"左联"曾经在1930年、1932年和1934年，进行过三次关于文艺大众化问题的讨论，1939年抗战期间的民族形式论争可以看作是左翼文艺大众化讨论的继续。因为文艺大众化运动在现代文学史上占据的突出位置，多年来学术界对于文艺大众化讨论也进行了广泛而深入的研究。研究大致上可以分为三个阶段。

1. 自"左联"解散后至 1942 年毛泽东的《在延安文艺座谈会上的讲话》发表为止为第一阶段

这一阶段的"研究者"都曾经亲身经历过左翼的文艺大众化讨论，他们对于这次讨论主要进行的是历史回顾。作为亲历者，他们大都充分肯定了左翼文艺大众化讨论的积极意义，但对这一文学史事件缺乏富有理论深度的探讨。此时期的"研究"其实也可以看作是前一时期左翼文艺大众化讨论的继续。

首先对左翼文艺大众化问题作出反应的是李何林，他对左翼文艺大众化的观点主要来自瞿秋白。李何林在《近二十年中国文艺思潮论（1917—1937）》[①]中认为，系统提出"大众文艺的问题"的是瞿秋白和茅盾；问题的中心则是"大众文艺用什么话写"，要彻底解决问题，则必须再来一次"新的文学革命"运动。

原"左联"成员周文于抗战初期到延安，并以主要精力致力于文学、文化的大众化建设，他的《大众化运动历史的鸟瞰》[②]中不仅提供了丰富史料，而且对于大众化也做出了自己独到的解释。他认为，"大众化"的中心意义和努力的方向就在于：一方面艺术应该以大众的意志为意志，也就是应该把大众的世界观和世界感作为自己的东西，去吸取现实，表现现实；另一方面，艺术又是要为大众所懂得的东西，并且还要去唤醒大众艺术家，使这些艺术家发展。他还把文艺大众化的意义延伸到文化的范畴。在他看来，从文艺大众化开始，就已推广到艺术的各个部门，如音乐、木刻、绘画等，现在要更进一步推广到文化的各个部门，如哲学、社会科学、自然科学等等。就问题说，大众化已从内容到形式、技术语言，一

[①] 1939 年生活书店出版。
[②] 参看《周文选集》下册，四川人民出版社 1980 年版。

直到文字的改革，一天一天在深入。像艾思奇的大众哲学，顾均正、高士奇、董纯才等人的自然科学小品，刘薰宇、庶谦、廖甲等的通俗数学讲话等等，都是例子。而把政治问题大众化的，则有邹韬奋等的《大众生活》、柳湜等的《读书生活》。教育大众化的则有陶行知等所提倡的生活教育。周文还指出，如果说抗战前是大众化的论争阶段、实验阶段，那么抗战开始后就是实施阶段。

2. 《在延安文艺座谈会上的讲话》（以下简称《讲话》）发表至1976年粉碎"四人帮"为止为第二阶段

在《讲话》中，毛泽东以党的领袖的身份为文艺大众化讨论作了结论：文艺必须为工农兵服务，文艺大众化就是"我们的文艺工作者的思想感情和工农兵大众的思想感情打成一片。而要打成一片，就应当认真学习群众的语言"。要达到这一点，就必须进行思想改造，要把灵魂深处的小资产阶级思想清除出去，达到由一个阶级向另一个阶级的转变："我们的文艺工作者一定要完成这个任务，一定要把立足点移过来，一定要在深入工农兵群众、深入实际斗争的过程中，在学习马克思主义和学习社会的过程中，逐渐地移过来，移到工农兵这方面来，移到无产阶级这方面来。只有这样，我们才能有真正为工农兵的文艺，真正的无产阶级的文艺。"①

这一阶段的研究者都自觉地以毛泽东的《讲话》作为理论准绳。和前一时期相比，本时期的研究不再仅仅是从史的角度对文艺大众化做简单的回顾，而是把它上升到政治的高度。在政治标准下，研究者对于文艺大众化运动在肯定其方向的正确性，肯定知识分子与大众结合的主导趋势的同时，也提出了它的缺陷和不足。研

---

① 毛泽东：《在延安文艺座谈会上的讲话》，《毛泽东选集》第3卷，人民出版社1991年第2版。

究者对大众化所存在问题的一个共同认识就是：这场运动仍然不是和大众完全结合的，主要原因就在于知识分子没有完成思想改造的任务，以致没能和大众真正地结合起来，文艺大众化运动中还存在着"化大众"的倾向，要完成"大众化"的工作，最根本的途径在于知识分子思想感情的彻底转变。这一时期的研究可以称为政治化的研究。

时在延安的周扬，在《讲话》发表后为《马克思主义与文艺》一书所写的序言中对毛泽东的理论进行了阐述。他认为《讲话》的中心思想是"文艺从群众中来，必须到群众中去"，而"他（毛泽东）的更大的贡献是在最正确最完全地解决了文艺如何到群众中去的问题"。从文学史看，革命文艺一开始的时候就提出了大众化的口号。经过了将近十年的文艺大众化运动，收获不是完全没有，却始终没有得到应有的成绩。要完全彻底地解决大众化问题，当然是不可能的，因为当时缺乏解决的政治条件，但是我们之所以不能做得更好，主观指导上也有错误。这"错误"就是：我们把"大众化"简单地看作就是创造大众能懂的作品，以为大众化只是一个语言文字的形式问题，而不知道更重要更根本的是思想情绪的内容的问题。初期的革命文学者是自以为已经获得"无产阶级的意识"。那时所理解的"大众化"就是将这"无产阶级意识"用大众容易接受的形式灌输给大众，为的是去改造大众的意识。我们常常讲改造大众的意识，却没有提出过改造自己的意识，我们从没有想到或很少想到过向大众学习。因此，只有毛泽东的大众化，"就是文艺工作者自己的思想情绪与工农兵大众的思想情绪打成一片"这个定义才是"最正确的"[①]。

---

① 参看《周扬文集》第1卷，人民文学出版社1984年版。

20世纪40年代，在重庆的冯雪峰也认为《讲话》彻底解决了大众化的问题。他把《讲话》的精神归结为以下几点：（1）作家的立场应该明白地确定，他到底为什么人而写作。应该站在工农兵大众的立场，为工农兵大众的利益和要求而写作。这必须以作家的艺术工作来表现，同时政治的要求决定艺术的要求。（2）作家应该参加工农兵工作，和大众一起生活，一起战斗，使自己的思想、感情、语言及一切生活的习惯，在互相影响与提高之下，缩短以至消灭和大众之间的距离。（3）既然为工农兵写作，则普及是最首要的：大众化的过程必须首先在普及的基础上提高。普及是大众的首要要求，而且在普及基础上的提高也是大众的要求，这是大众化的切实的途径。大众化的路线是民主主义的革命现实主义文艺运动的总路线、创作的总方向，而不应该仅仅是通俗化，或者将大众化仅仅看作小型文艺的创作或旧大众文艺的改造。这些错误到《讲话》为止都"已经由全般的统一的要求所克服"。

冯雪峰还把它和"五四"文学联系了起来，他认为《阿Q正传》是典型的大众文艺，不过"左联"成立之前的"大众文艺"只限于"通俗文艺"的写作意义上，并没有将大众化作为无产阶级文学运动的根本方向来看。只有在"左联"成立之后，才将革命文学的口号改为更鲜明的无产阶级革命文学运动，这才有正式的无产阶级文学运动，而"大众化"也作为无产阶级文学运动之基本的路线和创作的方向被提出了。他认为，"大众化"在当时是"工农阶级化"的意思。因此，它所包含的要求和任务是：第一，将提高大众的文化水平，经由革命文艺和文化的大众启蒙运动去协助政治上组织大众的工作，作为文艺运动本身的重要任务之一。第二，作家实际生活的无产阶级化。第三，先从事以大众的生活和斗争为主要题材的大众能理解的大众作品的创作，然后达到全般的无产阶级文艺的建立。第四，从读书会、工厂壁报与通信员的工作中培养工农作家。1934年的中国语文改革和"大众语"运动，使人们对文艺大众化问题有了更深入的认识。可以说，语文改革和大众语运动是"左联"所领导的大众化运动的一个大发展[①]。

1949年中华人民共和国成立后，随着政治环境的改变，对于文艺大众化讨论的研究更加富有政治色彩。丁易在为自己编选的《大众文艺论集》（增订本）的代序言《一九三〇年至三二年关于大众文艺的讨论》[②]中认为，"左联"成立之后正式提出文艺大众化的问题，遵循的是列宁关于"文艺必须为劳动大众"的光辉原则。他还将1930—1932年的文艺大众化讨论的情况概括为七点：（1）确定了文艺大众化的政治任务，并建立了工人读书会及工人通讯员的组织，但是由于反动统治者的破坏和屠杀，这一工作并没有很好地展开。（2）提出了作家一定要向群众学习，实际生活一定要大众化，在这样的基础上才能写出大众文艺。这些当时也都有过实践，作品中也有了大众生活的反映，但作家自身的小资产阶级思想改造问题并没有被当作重要的课题提出，于是所谓"向群众学习"、"生活大众化"，就显得有些抽象，没有充实丰富的内容。（3）旧形式的批判的利用作为大众文艺的形式问题的解决途径，是被肯定了。但也只是提出了、最多也只是开展了这一问题的讨论，并没有很好地解决这一问题。（4）国际普罗文学新的大众形式，如报告文学、朗诵诗、街头剧等，开始被介绍了，而且在创作实践方面也有了一定的成绩，带来了形式上若干新的趋向，后来得到高度的发展。（5）提出了大众语言的问题，而且重视了这一问题。从这以后有一

[①] 冯雪峰：《论民主革命的文艺运动》，重庆作家书屋1946年版。
[②] 北京师范大学出版部1951年7月出版。

些作家们在创作方面有了实践，也有一定成绩。（6）普及与提高的问题虽然初步提出了，但却没有进一步地将这一问题彻底地从创作理论上和实践上予以解决。（7）提出了要从读书会、工人夜校与通讯员的工作中培养工农作家。

刘绶松在《中国新文学史初稿》①中指出："五四时期的白话文的提倡，在实质上就反映了中国广大人民对于文学艺术的共同要求，是中国文艺大众化运动的一个最初的起点。因为伴随着中国革命形势的扩展、深入，伴随着中国工农群众革命意识的迅速觉醒，同时也伴随着革命文学运动的方向和道路的日益明确，文艺大众化运动的要求也一天比一天迫切和普遍起来。……革命文学必须反映工农群众的思想和要求，它必须具有比较通俗的形式和为工农所容易了解的语言，然后才有可能普及到工农群众中去。"他同时认为，瞿秋白的《大众文艺的问题》一文，清楚地阐释了"大众文艺应当写什么东西"。尽管瞿秋白的文章存在着对于"五四"和"白话文"评价过低的缺陷，但他关于文艺大众化，关于文学语言等问题的意见，基本上是马克思主义的，是和毛泽东的指示相一致的。

为纪念中国左翼作家联盟成立30周年，南京大学中文系集体编写的《左联时期无产阶级革命文学》一书中，有叶楠、刘文忠、董健撰写的《左联时期文艺大众化运动的历史意义》一文②。

"左联"时期文艺大众化运动总的方向基本上是正确的。具体说来，"左联"时期的文艺大众化运动发挥了无产阶级革命文学的战斗性，它和当时的革命战争，在总方向上是一致的。这一运动在关于文艺和大众这一问题的理论探讨上，提出了许多正确的看法，

---

① 作家出版社1956年版。
② 参看《左联时期无产阶级革命文学》，江苏文艺出版社1960年版。

对中国无产阶级文艺革命文艺的理论建设有一定的贡献。这一运动在创作上也有很大的成绩，是我国的大众文艺创作的开端。这一运动本身也表明了中国革命文艺的深入发展，它标志着中国革命文艺已经不是1923年那样的理论倡导时期，也不是1928年左右少数革命知识分子空谈革命文学运动的时期，而是进入了一个深入的发展和争取广大革命群众，力求与大众结合的时期。"左联"领导的关于文艺大众化问题的讨论，可以说是延安文艺座谈会之前的一次关于文艺和大众问题的重要讨论。文章还说："左联"时期的文艺大众化运动是紧密配合当时白区党所领导的革命斗争的，它体现了党对文艺的领导和革命对文艺的要求。大众化就是为了使革命文艺迅速深入大众，宣传革命斗争。

在"大跃进"年代，由复旦大学中文系1957级文学组的学生集体编著的《中国现代文艺思想斗争史》[①] 中，文艺大众化问题专门占了一章。在该书第二编第七章"文艺大众化运动和大众语运动"中这样写道："文艺大众化运动的主要目的是要解决革命文艺怎样为劳动人民服务和怎样才能成为劳动人民的文艺的问题，因此，它是革命文艺的根本问题。'左联'时期波澜壮阔的文艺大众化运动，是由中国革命的要求和革命文学本身发展的要求所决定的，是历史发展的必然趋向。"文章接着说："革命文艺发展到左联成立时，还并不是大众化的，还并不能很好的为大众所理解所爱好，欧化的倾向还十分严重，也就是说，革命文艺还不能很好的为工农兵服务，不能很好的为无产阶级的革命服务，不能很好的宣传党的政治口号和组织群众配合革命斗争的作用。而反动的'大众文艺'，地主阶级的所谓通俗文艺，却在工农大众中继续流毒，毒害

---

① 上海文艺出版社1960年版。

着广大群众。作为革命文学中心组织的左联,必须改变这种情况,必须负担起把文艺交还给工农大众的重任,也就是说,必须贯彻党的文艺路线。因而,一个气势磅礴的文艺大众化运动就蓬蓬勃勃地开展起来了。"

在谈及文艺大众化运动的意义和影响时,该书说:"文艺大众化运动和大众语运动,是新文学史上两大重要的文学革命运动,对新文学的发展、中国化的马克思列宁主义文艺理论的建设,以及对于文艺的工农兵方向的建立等等方面都有着十分重要的作用。这两大运动的胜利是马克思列宁主义文艺理论的胜利,是党的文艺路线的胜利。这些胜利的取得,最根本的原因,是党的正确领导和革命文学工作者的英勇奋斗与艰苦劳动。党始终坚强地领导着左联,领导着这两大运动的开展,给运动指明方向,做出具体指示并采取种种措施,使运动后浪推前浪、一浪高一浪地胜利发展。革命文学工作者则在党的领导下,进行了艰巨的斗争。"

这两大运动的成就就在于,首先,紧紧配合政治斗争,是反对国民党文化"围剿"的重要组成部分。第二,大力宣传了马克思列宁主义。第三,提出了作家必须向工农兵学习、必须无产阶级化的问题等等。

唐弢主编的《中国现代文学史》第二卷于1979年11月由人民文学出版社出版。因为本书实际写成于60年代上半期,出版时仅对个别突出的政治问题作了修改,所以,仍然可以把它对于文艺大众化运动的研究归入这一阶段。因为它曾经长期作为高校文科教材,所以影响是不可低估的。在书中对有关文艺大众化问题的论述是这样的:"革命作家在对反动文艺思想的斗争中,坚定地捍卫了文艺为革命的政治服务的方向。而要在实践中贯彻这一方向,必须使创作和群众运动结合起来,真正为群众服务,成为群众自己的文学,这同样是一个严重的战斗任务。因此,在第二次国内革命战争时期,革命作家间展开了前后将近十年,几乎贯穿这一历史时期的关于文艺大众化问题的讨论,同时还在创作实践中作了初步的尝试。促进文艺大众化,成为当时整个无产阶级革命文学运动的一个重要内容,也是无产阶级革命文学运动有别于初期的新文学运动的一个重要标志。"具体地说,1930年的第一次讨论集中在如何写出能使大众理解——看得懂的作品,当时,通俗化被理解为是实现大众化的关键。1931年冬开始的第二次讨论,以"左联"的决定和口号作为它的纲领:一是扩大了文艺大众化所需要解决的问题的范围,二是强调了它在整个革命文学建设中的意义。在这以后,革命作家还就文艺大众化的几个重要问题,如旧形式、大众语、通俗化等,分别作了进一步的探讨。总之,从20年代末到30年代中期,革命作家提出了文艺大众化的口号,并且作了反复的讨论和实践。这说明他们不仅在理论上认识到文学与群众结合的重大意义,而且开始在实际行动中正视和力图解决革命文艺脱离群众的尖锐问题。通过这一运动,对"五四"文学革命以来的"欧化"倾向及其在无产阶级文学运动初期的"左"的发展有所警惕和批评;对一向受到排斥和轻视的传统文学形式,开始注意批判地继承,加以采用;对"五四"以来的白话文学和工农群众脱节的现象,也有所认识,提倡学习人民的口头语言以创造新的文学语言。以上各点,都有助于缩短文学和群众的距离。此外,对于文学的新旧形式的关系,对于文学语言和人民口头语言的关系等问题,在理论上也做了有益的探索。这些都是文艺大众化运动的重要收获,对于革命文学为群众服务起了积极的推动作用。

对文艺大众化运动的局限性,书中认为:首先是大多数作家把大众化主要理解为文学形式的通俗化,即便触及到作品内容和作家生活，也偏重于观察体验工农生活，学习他们的语言等，而没有自觉意识到还有改造思想感情的必要。在他们那里，大众化被理解为化大众，因而需要注意的也主要是形式的通俗化。其次，还有一部分作家轻视文艺普及工作，缺少创作通俗化作品的热情，长期存在"只有人在叫，没有人去干"的现象，无法把一些积极的主张贯彻到创作实践中去。

另外，在本阶段，香港新文学史家司马长风在其《中国新文学史》（中卷）① 中认定，大众文艺只是左翼作家推行普罗文学的一个步骤。因为"五四"以来的新文学太欧化，非一般大众所能接受，如瞿秋白所言，那是"非驴非马的骡子话写的"，既然当时的白话文这样难懂，要使大众读得懂中国共产党的宣传文字，就必须另造一种浅易的文体，这就是大众文艺。至于 1934 年的大众语和汉字拉丁化讨论，那只是大众文艺运动的一个波澜，实际与新文学运动不相干。

3. 自粉碎"四人帮"之后的 80 年代开始为第三阶段

因为这一时期相对宽松的政治氛围，使得文艺大众化研究逐渐从单纯的政治视野中走了出来，研究者的思路更宽广，论述更加全面，从而把文艺大众化研究这一课题推向了一个新的高度。中国现代文学研究的奠基人之一王瑶在纪念"左联"成立 50 周年的论文《三十年代的文艺大众化运动》② 中对于这一问题进行了全面的回顾。在他看来，"左联"始终是把大众化作为文艺运动的中心的。1930 年的讨论，把为大众所理解和爱好作为文艺运动和创作的主要目标，这在新文学史上是迈出了新的步伐的。30 年代的文艺大

---

① 香港昭明出版社 1976 年版。
② 《文艺报》1980 年第 3 期。

众化运动不仅在扩大马克思主义文艺思想的阵地、形成一支努力为人民群众服务的文艺队伍方面有了很大的成就，而且总的来说，它还促使创作的内容和风貌较之"五四"时期与群众有了更加密切的联系。

在谈到文艺大众化运动所存在的不足时，王瑶说，由于它是在国民党反动派的白色恐怖之下进行的，文艺工作者被剥夺了深入群众和发表言论的自由，同时无产阶级革命文艺运动尚处于缺乏经验的开始阶段，理论上又受到一些"左"的干扰，因而发生一些错误是很难避免的——例如瞿秋白要求"脱弃'五四'的衣衫"以及把"五四"新文学称为非驴非马的"骡子文学"等论点，就显然是不正确的。但如果我们历史地从当时的具体环境和社会影响来考察，则如前所述，那成就和贡献显然是不容低估的。事物总有一个发展的过程，左翼文艺大众化运动也只有在文艺和人民群众相结合的进展道路上来考察，才符合历史的实际。它上承"五四"文学革命和白话文运动，以后又发展为抗战时期的通俗文艺的创作和关于民族形式的讨论，都是沿着努力追求使文艺更好地为人民服务这一线索向前发展的，这是一个宝贵的传统，它深刻地显示了现代文学与人民群众的联系。针对有些研究者片面地用《讲话》精神对"左联"时期文艺大众化运动进行批评的做法，王瑶指出，毛泽东的《讲话》是在人民已经建立了自己的革命根据地和民主政权的情况下发表的。如《讲话》所说，那里已经不存在"把工农兵和革命文艺互相隔绝"的状况，已经和30年代的国民党统治区属于"两个历史时代"，因而革命文艺运动所面临的问题和所要解决的途径都与以前大不相同了。这说明文艺又向前发展了一步，怎么可以由此来否定过去艰苦地战斗过来的历程和贡献呢！而且，毛泽东也没有否定过去的意思。因此，"绝不能用《讲话》来贬低三十年代文艺大众化运动的功绩"。他同时认为,即使"化大众"这个提法,也并不像有些人所讲的那样"罪孽深重":如果承认文艺对群众有宣传教育和认识生活的作用,那么文艺工作者努力追求用革命的思想内容来为人民群众服务的方法和途径又有什么不对呢?至于谈到作家自己思想感情的改造,那也只能要求在革命实践(包括创作实践)中去解决,而不能要求先彻底改造好了再开始工作。

上世纪八九十年代的一大批现代文学史及其他现代文学专著,在论述30年代文艺大众化运动时不是完全从政治标准出发,而是强调它体现出的文学"形式"的意义,这是一种新视角。钱理群等人的《中国现代文学三十年》①中说,"左联"明确规定"文学的大众化"是建设无产阶级革命文学的"第一个重大问题",但是在无产阶级及人民大众没有掌握政权的30年代,只是"使大众能鉴赏文艺的时代的准备"。因此,现代文学第二个10年关于文艺大众化的理论探讨与艺术试验的实际收获,只能集中于"文学形式"问题。"五四"文学革命曾着重于自觉吸收与借鉴西方外来形式,冲破中国传统文学旧形式的束缚,以实现文学形式的现代化,对民族形式的继承大多是一种自然流露。30年代大众化的讨论,首先提出的是为大众所熟悉的旧形式(包括民间文学形式)的"采取",对民族文化传统"弃去蹄毛,留其精华"的批判继承,在"旧形式的蜕变"中探求现代文学新的民族形式,以克服"五四"新文学中所存在的脱离群众的"欧化"倾向,这是中国新文学在建构自己的现代形态方面所作的又一次深入的探求。

魏绍馨在他著的《中国现代文学思潮史》②中比较了瞿秋白和

---

① 上海文艺出版社1987年版。
② 浙江大学出版社1988年版。

冯雪峰之间文艺大众化思想的异同。他认为，瞿秋白所说的文艺大众化包括两方面的意义：一方面是使革命文艺大众化，另一方面是发动群众创造自己的革命文艺。瞿秋白提出的革命作家应该向群众学习，和鲁迅同时提出的革命作家要以"为工农大众的目的"去"和实际的革命斗争接触"，构成了当时左翼革命文艺运动的重要指导思想，教育和培养了一大批年轻的革命文艺工作者，并且为40年代初期"文艺为工农兵服务"的思想的提出准备了历史的材料，而冯雪峰更重视在大众化的实际运动中提高工农大众的思想觉悟与文化水平，同时也使大众文艺向着更高的水平发展。在对文艺大众化的倡导中，瞿秋白对于"五四"持否定态度，他要革"五四"文学的命、革白话文的命；冯雪峰对"五四"则持肯定态度，十分注意对"五四"文学传统的继承和发扬，既包括白话文运动的传统，也包括思想启蒙的传统。

张大明、陈学超、李葆琰等人的两卷本《中国现代文学思潮史》[①]强调指出了文艺大众化运动的"非文学性质"。他们指出，在"左联"领导人看来，文学大众化的目的和意义、内容和范围，首先并不是在文学本身，而在于群众力量的组织、革命事业的进行、政治路线的实施。利用文学的手段，完成革命的任务，达到政治的目的。为此，必须做到：写大众，大众写——要写大众熟悉的、感兴趣的生活；要用通俗的形式，使大众易懂，爱看；旧形式要改造，旧的不够用了就创造新形式，如报告文学、朗诵诗、活报剧、广播剧等；小资产阶级作家要到工农大众当中去，深入民众，去观察、了解、体验工人和贫民的生活与斗争，克服小资产阶级的劣根性，实现意识上的无产阶级化，尤其要开展工农通讯员运动，

---

① 十月文艺出版社1995年版。

并从中培养无产阶级新一代的作家,并以此来取代现有的"非普罗"作家。张大明等还说,就当时的历史条件说,左翼文坛对于文艺大众化的认识是明确的,态度是坚决的,措施是有的。40年代认识的飞跃,那是由于主客观条件都具备了的原故。

此外,钱竞在《中国马克思主义美学思想的发展历程》① 中曾对瞿秋白的文艺大众化思想进行了讨论,认为瞿秋白的观点是《讲话》中文艺大众化思想的重要来源:"瞿秋白关于革命大众文艺的宝贵意见和理论探索,无疑应当看成是毛泽东1942年在延安文艺座谈会上两次讲话的重要来源。这一脉相承的革命大众文艺的实践及其理论建设,理应看成中国共产党人对马克思主义美学的卓越贡献。"

(二)

从以上学术界对于文艺大众化运动研究的简单回顾中可以看出,学术界对于文艺大众化问题的研究是逐渐深入的。从第一阶段对于文艺大众化进行总结性的描述,到第二阶段的革命化、政治化的研究,再到新时期以来的学术化阐释,可以非常明显地看出其中的发展脉络。

左翼文艺大众化运动首先应该被理解为一场政治运动,它最主要的目的就是寻求文学如何为阶级政治服务的道路。但其中的问题就在于,此运动虽然是共产党领导文艺的产物,在当时依靠的却主要是知识分子。尽管当时的文艺大众化运动讨论者对于革命性质的认识可能有所不同,但一个共同的观点是革命的领导者是工农阶

---

① 中央编译出版社1999年版。

级，属于小资产阶级的知识分子的主要特点就是一方面具有革命性，另一方面又具有动摇性，他们在革命中处于"同盟者"的地位，知识分子在革命中要服从工农阶级的领导。工农阶级既要利用知识分子革命的一方面，又要不断地批判其软弱、动摇的一面。知识分子在革命过程中要不断地克服自己的弱点，不断地批判自己的阶级属性。只有这样，才能真正地转变为革命的阶级。这也就是成仿吾所说的"克服自己的小资产阶级的根性，把你的背对向那将被奥伏赫变的阶级，开步走，向那龌龊的农工大众"[①] 的真正含义。这种判断，也就是革命文学中知识分子自觉以大众为自身的归依思想动力之一，也就成了后来的文艺大众化的一系列讨论中对知识分子不断进行批判，进行大众化改造的理论依据。20年代中后期革命文学的倡导与论争，正是知识分子转向大众的标志和成果。这种转向对于他们自身来说，不仅意味着他们对于自己进行批判的一个过程，而且表明他们同时获得了革命者与知识分子的双重身份——这样他们自己在革命中就不再仅仅是一个可以在批判的基础上加以团结的对象，而且也是革命的领导力量之一。左翼文艺大众化讨论作为革命文学倡导的进一步发展，讨论者本身也就继承了革命文学倡导中所获得的这种双重身份。左翼文艺大众化运动究竟是"大众化"还是"化大众"？问题正由此产生——因为这种双重身份，一方面讨论者认识到了自身的知识分子性质，自觉地以大众的理解和爱好作为他们的文艺运动的方向，并以此为目标，努力完成对于自身的批判，这是革命文学时期"方向转换"过程的继续，文艺大众化运动对于他们来说，仍然具有知识分子自我改造的意义，这就构

---

① 成仿吾：《从文学革命到革命文学》，1928年2月1日《创造月刊》第1卷第9期。

成了文艺大众化运动中"大众化"的内容；另一方面，他们又自认为已经具备了革命者的身份，自觉地承担起用无产阶级思想来教育、组织群众，达到为革命政治服务，夺取无产阶级在文化上的领导权的任务，文艺大众化运动又有了"化大众"的内容。在历来对于文艺大众化运动的研究中，如果强调这场运动所具有的知识分子性质，看到参与者的一些"脱离实际"的倾向，对于"小资产阶级"的改造任务，忽视他们身上的"革命者"身份，往往就把这场运动认作"小资产阶级"的"化大众"；如果强调这场运动的革命性质，忽视文艺大众化运动中某些知识分子启蒙主义倾向，那么就很容易将这场运动理解为"大众化"。只简单地看到文艺大众化运动中"大众化"和"化大众"其中的一方面，无疑都是片面的——站在这次运动者的立场上来看，文艺大众化运动不仅应当，而且也确实表现为"大众化"与"化大众"两个侧面——不管怎么说，运动的最终目的都是知识分子与大众的真正融合。不过这种融合的要求虽然是由当时的政治作为动力的，但是也恰恰是当时的政治环境使这种要求仅仅能从讨论中体现出来，或者只是在实践的层次上表现为一种萌芽状态。

二、意识形态革命

李泽厚在《中国现代思想史论》中曾经提到，"五四"运动包含了两个性质不同的运动：新文化的启蒙运动和学生反帝爱国的救亡运动。这两个不同的主题相互交错，一开始是救亡与启蒙互相促进，后来救亡压倒启蒙。当然，他同时也承认，启蒙的主题并没有离开中国近代社会抵御外侮的救亡主线①。中国近代社会的大门是由外来侵略所敲开的,中国现代社会的进程一直都伴随着外来势力的侵略,救亡也就成了中国人在现代历史中的主要任务之一,这是为大家所公认的。但是应该看到,救亡的任务在各个不同的时期是有不同形态、不同特点的,不能一概而论。在"五四"时期,救亡可以说是以学生为主体的反帝爱国运动;而到了"五卅"时期,反帝爱国运动的主体变成了工人阶级以及商、学各界。也就是说,"五四"与"五卅"虽然都可以说是救亡运动,但两个运动的性质并不完全相同。再有,如果我们可以把"五四"时期的学生运动称为"救亡",它的任务是"反帝",那么"五卅运动"则在"救亡"之中更明显地增加了"反资"的内容,因而就具有了"革命"色彩,此时期的救亡运动的确切名字应该是"救亡—革命"。另外,李泽厚没有谈到的是,在稍后的革命主题中,同样存在着启蒙的旋律。如果说"五四"时期的启蒙策略因为和救亡的迫切任务离得较远,以至于启蒙的主题被认为是偏离了救亡需要的话,那么后来的启蒙则主动向"救亡—革命"靠近,并因此和"五四"启蒙相区别。

20年代中后期革命文学的倡导和论争,不仅是中国现代文学"左翼转向"的标志,也是中国现代社会中的救亡向革命、"五四"启蒙向"救亡—革命启蒙"转向的标志。对于转向者来说,正是这种"救亡—革命"启蒙,使他们获得了革命者与知识分子(启蒙者)的双重身份。下面我们以当时文学界最具代表性的转向者——创造社为主,简略地考察这一过程。

---

① 李泽厚:《启蒙与救亡的双重变奏》,《中国现代思想史论》,东方出版社1987年版。

如果我们把整个革命文学论争的过程划分一下阶段的话，大致在20年代中期蒋光慈、郭沫若等人提出具有无产阶级倾向的文学口号至1928年《文化批判》、《太阳月刊》等的创刊为前一阶段，此后到"左联"成立为后一阶段。前期的革命文学理论带有强烈的知识分子自发性质，后期则有强烈的自觉性质。或者借用李初梨的话来说，前者是"自然生长的革命意识的表现"，那么后者就应该是"目的意识的革命意识的表现"①。

尽管早在20年代初期，沈泽民、萧楚女、邓中夏、恽代英等共产党人就曾经提出过关于无产阶级艺术和革命文学的意见，但我们所要讨论的初期革命文学的倡导者郭沫若、蒋光慈、成仿吾等人在此时还都不是共产党员，他们提倡革命文学也很难说是受到早期共产党人的直接影响。诚如李初梨所言，他们的革命转向在很大程度上可以说是自发的，他们所说的革命本身也还只停留在一般性的革命的意义上，也就是所谓的"国民革命"，并不具备无产阶级色彩。蒋光慈说："谁个能够将社会的缺点，罪恶，黑暗……痛痛快快地写将出来，谁个能够高喊着人们来向着这缺点，罪恶，黑暗……奋斗，则他就是革命的文学家，他的作品就是革命文学。"②再如成仿吾，在革命文学倡导的前期，他所说的不仅是一种不分时代的"永远性"的革命文学，而且在他的文学公式中还表现出后来左翼文学家所极力反对的"人性论"倾向：

（真挚的人性）＋（审美的形式）＝（永远的文学）

（真挚的人性）＋（审美的形式）＋（热情）＝（永远的革命

---

① 参看李初梨《怎样地建设革命文学》，1928年2月15日《文化批判》第2号。
② 光赤：《现代中国社会与革命文学》，1925年1月1日《民国日报·觉悟》。

文学)①

即便是善得风气之先的郭沫若，虽然他声称在1924年翻译过河上肇的《社会组织与社会革命》之后，就逐步走向马克思主义并且定了型，但在他的《革命与文学》中所提出的也仅是"表同情于无产阶级的社会主义的写实主义的文学"。"表同情于"这四个字所显示出的是一个试图向新兴阶级表示关切的新文学革命的知识分子立场，而不是新兴阶级本身的立场。

而且，当郭沫若提倡"倾向于"无产阶级的文学时，创造社有些成员的意见甚至还没这么"进步"。郑伯奇就提出了和郭沫若的意见相左的"国民文学"口号。郑伯奇非常赞同日本白桦派著名作家有岛武郎的观点。有岛五郎认为，知识分子生活在与第四阶级完全不同的环境中，与第四阶级的精神不可能相通，因而不可能创作出无产阶级文学，也不可能作用于无产阶级。郑伯奇实际上否认了无产阶级文学存在的可能性，提出"我们不主张阶级文学而提倡国民文学"——它是与现实生活相接触的，以国民生活为背景的文学②。郁达夫对于当时的无产阶级文学口号则表示了更为明确的怀疑和激烈的否定态度：

在无产阶级专政的时期未达到以先，无产阶级的文学是不会发生的。

这是什么缘故呢？第一，无产阶级的专政还没有完成之先，无产阶级的自觉意识就不会有（因为若有了这自觉意识的时候，无产阶级的专政就成功了）。没有自觉意识的阶级文学是不会成立的。

---

① 成仿吾：《革命文学与他的永远性》，1926年6月16日《创造月刊》第1卷第4期。

② 郑伯奇：《国民文学论》，饶鸿兢等编《创造社资料》上卷，福建人民出版社1985年版。

第二，文学的产生，须待社会的熏育的，在无产阶级专政没有完成的时候，社会的教育，社会的设施和社会的要求，都是和无产阶级文学相反的东西，在这一种状态之下产生的文学，决不是无产阶级的文学。

……我在此地敢断定一句，真正的无产阶级文学，必须由无产阶级者自己来创造。而这创造成功之日，必在无产阶级握有政权的时候①。

郭沫若在回顾创造社在"五卅"前后的转向时也承认："其实创造社大部分的分子，并未转换过来，即便是郭沫若的转换，也是自然发生性的，并没有十分清晰的目的意识。（这个目的意识是规定一个人能否成为无产阶级真正的战士之决定的标准，凡摆脱不了这个自然生长的意识的，他不自觉的会退出革命战线。）"②

所有这些都说明，在当时转换方向的知识分子并没有完全地倒向马克思主义，虽然他们已经有"左"倾的意愿。他们与其说是转向马克思主义，倒不如说是转向了现实的革命实际工作：成仿吾早在1924年初就在成劭吾的鼓动下来到革命策源地广州；1926年，郑伯奇、穆木天、何畏相继从日本京都大学毕业，也先后抵达广州。郭沫若则在这一年的六七月间向共产党组织提出了入党要求，粤区区委派恽代英同他谈话，建议他去参军，到黄埔去做宣传工作。此时广东革命政府正准备北伐，组织政治部，让他到邓演达处做宣传科长，接受实际锻炼。于是郭沫若于7月21日离开广州随国民革命军出发，开始了他的北伐历程。应该说，虽然文学界此时

---

① 曰归：《无产阶级专政和无产阶级的文学》，载1927年2月1日《洪水》半月刊第3卷第6期。
② 郭沫若：《文学革命之回顾》，《文艺讲座》第一册，上海神州国光社1930年版。

提出了革命文学的口号，但"文学"实际上被冷落了。革命文学的真正的勃兴，倒是在1927年大革命失败以后。为什么呢？出现这种情况的原因就在于"五卅运动"。

在今天看来，"五四"新文学所取得的成就无疑是巨大的，从1921年到1925年，全国各地出现的大小文学社团及刊物，"不下一百余"，"就好比是尼罗河的大泛滥"①，"西方文艺复兴以来的各种各样的文学思潮及其相关的哲学思潮都先后涌进中国。现实主义、自然主义、浪漫主义、唯美主义、象征主义、印象主义、心理分析派、意象派、立体派、未来派等等，以及人道主义、进化论、实证主义、叔本华悲观论、尼采超人哲学、弗洛伊德主义、托尔斯泰主义、基尔特社会主义、无政府主义、国家主义、马克思主义等等都被介绍过，也都有人推崇"②。

从当时的反帝反封建的背景来看，这种思想解放大潮的动力仍然来自救亡运动的需要，而且启蒙不过是救亡的策略而已。不过，作为一种救亡的策略，这种启蒙不是针对帝国主义所进行的行动上直接的反抗，而是试图依靠引入外国思潮，提高国民的素质来达到"从根本上"进行救亡的目的。对于新文化运动者来说，即使没有外来的侵略，中国国民愚弱暗昧的道德品性一样无法自立于世界之林。所以，伦理问题在当时是改革国民性的根本。陈独秀认为当时中国外迫于强敌、内逼于独夫的局面，固然是因为"强敌"与"独夫"的缘故，更是"民族之公德、私德之堕落有以召之"，"一国之民，精神上，物质上，如此退化，如此堕落，即人不我伐，亦有何颜面，有何权利，生存于世界？一国之民德，民力，在水平线以上

---

① 茅盾：《中国新文学大系·小说一集导言》，上海文艺出版社1981年影印版。
② 张大明等《中国现代文学思潮史》上册，十月文艺出版社1995年版。

者，一时遭逢独夫强敌，国家濒于危亡，得献身为国之烈士而救之，足济于难；若其国之民德，民力，在水平线以下者，则自侮自伐，其招致强敌独夫也，如磁石之引针，其国家无时不在灭亡之数，其亡自亡也，其灭自灭也；即幸不巡逢强敌独夫，而其国之不幸，乃在遭逢强敌独夫之上，所以遭逢强敌独夫，促其觉悟，为国之大幸"。而"欲图根本之救亡，所需乎国民性质行为之改善，视所需乎为国献身之烈士，其量尤广，其势尤迫"。所以他的爱国主义是"不在为国捐躯，而在笃行自好之士，为国家惜名誉，为国家弧乱源，为国家增实力"。正是由于这种爱国主义的驱动，他才选择了西洋文明："自西洋文明输入吾国，最初促吾人之觉悟者为学术，相形见绌，举国所知矣；其次为政治，年来政象所证明，已有不克守缺抱残之势。继今以往，国人所怀疑莫决者，当为伦理问题。此而不能觉悟则前之所谓觉悟者，非彻底之觉悟，盖犹在惝恍迷离之境。吾敢断言曰：伦理的觉悟为吾人最后觉悟之觉悟。"①在这种情况下，"五四"新文艺就必然地成为用来唤醒民众的启蒙工具。李大钊说："由来新文明之诞生，必有新文艺为之先声，而新文艺之勃兴，必赖有一二哲人，犯当世之不韪，发挥其理想，振其自我之权威，为自我觉醒之绝叫，而后当时有众之沉梦，赖以惊破。"② 这成为"五四"启蒙文学的基本底蕴。

近年来学术界在对以前认为是"为人生派"的文学研究会和"浪漫派"的创造社的重新研究中的一个倾向是强调这两个新文学团体的一致性，也就是不再简单地把前期创造社归结为一个"为艺

---

① 上述陈独秀的观点参看陈独秀《我之爱国主义》、《吾人最后之觉悟》，《独秀文存》卷1，亚东图书馆1922年版。
② 李大钊：《〈晨钟〉之使命——青春中华之创造》，1916年8月15日《晨钟报》创刊号。

术而艺术"的流派,而是强调它也存在着"为人生"、"为社会"的一面,这也可以作为"五四"文学救亡主题之下的启蒙思想的一个例证——文学研究会和创造社之间的一致性的根源也就在于他们产生的救亡背景所赋予它们的启蒙任务的一致性。正是这种改造国民性的要求,使得这两个"五四"新文学团体的理论主张和创作实践都表现出一种或显或隐的服务于新文化的伦理道德启蒙态度。以郭沫若为例,他在1923年说:"艺术没有不和人生生关系的事情"[①],一个艺术家不仅要保护、提倡对于艺术精神的了解,而且也要注意到艺术的伟大使命。以郭沫若为首的前期创造社作家们实际上并不反对艺术的功利性,他们反对的是艺术家创作时的功利态度:"上之想借文艺为宣传的利器,下之想借文艺为糊口的饭碗,这个我敢断定一句,都是文艺的堕落,隔离文艺的精神太远了。"[②] 郭沫若此时主张以"无利害"的艺术来为人生服务。在他看来,艺术的作用近于中国古代道家"无为而为"的逻辑——"无用之用",但作用于人生的效果和目的是无疑的。由此看来,本着"内心的要求",为着文学的"全与美"进行创作的创造社,和反对文学的"游戏的、消遣的"性质的文学研究会殊途同归,在以文艺作用于人生并改造社会的根本态度上并无二致。

然而,不管"五四"新文学的启蒙态度如何强烈,在文学领域取得了怎样的成就,在当时都只是意味着知识分子内的成绩,文学内的成绩。在启蒙大潮中,无论哪一种思想、流派都没能取得绝对的统治地位,更遑论用来改造国民性并达到救亡的目的了。新文学的启蒙策略对于它的最原始的驱动力和目的——救亡——来说是十

---

① 郭沫若:《艺术家与革命家》,1923年9月9日《创造周报》第18号。
② 郭沫若:《论国内的评坛及我对于创作上的态度》,1922年8月4日《时事新报·学灯》。

分软弱的，甚至可以说偏离了它。"五卅"前后帝国主义侵略的加剧和国内军阀混战，提醒了"五四"新文学家们，此前他们所做的一切其实仍然是苍白的：

  看哪！所谓四万万民众，二十余万方里的文明古国已因经济物质文明等落伍的关系，成了置于刀俎之上，国际帝国主义者操刀待割的一块肥肉；又像是脱剥精光缚在厅柱上的囚人，被那传说会采补的道士，用尖细锐利的银管子，刺入筋肉以内，慢慢的吸血。柔顺的温和的文学家啊！现在不是躲在一旁享福的时候了！你难道没有听见民众号呼悲泣的声音？你难道没有看见那血肉模糊骨骼破碎的尸身？你难道竟冷心冷血，毫无一点情感？你难道还没有听见怒潮般涌涨的国民革命的呼声？你真要离开现实，脱离时代，不起一点反抗的热情，辜负了文学的社会使命，仍旧躺在绣花的软茵上，做你甜蜜的好梦吗？对不起，现在不是这时候了！等到冷冰冰的利刃，加在你玉软香温雪白的颈项上，那时候再反抗是来不及了；等到国民革命成功，你们再出来歌功颂德，也用不着了！如果文学家真是这样不长进，那也就无怪人家要说文学只是公子小姐酒后茶余的消遣品，摒文学于革命的怒潮之外了①！

  如果说新文学家们当时都躺在绣花的软茵上做甜蜜的好梦，未免是言过其实。"五卅"作为一种"空前的反帝"运动虽然最终还是失败了，但它给当时的中国社会所带来的是知识界的觉醒以及全国范围内的革命浪潮："五卅运动虽然失败了，但是也成就的非常之多。五卅运动将中国人民唤醒起来，反帝国主义的宣传深入穷乡僻壤。从五卅运动才能够产生将来更大的使国民革命成功的运动，

---

① 芳孤：《革命的人生观与文艺》，1927年9月1日《泰东月刊》创刊号。

这就是五卅运动在中国革命史上的价值。"① 国民已经觉醒，历来以天下为己任的新文学家们自然也不会置身其外。郭沫若、茅盾、叶圣陶等人都亲身经历过"五卅运动"，都产生了强烈的心灵震撼。郭沫若的《聂嫈》一剧，就是直接受"五卅"的触动而产生的，叶圣陶在"五卅运动"中发表了十数篇文章，这不仅仅是对于运动的声援，有时他还直接为运动出计献策："不要遗漏了'收回租界'"，要"认清敌人""一致对外"。茅盾则在"五卅运动"中对于在帝国主义的屠杀面前麻木不仁的国民表示出愤慨和鄙弃的同时，更显露出革命即到时的亢奋：

"以眼还眼，以牙还牙！"这两句话不断地在我脑海里回旋；我在人丛里忿怒地推挤，我想找几个人来讨论我的新信仰。忽然疏疏落落的下起雨来了，暮色已经围抱着这都市，街上行人也渐渐稀少了。我转入一条小弄，雨下得更密了。路灯在雨中放着安静的冷光。这还是一个闷热的黄昏，这使我满载着郁怒的心更加烦燥。风挟着细雨吹到我脸上，稍感着些凉快；但是随风送来的一种特别声浪忽地又使我的热血在颞颥部血管里乱跳；这是一阵歌吹声，竹牌声，哗笑声！他们离流血的地点不过百步，距流血的时间不过一小时，竟然歌吹作乐呵！我的心抖了，我开始诅咒这都市，这污秽无耻的都市，这虎狼在上而豕鹿在下的都市！我祈求热血来洗刷这一切的强横暴虐，同时也洗刷这卑贱无耻呀！

雨点更粗更密了，风力也似乎劲了些：这许是闷热后必然有的暴风雨的先遣队罢②？

---

① 太雷：《五卅运动之分析及纪念之意义》，1926年5月20日《人民周刊》第12、13期。

② 茅盾：《五月三十日的下午》，《茅盾全集》第11卷，人民文学出版社1986年版。

尽管新文学家们在救亡的现实面前表现出十足的责任感，但是无论如何，新文学在外来侵略面前显得毫无办法，这使得他们开始怀疑自身。叶圣陶在"五卅"之后不久的《诸相》一文中就为统治阶级作点缀的"知识阶级"比作"拈着绣花针绣幅鸳鸯，剥了瓜子仁排个卍字，无非给房间里增添些点缀，使老爷感到有趣而已"的"娘儿们"①。

在1925年的《文艺论集·序》中，郭沫若也表现出对于"五四"启蒙的失望情绪，开始反思用以进行启蒙的个性主义的软弱性，并准备抛弃它："我从前是尊重个性，景仰自由的人，但在最近一两年之内与水平线下的悲惨社会略略有所接触，觉得在大多数人完全不自主地失掉了自由，失掉了个性的时代，有少数的人要来主张个性，主张自由，总不免有几分佞妄。……要发展个性，大家应得同样地发展个性，要生活自由，大家应得同样地生活自由。但在大众未得发展其个性，未得生活于自由之时，少数先觉者毋宁牺牲自己的个性，牺牲自己的自由，以为大众人请命，以争回大众人的个性与自由。……这儿是新思想的出发点，这儿是新文艺的生命。"② 个性是好的，自由也是好的，但到达个性与自山的道路并不是个性主义。"五四"文学启蒙策略失效后，一部分新文学家们选择了蓬勃的现实斗争。

从这里可以看出，"五卅运动"不仅在中国革命史上占有重要地位，它对于中国现代文学的演变路径也发挥了极大影响，而这一点在很大程度上被学术界所忽略了。知识分子从"五四"时期倡导西方的民主、科学为基础的启蒙主义到后来的追寻革命，"五卅运

---

① 叶圣陶关于"五卅"的文章请参看其《脚步集》，《叶圣陶集》第5卷，江苏教育出版社1988年版。
② 郭沫若：《〈文艺论集〉序》，1925年12月16日《洪水》第1卷第7期。

动"无疑扮演了一个关键角色。它使得马克思主义的阶级论逐渐取代了"五四"时期的民主主义、进化论,在新知识分子中间占据了统治地位,因为这种外来的理论,终于得到了"现实"的依据。

钱杏邨认为,"五卅"时期的社会思潮"有了绝大的进步,举国的青年有了民族的觉醒,有了阶级的觉醒,有了对于帝国主义的认识,同时有了很强烈的革命的要求,个人的家族观念在青年的心里差不多完全死亡了。而潜伏的革命的文学的呼喊也渐渐的接着第一期的文艺思潮抬起头来,在文坛上得到了许多的进展"。同时,"'五卅'惨案发生以后,中国的阶级地位又突然的起了一大变化,工农的阶级力量逐渐的表现出来,上海的工人对于惨案的奋斗,香港工人的十九个月的大罢工,湘鄂工人的响应革命军运动,上海工人驱逐奉鲁军的三次大暴动,以及以前的京汉路的二七惨案,以及革命所到的地方的农民对于革命的帮助,以及革命军的以工农为革命的主力军,在此都给予青年以莫大的激刺,使他们对于第二期的思潮发现了不满,彻头彻底站到工农一方面来向着压迫他们的资产阶级抗斗……思潮转向全世界被压迫阶级联合的抗斗。所以在这个时候,酝酿了很久的第四阶级文艺运动的呼喊,又渐渐的高涨起来,造成了现在的革命文艺与劳动文艺交流的局面"[1]。

就此来看,受"五卅"影响而发生转向的此后的新文学,必然不可能再是以民主主义启蒙为基调的"五四"文学的简单继续。"意识朦胧"的革命文学经过"五卅"之后大革命的现实斗争的洗礼,终于变成了旗帜鲜明的普罗文学(无产阶级文学)运动。

然而,并不是所有的文学家在"五卅"之后都能及时获得"阶级意识",1927年蒋介石发动"四·一二"政变,大革命失败后,

---

[1] 钱杏邨:《死去了的阿Q的时代》,1928年3月《太阳月刊》3月号。

在参加革命的文艺工作者中笼罩着一股忧郁、徘徊的气氛。茅盾在后来曾经这样回忆：

> 后来（指大革命失败后）我在《从牯岭到东京》中写过这样一段话："我是真实地去生活，经验了动乱中国的最复杂的人生的一幕，终于感得了幻灭的悲哀，人生的矛盾，在消沉的心情下，孤寂的生活中，而尚受生活执著的支配，想要以我的生命力的余烬从别方面在这迷乱灰色的人生内发一星微光，于是我就开始创作了"。这一段话，真实地反映了我当时的心情①。

揭起新的无产阶级文学大旗的是另一批"新锐的斗士"。1929年，朱镜我、李初梨、彭康、冯乃超从日本归来后，发起了"无产阶级文学运动"，这也是革命文学倡导的后期——普罗文学时期。在这个时期一开始，文学家们就自觉地把革命启蒙作为自己的任务：

> 《文化批判》当在这一方面负起它的历史的任务，它将从事资本主义社会的合理的批判，它将描出近代帝国主义的行乐图，它将解答我们"干什么"的问题，指导我们从哪里干起。
>
> 政治，经济，社会，哲学，科学，文艺及其余各个的分野将从《文化批判》明了自己的意义，获得自己的方略。《文化批判》将贡献全部的革命的理论，将给与革命的全战线以朗朗的火光。
>
> 这是一种伟大的启蒙②。

这种革命启蒙正式开始时，正处于现实革命的低潮时期。现实革命斗争高潮的衰退，正好成为启蒙得以展开的条件。在革命旋律之中的新启蒙者并没有忘记"五四"启蒙对于现实斗争面前的软弱

---

① 茅盾：《创作生涯的开始》，《茅盾全集》第34卷，人民文学出版社1997年版。
② 成仿吾：《祝词》，1928年1月15日《文化批判》创刊号。

无力,所以它本身总是竭力趋向于现实,并以之为自己的归宿,这也就注定新启蒙的特色之一是现实性,启蒙和革命合流了。

这种合流首先表现在启蒙对于革命的促进上。正是在这一时期,受到世界范围内的左翼思潮影响而起的中国新启蒙较少受到现实斗争的挤压并在这一时期取得了它最大限度的"现实性"。在普罗文学时期,因为势之所至,口谈革命几成社会时尚。不仅左翼文化人,即使是中间派也在大谈革命文学,连一贯宣扬唯美主义的《金屋月刊》,也翻译起了左翼文学,在该刊1929年5月第1卷第5期和1929年6月第1卷第6期上连续发表T. Dreiser 的《布尔塞维克的绘画与文学》(汉奇翻译),以致招来了邱韵铎的嘲笑:"《金屋》也竟然印行起这样不唯不美而且凶险的赤色文章","这样看来我们可以大言不惭地说,革命文学已经轰动了国内的全文坛了,而且也可以跨进一步地说,全文坛都在努力'转向'了"①。普罗文学"执文坛牛耳",赤色作家蒋光慈的作品不再仅仅是一种具有先锋意义的纯文学作品,而且是深受市场欢迎的畅销读物,有的作品竟会在一年内再版好几次。另外还有将蒋氏作品改头换面的盗版者,以至于将不是蒋光慈的作品署上他的名字出版者。例如,蒋光慈和宋若瑜的通信集《纪念碑》在1931年4月被上海美丽书店改为《最后的血泪及其他》出版,其中除了"蒋侠生(即蒋光慈)与宋若瑜的通信"之外,竟被莫名其妙地附加了"阎凤荔和郭玉姑"、"李宗保和黄淑贞"、"何兰英和李宗保"、"马福生和任玉苹'、"牛天风和武慧媛"之间往来的情书多封。普罗文学确实呈现出前所未有的繁荣之势。

应该说,普罗文学在当时的市场上获得"成功",其中一个重

---

① 旷新年:《1928年:革命文学》,山东教育出版社1998年版,第71页。

要的因素就是其鲜明的理想主义色彩。自"五四"以来，国人痛感时事艰危但却找不到出路。普罗文学力图以文学来指示解决救亡危机的路径，这无疑等于给在瞬息万变的政治环境中痛苦而迷惘的知识分子带来一线光明，自然迎合了某种具有普遍性的社会心理，更容易受到那些热血澎湃的青年们的追捧。

但是普罗文学的理想主义，在后来的某些革命者那里却被视为一种脱离实际的"浪漫主义"而遭到批判。1932年，瞿秋白、茅盾等五人为华汉的再版小说《地泉》写序，有组织有意识地对新兴文学的"革命的浪漫谛克"倾向加以"清算"。在瞿秋白看来，《地泉》宣扬"自欺欺人的高尚的理想"，"把丑陋的现实神秘化"，这种浪漫主义是"新兴文学的障碍，必须肃清这种障碍，然后新兴文学方才能够走上正确的路线"——唯物辩证法的现实主义的路线。

今天看来，由于以蒋光慈为代表的作家们对于实际的革命生活不了解，确实导致普罗文学产生艺术表现方面的严重缺陷——譬如细节不真实、塑造人物千篇一律的知识分子腔调等等。但是如果考虑到当时的普罗文学的接受者是以青年学生为主体的知识分子群体，从革命的立场上看有时它的不足甚至可以说是一种优点：他们需要的是昂扬激烈的情绪，而不是恪守成规的如实描写。即便是久为人所诟病的"革命+恋爱"的叙事模式，其实也正好契合了青年们的需要——革命是他们的现实需要，恋爱也是他们的现实需要，浪漫理想的力量更足以唤起他们的激情。

事实上也是如此。现实的革命并没有被普罗文学的"缺陷"所淹没，相反，正是它，促使了广大的青年投身革命，艺术上的缺陷反倒成了革命的助力。《文化批判》创刊后，就曾经有许多读者给编辑部来信，倾诉他们对于现实的不满以及该刊给予他们的鼓舞和慰藉。《文化批判》第2号上刊登了一个名叫萧汉杰的读者来信，信中描述他在书店里买到《文化批判》创刊号后的欣喜心情时说："翻开一看,就如乡下人八九个月未得肉吃一样,买来的肉煮下锅,还不熟就拿起来大咽大嚼,虽然没有吃到味,可是已经快活不了呵!双重压迫之下的人们,能够给一线的曙光,使他们得向着有希望的路上走,这是多么伟大的事业。"在第3号上,一个叫钟员的读者的信中说:"在狂风暴雨的漩涡里滚扰着的我,漂落在荒凉的沙漠中已经半年,来到这个S埠也快将两月了,在这踽踽独行,四顾茫茫的旷野里,这薄薄两本《文化批判》,实在给了我不少的安慰","负担时代使命的《文化批判》,我觉得,是我惟一的迷途上的伴侣,不,迷途上的导师"!在后来的第4号、第5号上还出现过读者吴健、吴耀南的来信,内容基本相似。

如果我们承认革命者所进行的启蒙是一种以现实为归依的社会运动,那么为什么要将普罗文学的理想主义理解为一种脱离实际的空洞幻想,而不是理解为一种最具实际效果的革命行动?

启蒙和革命的合流,也相应地使普罗文学倡导者对于文学的理解发生了转变。普罗文学倡导者的文学观是社会价值与艺术价值高度一致(或说具有同一性)的文学一元价值观,文学的社会价值被等同于宣传鼓动的价值,文学的宣传鼓动价值又被等同于文学的艺术性。也就是说,普罗文学所确定的潜在逻辑是文学的社会价值=文学的宣传鼓动价值=文学的艺术性:"一切的文学,都是宣传。普遍地,而且不可逃避地是宣传:有时无意识地,然而时常故意地是宣传。"① 又如:"只要对于千百万工农大众的教化和宣传上有很大的作用和无比的效力的作品,这就是很有艺术性和艺术价值(即

---

① 李初梨:《怎样地建设革命文学》,1928年2月15日《文化批判》第2号。

社会价值）的东西，我们千万不要看轻了这种东西的艺术性。"① 或者："无产阶级艺术，是有为无产阶级解放的宣传煽动的效果。宣传煽动的效果愈大那么这无产阶级艺术价值亦愈高。无产阶级底艺术决不像有产阶级底艺术般的看起来是有趣味的东西，它是给人们底意欲以冲动，叫人们从生活的认识到实践行动革命去。"② 另外，在《留声机器的回音——文艺青年应取的态度的考察》③ 一文中，郭沫若对于文学青年应该"当一个留声机器"的要求，也暗含了文学的艺术价值和社会价值合一的理念。

这种文学的社会价值与艺术价值的一元论的文学价值观产生于文学向革命的靠拢，知识分子向革命者的靠拢。如果说这种靠拢对于当时的革命确实产生了相当积极的影响的话，那么它对"五四"以来社会上的一般文学观念来说确实是一个巨大的冲击，从"五四"文学观念中的艺术性或说审美属性等等，遭到了严重挤压。在1925年左右要抛弃个性主义的郭沫若，后来似乎连文学也要抛弃了："从具体的说来，凡是运动无产文艺的人有偏重文学的倾向，这整个便是一个错误。文字在理论斗争上是绝好的武器，然在大众的教导上却几乎是一种敌对（Antagonism）。大众大都数是和文字绝了缘的，所以所谓无产文艺结果仍不外是少数进步的智识阶级青年的文艺。"④ 这样的说法无疑是相当偏激的。然而，即使这样的话语在理论层面上无法取得普罗（左翼）文学家们的一致赞同，也可以在实践层面上得到贯彻——它确实成为对于一段时期以内左翼文艺大众化运动策略的成功预言。

---

① 华汉：《普罗文艺大众化的问题》，1930年5月《拓荒者》4、5期合刊。
② 忻启介：《无产阶级艺术论》，1928年5月1日《流沙》半月刊第4期。
③ 载于1928年3月15日《文化批判》第3号。
④ 郭沫若：《普罗文艺的大众化》，1930年3月16日《艺术月刊》第1卷第1期。

在这样一种与"五四"极端对立的文学观念支配下,普罗文学的作品自然也不可能富有所谓的"艺术性"。在普罗文学后期的论争中鲁迅认为这样的文学连新闻报道都不如,而郁达夫则讥笑这种文学的艺术水平在零以下。这虽然难免有意气相争的成分,但不可否认,完全和"五四"以来形成的文学观念断绝关系,不仅否定了"五四"文学,所谓的"新兴"文学也无从说起。

而且,普罗文学运动的"成功",和它新兴阶级的代言人身份仍然并不相称——它进行的只是一场"意识形态革命"。这主要有以下几层意思:(1)它的倡导者特别强调的是自身和其他不同的意识形态之间的对立,以突出自己的意识形态的性质;(2)倡导者们把自己的工作主要局限在意识形态的领域内;(3)他们的工作范围也主要局限于知识分子之内。也就是说,这场运动仍然只能被称为知识分子运动。

虽然前文曾说,普罗文学运动在"现实"层面上取得了巨大的成绩,但这场运动对于它的目标——"无产阶级"来说仍然是不相干的。不惟如此,普罗文学的倡导者对于自己的定位也只是"意识形态的战野",革命文学倡导者们最关注的只是意识形态:"小布尔乔亚领导革命是很危险的。不过不管是小布尔乔亚,或是普罗列搭利亚,要紧的是要获得普罗列搭利亚的社会意识。"[1] 他们在强调自身的意识形态性质的同时,往往忽略了对象的非意识形态性质,因为强调意识形态之间的对立性质,而要取消异己者:"谁也不许站在中间。你到这边来,或者到那边去!"对于异己者,要"替他

---

[1] 参看《读者的回声·普罗列搭利亚特意识的问题》,1928年3月15日《文化批判》第3号。

们打包,打发他们去"①!

从理论层面上说,普罗文学运动提倡者非常重视艺术对社会生活的干涉作用,认为无产阶级文学是"为完成他主体阶级的历史使命,不是以观照的——表现的态度,而以无产阶级的阶级意识,产生出来的一种斗争的文学"②,认识到当时中国文坛"虽是革命文学的议论嚣张,而无科学的理论的基础,及新人生观和世界观的建设,毕竟问题依然作为问题存在,总不能给它一个解决。为什么呢?他们把问题拘束在艺术的分野内,不在文艺的根本性质与川流不息地变化的社会生活的关系分析起来,求他们的解答。"③但是,他们所说的社会生活,仍然是"意识"之内的社会生活。他们认为:"农村零落了,都市普罗列搭利亚特(Proletariat)发生了。谁人能说中国依然是(封建的)文明之邦,礼教之国?封建老人不常叹世风日下,人心浇薄么?这就是中华民族的精神渐向市民的气习同化了的佐证。"④在没有对中国社会进行深入细致地分析的情况下,他们认为中国当时已经是无产阶级和资产阶级尖锐对立的社会。

在无产阶级和资产阶级的对立中,他们首先强调的也是意识之内的斗争。李初梨回国后发表的第一篇文章就正式打出了理论斗争的旗帜,其后他给钱杏邨公开信的回答中再次鼓动说"在我们无产阶级阵营里面,'理论斗争'是刻不容缓的一件急务"⑤。但这仅仅是"理论斗争"、"意识斗争",而且所有的问题也都被归结为意识

---

① 成仿吾:《从文学革命到革命文学》,1928年2月1日《创造月刊》第1卷9期;《打发他们去!》,1928年2月15日《文化批判》第2号。
② 李初梨:《怎样地建设革命文学》,1928年2月15日《文化批判》第2号。
③ 冯乃超:《艺术与社会生活》,1928年1月15日《文化批判》创刊号。
④ 同上。
⑤ 李初梨:《一封公开信的回答》,中国社会科学院文学研究所编《"革命文学"论争资料选编》上册,人民文学出版社1981年版。

的问题:不管是"第几千几百阶级"的人,只要"获得了无产阶级意识"就可以做无产阶级文艺了,"我们只要获得普罗列搭利亚特底意识,而成为一个普罗阶级底意识形态者,即可制作普罗艺术了"①。

  普罗文学运动者对于意识形态斗争的重视,自然是受到此时期日本福本主义"分离结合"路线的影响,福本主义者们所要求的首先也是一种"纯粹的无产阶级意识"。而他们的中国同路人的优点和缺陷,和福本主义者也有着很大程度的相似之处。出于对"纯粹的无产阶级意识"的要求,普罗文学家首先进行的是"分离"、"清洗"的工作。他们对资产阶级——不管是大资产阶级还是小资产阶级,不管是买办资产阶级还是民族资产阶级,一律采取了全面批判的姿态。李初梨说:"本来中国的革命,是半殖民地被压迫民族的国民革命,所以在革命的初期,它有许多的同盟者——民族资产阶级——小资产阶级等,然而民族资产阶级的革命性是有一定限度的,以后革命的发展,超过了他们的限度以外,于是他们首先脱离战线而与革命对立起来。以后革命再往下发展,尤其是土地革命底扩大和深入,又使得小资产阶级的一部分——尤其是小资产阶级的智识阶级恐怖起来而开始第二的逃亡。"② 至于大革命失败的原因,在他们看来不仅是由于资产阶级的背叛,小资产阶级"同样也曾扮演过谁都不能否认的破廉耻的背叛革命的脚色"③。

  关于小资产阶级的特性,狄而太的《小资产阶级论》曾进行详细分析。尽管他承认这个阶级处于不断的分化之中,有参加革命的

---

  ① 沈起予:《艺术运动底根本概念》,1928年10月10日《创造月刊》第2卷第3期。
  ② 李初梨:《对于所谓"小资产阶级革命文学"底抬头,普罗列塔利亚文学应该怎样防卫自己》,饶鸿兢等编《创造社资料》上卷,福建人民出版社1985年版。
  ③ 狄而太:《小资产阶级论》,《新思潮》1929年11月第1期。

可能性，但是显然夸大了小资产阶级意识的动摇性和危害性："小资产阶级不是纯粹的无产阶级，它的意识是动摇不定，反复无常的，因而不是革命之最可靠赖的同盟者。若没有对于小资产阶级的正确的策略与策术，则每当革命发展到最高阶级的危险时期，小资产阶级必显露其动摇性和不坚决的态度。"作者实际上否认了小资产阶级对于革命的积极意义："它的阶级意识是完全靠不住的，尤其是小资产阶级的意识形态无论如何是反动的，对于无产阶级底解放运动只有增加几分危险性而毫无利益的。"正是这样，他们才将一大批被认为具有"小资产阶级"意识的作家如鲁迅、茅盾、郁达夫、叶圣陶等人打入了另册。因为他们担心在中国的普罗列塔利亚的阶级意识正在结晶亢扬的时代，如果不纯化阶级意识，文坛上可能会出现一个"小资产阶级意识洪水泛滥"的局面。

但对于遭受批评的这些作家来说，普罗文学倡导者的"无产阶级意识"本身也未必就那么"纯粹"。鲁迅就认为，创造社的革命文学倡导者们的缺陷之一在于对自身的批判不够——"不要脑子里存着许多旧的残滓，却故意瞒了起来，演戏式的指着自己的鼻子道，'唯我是无产阶级！'"[①] 以至于后人在论述这一段历史时，认为当时普罗文学倡导者的思想中仍然保存着小资产阶级思想成分并且这似乎就是普罗文学的缺陷的根源。例如1967年"文化大革命"期间，冯雪峰关于《一九二八年至一九三六年间上海左翼文艺运动两条路线斗争的一些零碎参考材料》中就曾经谈到，创造社本身具有"小资产阶级革命急性病"的思想情绪，某些现代文学史中也有类似的提法[②]。

---

① 鲁迅：《现今的新文学的概观——五月二十二日在燕京大学国文学会讲》，《鲁迅全集》第4卷，人民文学出版社1963年版。
② 参看唐弢等著《中国现代文学史》第二册第六章第一节。

如果说当时的普罗文学倡导者还隐藏着"小资产阶级思想"，那么如何理解他们当时对于小资产阶级的激烈批判态度？普罗文学倡导者在当时是标榜最能进行自我批判的，实际上我们也不难发现他们内部所进行的互相批判，尽管这种批判过程可能是被大大地简化了。李初梨在《怎样地建设革命文学》中曾经点名批评了蒋光慈、郭沫若；钱杏邨在《关于〈现代中国文学〉》[①]中批判过李初梨；郭沫若在《留声机器的回音——文艺青年应取的态度的考察》中也曾经进行过自我批评，从他们的言论中也很难发现"小资产阶级"倾向，无法判断他们当时认识缺陷的根源是不是其"小资产阶级思想"。

从当时普罗文学倡导者发表的言论来看，促使他们产生对于当时社会性质、革命任务激进判断的根源并不是所谓的小资产阶级思想，而是作为文学工作者的知识分子身份。这种身份不仅使他们把自己的工作完全局限在"意识形态的战野"之内，也是他们产生种种先锋派的社会观点的原因所在。正是这种身份以及现实革命的低落，使他们更多地关注于思想这一"更高地悬浮于虚空之中"的领域，使他们在追求"现实性"的同时却背离了现实。他们因为知识分子的先天优势而获得了"无产阶级意识"——这种意识本来就是在和"资产阶级"意识的对立中产生的，当他们以"无产阶级意识"来观照中国社会时，种种"资产阶级"的现象自然也就成了他们的批判对象。批评者实际上无法责怪他们没有达到真正的"无产阶级意识"，"以至于混淆了民主主义革命和社会主义革命的界限"，因为他们获得的确实是"无产阶级意识"——在20年代末到30年代初，正是国际共产主义在世界范围内蓬勃兴起的年代，1928年，

---

① 载于1928年3月1日《太阳月刊》3月号。

共产国际在第六次代表大会所通过的"共产国际纲领"中提出了所谓的"第三时期"的理论,认为"世界已进入资本主义总危机","世界无产阶级已处于决战前夕"。1930年11月初在苏联哈尔科夫召开的"国际革命作家会议"上,法国作家巴比塞还因为"右倾"而受到批评。激进的空气不仅影响到了西欧、北美和日本的共产党,也影响到了中国年轻的左翼文学家们。在这样的国际大气候下,普罗文学倡导者的理论所强调的是无产阶级和资产阶级的对立,他们的意识中的革命就是社会主义革命,民主主义的内容对于他们来说是早已过时的东西,是他们正要抛弃的东西。他们的缺陷应该被看作思想对于现实的缺陷,而不是小资产阶级根性对于无产阶级意识的缺陷。日本文学史家山田清三在评价福本主义时曾经说:"福本主义的理论斗争——所谓批判的方法——完全是唯心主义的,它不去分析日本无产阶级面临的具体任务和历史所赋予的解决方法,而是从随意捏造的概念出发;不去努力理解现实的关系,而一头钻进了逻辑原则的发展和运用。这样福本主义只对纯粹的思想意识过分地加以强调,从而在阶级斗争中偏重于知识阶级而忽视了工人阶级的领导权,招致了脱离群众。'分离结合'的理论企图把各种群众组织机械地与政治斗争结合起来,最后把群众组织的分离合理化。"[①] 如果用这一段话作为对中国普罗文学倡导者思想特征的评价,其实也恰如其分。

讨论20世纪20年代中后期革命文学(在后期是旗帜鲜明的普罗文学)的论争与倡导中的"意识形态"性质以及知识分子启蒙和革命的合流,对理解左翼文艺大众化运动中的"大众化"与"化大

---

① 转引自艾晓明《中国左翼文学思潮探源》,湖南文艺出版社1991年7月版,第94页。

众"立场是很关键的,因为这是它们的逻辑起点——革命文学家们在这场运动中获得了革命者与知识分子的双重身份,这正是"大众化"与"化大众"的根源所在——虽然他们的知识分子身份还没有被清算,还怀抱着包打天下的雄心壮志以及咄咄逼人的批判锋芒——成仿吾认为:"知识阶级的革命份子应该是意德沃罗基战线上的先锋队。我们如不能及时地奋发起来,这一定是我们的不可恕的过失。"① 郑伯奇也号召:"在反帝国主义的这个 Motto 下面,革命文学家联合起来。"② 太阳社的成员大多是共产党员,他们和创造社的诸人相比,更具有"革命作家"的优越感,他们自豪地宣称:"这一批新作家是革命的儿子,同时也就是革命的创造者,他们与时代有密切的关系。……唯有他们才真正地能够表现现代中国社会的生活,捉住时代的心灵。"③

当然,还需特别指出的是,当时的革命文学命题本身就已经蕴含了文艺大众化的要求。革命文学的革命,是指无产阶级主导的革命(值得注意的是,这里的无产阶级,并不仅仅是工人阶级——而是包括很大一部分底层农民。在革命文学的论争者那里,无产阶级和农工大众几乎是在同一个意义上被使用)既然现实的革命是无产阶级或说农工大众的革命,那么革命文学自然也应该是他们的文学。"左联"成立后,随着政治对文学提出更高的配合现实革命的要求,文艺大众化运动也就呼之欲出了。

---

① 成仿吾:《知识阶级的革命分子团结起来》,1928 年 4 月 15 日《文化批判》第 4 号。
② 何大白:《文坛的五月——文艺时评》,1928 年 8 月 10 日《创造月刊》第 2 卷第 1 期。
③ 华希理(蒋光慈):《论新旧作家与革命文学——读了〈文学周报〉的〈欢迎太阳〉以后》,1928 年 4 月 1 日《太阳月刊》4 月号。

三、"化大众"与"大众化"

早在普罗文学倡导时期，其实已经有了文艺大众化运动的萌芽。香谷在1928年第一天就提出要革命的文学家"到民间去"，石厚生（成仿吾）在1928年5月20日《我们月刊》创刊号上的《革命文学的展望》一文中也指出："普洛列塔利亚文学的作品必须得民众理解与欢爱。为这个原故，用语的通俗化是绝对必要的。"1928年10月，沈起予发表的《艺术运动底根本概念》中则提出艺术必须要"使大众理解；使大众爱护；能结合大众底感情于思想及意志而加以抬高"；1929年5月干釜在《关于普罗文学之形式的话》中提出"普罗文学底形式，第一需要大众化"，并指出所谓大众化有两方面的意义，"一方面需要'深入大众'一方面是'使大众理解'。但前者需后者而决定"（但他所说的大众化只是限于形式方面）。1929年3月，林伯修在他的《1929年急待解决的几个关于文艺的问题》中正式地提出了文艺大众化的主张，比较系统地阐述了什么是大众化、大众化的目的、如何大众化等一系列问题。

至于30年代的文艺大众化讨论，则是在"左联"内部展开的。因为"左联"实际上是"党领导文艺的产物"，所以大众化运动也是和大革命失败后中国共产党对于群众工作的需要分不开的。共产党需要发动群众，如果说革命文学是文学家追求革命的结果，是文学选择了政治，那么这时候政治也选择了文学。革命文学命题中所包含的文艺大众化的因素在此无疑找到了现实的政治依据。中国共产党在当时的处境及对于当时处境的认识都要求文艺工作者把煽动、组织群众的工作作为他们的首要任务。在瞿秋白起草的1928年中共六大通过的政治决议案中曾明确规定:"党底总路线是争取群众。"在此后的中共中央文献中,也可以发现很多关于要重视群众工作的指示。在这样的背景下,文艺大众化实际上就变成了文艺的工具化,这当然可以说是政治对于文学的一种压挤。但是另一方面,文学和政治斗争的合流,又使文艺大众化问题得到了充分重视——这又可以说是政治对于文学的积极的影响。

在革命文学时期革命和启蒙的合流,在1930年的文艺大众化讨论中表现为"大众化"与"化大众"的两种倾向。沈端先在《文学运动的几个紧要问题》中就曾经根据列宁关于"艺术为劳动人民"的理论,将文艺大众化的含义归纳为两点:"第一,艺术应该最大限度地和大众亲近,使他们了解,使他们欢喜,然后,方才能够结合他们的感情思想意志,而使他们振作起来。第二,为着要使大众能够接近艺术,所以应该努力于一般教育文化水准的提高。这两点,简括起来,可以说,前者,是目下当面着的所谓无产阶级文学乃至艺术——的'大众化',后者,就是,无产阶级教化的所谓'化大众'。"[①]

列宁的《党的组织和党的出版物》以及与蔡特金的谈话(《回忆列宁》)成为这一运动的指导思想。沈端先引用列宁的话来说明无产阶级文学和艺术"本质上就是非为大众而存在不可的东西",鲁迅也认为"文艺应该并非只有少数的优秀者才能够鉴赏,而是只有少数的先天的低能者所不能鉴赏的东西"[②]。这些观点都显露出

---

① 载于1930年3月10日《拓荒者》第1卷第3期,在目录中文章题目中的"紧要"二字为"重要"。

② 参看1930年3月1日《大众文艺》第2卷第3期上沈端先的《所谓大众化的问题》、鲁迅的《文艺的大众化》。

来一种大众本位立场。讨论者们所说的"大众文艺"显然并非只是一种文学的形式的变化,而是一种从形式到内容都与传统有着根本区别的文学,这种文学的特质之一就是知识分子自身的文学观念的改造,也就是知识分子的"大众化"。不少大众化讨论者也自觉地意识到了这一点:大众文艺并不是知识分子对于大众的惠赐,也不是知识分子的媚俗之作。上文所述的沈端先的《文学运动的几个紧要问题》中也提出:"普洛列塔利亚文学和布尔乔亚文学重要的分歧,就是:普洛文学决不是'从上向下'的施与,而是应用这种大众化的方式,'从下向上'地组织大众感情,生产大众的作品,因此,消灭现存的那种居高临下的所谓艺术家的个人的天才的存在。"郑伯奇也反对把"通俗化"作为大众化,因为"通俗化这名词是站在高处,以怜悯之情,而使文艺通俗的,就是让步,藉此获利",而艺术"应是大众的东西,文学应该是劳动阶级的。那么作者的态度不是把水平放低,自然是要为大众所理解和创造的"①。他在1930年《大众文艺》第 2 卷第 3 期的文艺大众化问题征文中也指出,尽管文学大众化问题在新兴文学的初期不过是技术问题,生硬的直译体的西洋化的文体对于启蒙运动是一种障碍,于是自然也就提出了大众化的口号。但是,"运动的进展使问题的意义一天天深化。现在所谓大众化不是这样简单的"。他认为当时的文艺大众化发生的原因就在于,文学包括艺术,都应该是属于大众的,可是大众却处在文化圈之外,而初期普罗文学的创造者又大多数是知识分子,他们创造的普罗文学不能为大众所接受,因此,文学大众化问题才得以发生,而当时大众化问题的核心是"怎样使大众能整个地获得他们自己的文学"。

---

① 《文艺大众化问题座谈会》,1930 年 3 月 1 日《大众文艺》第 2 卷第 3 期。

由以上论述可见，普罗文学运动的一个重要特点是十分重视知识分子的作用，而到了"左联"时期，不仅大众和知识分子的关系的问题已经提出，而且讨论者们也是自觉地把大众作为了新兴文学的主人。如果简单地说这一阶段的大众化只是知识分子高高在上地用"资产阶级思想"来"化大众"，并非确论。

但是不可否认的是，正如沈端先自己所说，在1930年的讨论中确实存在着"化大众"的声音。而且这种声音在这次讨论中占据了主导地位：

所以我们希望的新的大众文艺，就是无产文艺的通俗化！
……

这个也就是你大众文艺的使命，你不是大众的文艺，你也不是为大众的文艺，你是教导大众的文艺！

你是先生，你是导师，这个责任你要认清！

所以大众文艺的标语应该是无产文艺的通俗化，通俗到不成文艺都可以……①

文艺大众化的本意不是找寻大众的趣味为能事。还要把他们所受的压迫和榨取来讨究，大众所受的骗诈来暴露，那么大众文艺可以知道不是跟在大众之后而在大众之前的②。

……同时，文学的任务如果是民众的导师，它不能不负起改革民众生活的任务，就是说文学该有提高民众意识的责任③。

郭沫若、陶晶孙、冯乃超等原后期创造社成员们所理解的"大众化"，不过是将他们原来所倡导的无产阶级文学进行一番通俗化

---

① 郭沫若：《新兴大众文艺的认识》，1930年3月1日《大众文艺》第2卷第3期。
② 陶晶孙：《大众化文艺》，出处同上。
③ 乃超：《大众化的问题》，1930年3月1日《大众文艺》第2卷第3期。

的改造而已。他们作为启蒙者，无疑是高高地站在大众之上的。当然，这种"化大众"的言论背后是他们对自己的革命者身份的强调，而且这种革命者身份掩盖了他们的知识分子身份。

从以上可以看出，初期文艺大众化运动中"大众化"与"化大众"的倾向是并存的，但是总的说来，知识分子"化大众"的倾向更加明显，与普罗文学时期所不同的是，前者的启蒙对象是有着"小资产阶级根性"的知识群众，而在这时变成了大部分是文盲的工农大众而已。

他们的这种启蒙态度当然是有理论根据的：无产阶级的"意识"并非无产阶级与生俱来的。李初梨在《自然生长性与目的意识性》中曾经引用列宁的话说："劳动者决不会获得社会主义的意识，这种意识，只有从外部才能注入。各国的历史都明示着以下的事实：即以劳动阶级自身底力量，只能达到一种 tradeunionism 底意识，——即组织工会，与资本家斗争，向政府要求各种改良的法律。"① 也就是说，无产阶级的意识形态还需要知识分子从外面向无产阶级进行灌输。

然而，这些"化大众"者可能无意间忽略了一个事实：对无产阶级进行启蒙的知识分子们，在革命中却并不是领导者。在此前的革命文学论争中，冯雪峰曾发表《革命与智识阶级》一文，被李何林认为持论公允。冯文中就曾强调：知识分子只是革命的"追随者"，而且"在智识阶级这个名字还存在的时间，它始终是追随者"：

革命是如此地使智识阶级动摇着。为要不在革命上碰死自己，

---

① 载于1928年9月15日《思想月刊》第2期。

智识阶级也必须如此地改移自己的立场①。

也就是说,革命的知识分子们虽然已经在"资本主义的余毒'法西斯蒂'的孤城"和"全世界农工大众的联合战线"之间做出了抉择,也承担了"无产阶级文学之提倡"和"辩证法之唯物论之确立"的任务,但知识分子时刻不应该忘记的是自己的"副次"的地位,应该不断地进行自我批判。

这种要求知识分子进行"自我批判"的声音在1931年冬"左联"开始的第二次讨论中变得更加强劲。"左联"的11月决议《中国无产阶级革命文学的新任务》中明确规定,不仅"今后的文学必须以'属于大众,为大众所理解,所爱好'(列宁)为原则,同时也须达到现在这些非无产阶级出身的文学者生活的大众化与无产阶级化"。阳翰笙更加明确地指出:

新兴作家的来源,第一来自小资产阶级作家的转变,第二来自工农通信运动中所涌现出来的优秀的通信员。以目前的情形来说,我们的转变了的作家,所谓转变,大都还只是在意识上,生活上大半都离开了大众的斗争,于是便造成了一种坐在云端里高谈"大众化"的怪现象。所以,我们必须要切实的去布置:不能容许我们有一个作家站在大众之外,更不能容许有一个作家立在大众之上。我们的作家都必须生活在大众之中,自身就是大众里的一部分;而且是大众的文艺上的前锋的一部分,应该同着大众一块儿生活,一块儿斗争,一块儿去提高艺术水平,应该坚决的反对那些不到大众中去学习只立在大众之上的自命的"导师",坚决反对那些不参加大众斗争,只站在大众之外的自觉清高的旁观者!在我们的队伍中,却正有不少拿鹅毛扇的自命导师,正有不少背着双手自命清高的旁

---

① 画室:《革命与智识阶级》,1928年9月25日《无轨列车》创刊号。

观者，在或明或暗的阻止着我们路线的彻底转变。因此，我们还必须同时用自我批判的精神，把这些倾向扫除得干干净净①。

第二次讨论中最重要的讨论者之一瞿秋白对于文艺大众化运动中知识分子和大众之间的关系的理解是这样的："也许群众比作者更加理解革命得多，群众自己在那里干着革命的斗争"，而"正因为作者的不理解革命，而且在文艺的形式方面和言语方面不肯向群众去学习，不肯承认自己的文字的艰难，——所以普洛文艺依然不能影响大多数的群众"②。在瞿秋白看来，要从事文艺大众化运动，首先要弄明白的问题是："究竟是谁担负着反封建的文化革命——是'智识阶级的自由人'，还是工农大众，究竟是谁领导着这新的文化革命，是资产阶级，还是无产阶级？"这话虽然是他针对"自由人"胡秋原所说，也能反映出他对于知识分子的批判和对大众的崇扬③。他认定普罗文艺应当是民众的，认为要提高大众的程度来"高攀"艺术，简直是"荒谬绝伦"的："现在的作家，难道配讲要群众去高攀他吗？老实说是不配。"④ 也就是说，在瞿秋白那里，真正应该接受教育的不是工农大众，而是知识分子，是无产阶级文学的作家，工农群众应该是知识分子的导师——这和郭沫若等人的立场俨成冰炭。

应该说，瞿秋白和原创造社诸人在文艺大众化问题上之所以如此对立，是因为他首先是一个政治家，而不是文艺家。只是到了1931年中共六届四中扩大全会上同李立三、李维汉退出了政治局

---

① 阳翰笙（署名寒生）：《文艺大众化与大众文艺》，1932年7月20日《北斗》第2卷第3、4期合刊。
② 瞿秋白：《我们是谁？》，《瞿秋白文集》第2册，人民文学出版社1953年版。
③ 瞿秋白：《"自由人"的文化运动——答复胡秋原和〈文化评论〉》，1932年5月23日《文艺新闻》第56号。
④ 史铁儿：《普罗大众文艺的现实问题》，1932年4月25日《文学》第1卷第1期。

之后，瞿秋白才开始由政治转向了文学。他对于文艺问题的关注，也主要是从现实政治上着眼，缺乏原创造社成员们那样的浪漫激情。他认为，文艺大众化运动的根本目的就是要取得无产阶级的文化领导权，也就是要文艺时刻为"由无产阶级反对着资产阶级而完成资产阶级民权革命的任务"做准备，团结群众的力量，以便立刻发展到社会主义的革命。因此，大众文艺应当在思想上、意识上、情绪上、一般文化问题上，去武装无产阶级和劳动民众、手工工人城市市民和农民群众。

结合上面他对于知识分子和群众关系的论述可以看出，瞿秋白所强调的是"大众化"，实际上就是要知识分子进行改造。

公正地说，瞿秋白可谓是左翼文艺大众化运动中一位卓有成就的理论家。然而，他的理论却包含着致命的内在逻辑矛盾。瞿秋白曾经坦承，工农大众的意识之内，也并非完全是革命意识，甚至于"大工业的无产阶级之中，也有许多人受着地主资产阶级的奴隶教育的束缚和欺骗"：

中国的劳动民众还过着中世纪式的文化生活。说书，演义，小唱，西洋镜，连环图画，草台班的"野蛮戏"和"文明戏"……到处都是；中国的绅士资产阶级用这些大众文艺做工具，来对于劳动民众，实行他们的奴隶教育。这些恶劣的大众文艺，不论是书面的，口头的，都有几百年的根底，不知不觉的深入到群众里去，和群众的日常生活联系着。劳动民众对于生活的认识，对于社会现象的观察，总之，他们的宇宙观和人生观，差不多极大部分是从这种反动的大众文艺里得来的。这些恶劣的大众文艺，自然充分的表演着封建意识的统治和资产阶级的思想的影响。这里吃人的礼教还在张牙舞爪，阎王地狱的恐吓，青天大老爷的崇拜，武侠和剑仙的梦想，以及通俗化了的所谓东方文化主义的宣传，恶劣淫滥的残忍的对于妇女的态度，以及混杂在封建思想之中的买办和资产阶级的意识，还在笼罩着一切，——所有这些东西无形之中对于革命意识的生长，发生极顽固的抵抗力[①]。

这样，当瞿秋白在《"我们"是谁?》中批评郑伯奇"站在大众之外，企图站在大众之上去教训大众"的知识分子启蒙态度的时候，他忘记了他对于大众的"非革命"意识的判断，大众正需要知识分子来进行启蒙。当他批评普罗文学运动没有跳出知识分子的"研究会"的阶段，还只是知识分子的团体而不是群众的运动，以致大众化的口号只是"空谈"，因此要何大白（郑伯奇）消灭自己的"知识阶级"身份的时候，他同样也没有摆脱知识分子的身份。要说明这一点，不妨看一看他同茅盾（止敬）就文艺大众化问题进行的争论。

瞿秋白在"左联"时期关于文艺大众化问题的两篇重要文章《普洛大众文艺的现实问题》和《大众文艺的问题》写作时间相隔不长，内容也基本上是相同的。在两篇文章中，瞿秋白彻底剖析了文艺大众化运动的意义与方法。他认为，文艺大众化的先决问题是"用什么话写"的问题——普罗大众文艺不能用"周朝话"（文言）来写，也不能用"五四"式的白话写，更不是用章回体的白话写。用什么话呢？用在"新兴阶级五方杂处的大都市里面，在现代化的工厂里面"正在产生着的"现代中国普通话"来写。在对于这一问题的论述中，瞿秋白特别对"五四"的所谓"新文言"进行了猛烈抨击，甚至称之为"非驴非马的骡子话"。

而在茅盾看来，大众文艺"技术是主，'文字本身'是末"。至于用什么话写作，他认为在当时还必须用"五四"所确立的"白

[①] 宋阳：《大众文艺的回顾》，1932年6月10日《文学月报》创刊号。

话"——瞿秋白所谓的"新文言",因为这种"白话"才是现实中最为风行的,而瞿秋白特别推崇的"现代中国普通话"尚在形成之中,用于文学创作的效果是大为可疑的。

可以看出,瞿秋白和茅盾争论的焦点就在于对"五四"白话的态度。在政治家瞿秋白那里,"五四"的白话文所代表的不仅是文艺大众化运动的一种障碍,而且是脱离革命实际的知识分子的立场:"'五四'的新文化运动,对于民众仿佛是白费了似的。'五四'式的新文言(所谓白话)的文学,只是替欧化的绅士换换胃口的鱼翅酒席,劳动民众是没有福气吃的。""不注意普洛文艺和一切文章用什么话来写的问题。这事实上是投降资产阶级,是一种机会主义的表现,是拒绝对于大众的服务。"也就是说,瞿秋白认为,坚持使用"五四"白话,就等于投降资产阶级。

然而,瞿秋白正是在此处表现出了一种隐含的知识分子身份。当他提倡用"现代中国普通话"来创作大众文艺的时候,他忘记了这种语言本身还只是他的一种"意想":"客籍人临时应急的南腔北调的'普通话'在形容词、煞尾传神字等等方面都嫌不够用,只能勉强达意通话(犹之洋泾浜),不能做文艺的工具。"① 当他为了论战把"现代中国普通话"和"大众文艺"进行**远置**②,承认"现代中国普通话"只是已经在产生,但是还没有完全形成的时候,他也就忘记了自己所赋予这种语言的鼓动、组织斗争的现实任务。"现代中国普通话"如果是一种普遍性的语言,那么当时它不仅不存在

---

① 茅盾(署名止敬):《问题中的大众文艺》,1932年7月《文学月报》第1卷第2号。

② 这里使用"远置"这一词来表示知识分子的特性之一,意即知识分子往往在思想中把对象本身赋予它最完善、最纯粹的性质,并在遇到现实和此对象的冲突时(应该说,这种思想中的对象和现实的冲突是不可避免的,因为现实永远都不会服从于思想),把它放逐到未来。或者我们更可以说这个词表示的是意识本身的一种性质,只是因为知识分子比其他人更多地从事意识领域的工作,所以就更加充分地表现出这种特征。

于知识分子手中,也不存在于工农大众手中;如果认为当时的这种普通话只是一种未来理想的粗糙形态的话,那么它的不足就不仅仅在于它的普遍性的不完整,而且还是一种包含着"不正确的意识形态"的语言(因为它还只是工农大众的语言,而工农大众在瞿秋白看来是有着许多非无产阶级意识的),也就不能够完全容纳、表现他所强调的无产阶级意识。瞿秋白对于茅盾的反驳是无力的,因为反倒是站在文学立场上的茅盾的观点更具现实性——最具现实性的文学语言只能是最为现实的存在——白话,被瞿秋白远置的"现代中国普通话"是不符合他的革命家身份对于文学服务于现实斗争的要求的。如果说远置是知识分子特性之一的话,那么瞿秋白的设想正好体现出了他的知识者身份,只不过他的这种身份往往被他文章中的激烈政治倾向性所遮掩了。

然而,必须承认的是,瞿秋白不愧为"左联"第二次文艺大众化运动中最有成就的理论家——他表现出了一种惊人的预见性:他在一系列有关文艺大众化问题的文章中都把语言问题放到首要位置上,这不仅抓住了文艺大众化问题的一个关键,而且也成为1934年大众语讨论的源头。

当然,瞿秋白的理论是不可能成功的。尽管瞿秋白曾经为文艺大众化做出过实验——1931年9月,他曾经几次化装去上海南市城隍庙,听民间艺人的说书、演唱,后来曾经写过一些"大众文艺"作品如《东洋人出兵》(乱来腔)等。"左联"对文艺大众化运动也多有举措,但是从实践层面来看,效果并不大。

不成功的左翼文艺大众化运动还存在一个问题,那就是无论是主张"大众化"还是"化大众"者,一个共同特点是他们对于"五四"新文学的否定态度,即使是像茅盾那样有限度地支持"五四"者都不多见。对于"化大众"者来说,他们所掌握的理论武器是马克思主义，这正是他们背弃了"五四"的个性主义的结果；对于要知识分子"大众化"者来说，作为资产阶级的文学运动的"五四"同样是他们所需要反对的，"五四"并不属于大众。瞿秋白认为："'五四'是有它当时的历史背景，它以'德'（德谟克拉西）、'赛'（赛因斯）二先生为理论的护符，其最大的任务与最后的成果是反封建，是代[表]中国新兴资产阶级之文化的抬头，这是毫无可讳的铁的史实。"然而，"中国今日的经济基础，实质是建筑在半殖民地的形式上，百分之九十五的劳苦大众，是呻吟在帝国主义者及寄生于帝国主义的军阀统治者与买办阶级的双重压迫之下的"，因此他要求知识阶级和学生群众"脱弃'五四'的衣衫"①。

即使站在革命的立场上，对"五四"进行这样的判断也是非常片面的。"五四"不仅本身包含着反封建的内容，也包含着反帝的内容。30年代的中国，社会政治的主题不仅是反帝，反封建的任务对于革命者来说依然非常重要。瞿秋白没有看到当时即使是资产阶级性质的"五四"新文化在这两个任务中也有极为重要的现实意义。对于"五四"不应是抛弃，而应该是改造和联合。

这种对于"五四"的对立态度和"左联"初期的所谓"左"的倾向有明显的联系，对新兴阶级的革命的空前热情和对于自身传统的彻底决裂的态度是相统一的。"左联"时期文艺大众化运动同样也和这种"左"的倾向不无关系，它不仅使得文艺大众化讨论者的视野变狭窄，也是他们产生种种不切实际的空谈的思想根源之一。当然，"左联"的过"左"倾向后来逐渐得到了克服——这在1934年的大众语讨论中可以明显看出来。在这次讨论中，"五四"新文

---

① 文艺新闻社（瞿秋白）：《请脱弃"五四"的衣衫》，1932年1月18日《文艺新闻》第45号。

学已经不是一个所要抛弃的对象，而是一个合理的前进的基础。

对于"左联"逐渐摆脱"左"倾的过程，有论者引用茅盾的观点以为：1930年6月11日李立三在上海主持召开中共中央政治局会议，通过由他所起草的《新的革命高潮与一省或几省的首先胜利》的决议案，使"左"倾冒险主义错误再次统治全党。在国民党的高压下，在立三路线及稍后的王明路线干扰下，"左联"受到重创。而在1931年春夏之交瞿秋白重返文坛后，由他积极参与、冯雪峰起草的《中国无产阶级革命文学的新任务》（即"左联"的11月决议），标志着"左联"摆脱"左"倾机会主义路线，使"左联"逐步由困境中走出。在这其中，瞿秋白为"左联"从挫折走向胜利作出了不可磨灭的贡献[①]。

把"左联"的11月决议作为"左联"纠"左"成功的标志是不妥的，因为该决议实际上贯彻的正是王明路线。就文学的范畴来说，第一，尽管在"左联"的"11月决议"中首次出现了反对"左倾空谈"的提法，但是在论述革命文学的题材问题时，它又表现出了"左"的机械主义色彩。例如它规定革命文学只能写五种题材：(1)反帝国主义的；(2)反对军阀地主资本家政权以及军阀混战的；(3)描写苏维埃运动的，土地革命，表现苏维埃治下的民众生活，红军及工农群众的英勇的战斗的；(4)描写白色军队"剿共"的杀人放火，飞机轰炸，毒瓦斯，到处不留一鸡一犬的大屠杀的；(5)描写农村经济的动摇和变化，描写地主对于农民的剥削及地主阶级的崩溃，描写民族资产阶级的形成和没落，描写工人对于资本家的斗争，描写广大的失业工人，描写广大的贫民生活的。决

---

① 参看张小红《瞿秋白与左联》，《华东师范大学学报》（哲学社会科学版）1999年第1期。

议还宣称:"只有这样才是大众的,现代中国无产阶级革命文学所必须取用的题材。"① 第二,11月决议中出现了团结和争取进步作家的观点,但是在稍后"左联"和"自由人"和"第三种人"的"文艺自由论辩"的开始阶段,"左联"的论战文章中仍然表现出浓厚的"宗派主义"、"关门主义"倾向;第三,从上面所述的此时期文艺大众化讨论情况来看,"左联"对于"五四"文学进行盲目排斥的立场也并没有太大的变化。即使承认瞿秋白受到苏联"拉普""反左"的影响,这种影响对于瞿秋白在文学范畴内的"左倾倾向"也没有产生明显的效果,"五四"新文学仍然是他的斗争对象。

"左联"极"左"倾向的转变,是在与"自由人"、"第三种人"论争过程中发生的。这次论争的结束才是"左联"逐步从"左"的桎梏中摆脱出来的标志。本文不拟全面探讨这次论争的全过程,只是回顾一下在这场论争中冯雪峰、鲁迅等人对于第三种人态度的前后不同的变化——这种变化在某种程度上显示了左翼文坛纠"左"的过程。

首先应该说明的是,论争初期的"自由人"和"第三种人"胡秋原、苏汶并不属于和"左联"极端对立的国民党文化阵营。另外,尽管冯雪峰的文章曾经说胡秋原是"托罗茨基派的文艺理论家",后来也有论著说他是托派,也并无实据。胡秋原是以普列汉诺夫的理论为根据的,从他在这场论争中的立场和态度来看,他只能算是一个"中间派",尽管对于左翼文坛不无微词,但他攻击的主要矛头针对的是"民族主义文学"。胡秋原曾经公开声明:"我们是自由的知识阶级,完全站在客观的立场……无党无派,我们的方

---

① 参看《中国无产阶级革命文学的新任务》(1931年11月中国左翼作家联盟执行委员会的决议),1931年11月15日《文学导报》第1卷第8期。

法是唯物史观,我们的态度是自由人的立场。"在对于左翼文学的态度上,他说,"无论自由人也好,第三种人也好,对左翼敬而远之者,至少大多数绝非存心攻击","对于整个普罗文学运动,也有无限同情"。

至于苏汶,他曾经是"左联"成员,翻译过一些苏联革命文学作品和文艺理论著作,也写过一些有进步倾向的作品,在他参与编辑的《现代》月刊上也大量发表过"左翼"文人的重要作品和论文。总的来看,苏汶在论争中也没有明确对左翼文学界进行谩骂和攻击——他所争论的问题不仅当时"左联"没有解决,后来还进行了持续讨论。当时的苏汶不仅打着"马克思主义"的旗号参加论争,而且就争论的内容和他的论点来看,也不无可取之处。

也就是说,胡秋原、苏汶和左翼阵营之间,绝非你死我活的敌我关系。胡秋原最初发表的《阿狗文艺论》和《勿侵略文艺》[①] 等文章,主要批评对象是"民族主义文学"运动,并没有公开对"左联"提出反对意见,所以《文艺新闻》上发表的两篇批评胡秋原的文章《请脱弃"五四"的衣衫》和《论"自由人"的文化运动——答复胡秋原和〈文化评论〉》[②] 并不十分尖锐。真正引起"左联"重视并导致争论升级的是胡秋原的《钱杏邨理论之清算与民族文学理论之批评——马克思主义文艺理论之拥护》[③]。

虽然在这篇文章里,胡秋原对左翼的批评主要局限在学术理论之内,而且胡秋原批评的也只是钱杏邨个人,且其意见也不无可取

---

① 《阿狗文艺论》和《勿侵略文艺》分别发表在1931年12月25日《文化评论》创刊号和1932年4月20日《文化评论》第4期上,后者署名"H. C. Y"。
② 《请脱弃"五四"的衣衫》和《"自由人"的文化运动——答复胡秋原和〈文化评论〉》,分别发表于1932年1月18日《文艺新闻》第45号和1932年5月23日《文艺新闻》第56号。署名都是"文艺新闻社"。
③ 载于1932年1月30日《读书杂志》第2卷第1期。

之处，但左翼阵营把它当作对于"左联"的进攻，明显地把双方的矛盾扩大化了。冯雪峰说："胡秋原在这里不是为了正确的马克思主义的文学批评而批判钱杏邨，却是为了反普洛革命文学而攻击了钱杏邨，他不是攻击杏邨个人，而是进攻整个普洛革命文学运动。"他还提醒《文艺新闻》的"编者先生"："请你注意胡秋原的狡猾，并且我们要在一切人的面前暴露他的狡猾！"因为"在现在，[胡秋原]反对普洛革命文学，已经比民族主义文学者站在更'前锋'了。"① 瞿秋白则认为："他（即胡秋原）事实上是否认艺术的积极作用，否认艺术能够影响生活。而一切阶级的文艺却不但反映着生活，并且还在影响着生活；文艺现象是和一切社会现象联系着的，它虽然是所谓意识形态的表现，是上层建筑之中最高的一层，它虽然不能够决定社会制度的变更，它虽然结算起来始终也是被生产力的状态和阶级关系所规定的，——可是，艺术能够回转去影响社会生活，在相当的程度之内促进或者阻碍阶级斗争的发展，稍微变动这种斗争的形势，加强或者削弱某一阶级的力量。"② 自以为自由、客观、公正，反对政治干涉政治的胡秋原，被迫卷入了政治。

左翼阵营——尤其是冯雪峰，对胡秋原的批判可谓声色俱厉。然而，左翼阵营后来对胡的态度有了相当大的转变，因为冯雪峰等人后来对自身的"宗派主义"和"关门主义"做出了自我批评。

促成这一转变的，是张闻天于1932年11月3日在中国共产党秘密发行的机关刊物《斗争》第30期上发表的《文艺战线上的关门主义》一文（署名歌特）。文中针对左翼文艺批评家在讨论中存

---

① 冯雪峰（署名洛扬）：《"阿狗文艺"论者的丑脸谱——洛扬君致编者》，1932年6月6日《文艺新闻》第58号。

② 瞿秋白（署名易嘉）：《文艺的自由和文学家的不自由》，1932年10月《现代》第1卷第6期。

在的问题,具体地分析了"左倾"关门主义的主要表现。对于否认"第三种人"、"第三种文学"的观点,文章认为:"这当然是非常错误的极"左"的观点。因为在中国社会中除了资产阶级与无产阶级的文学之外,显然还存在着其他阶级的文学,可以不是无产阶级的,而同时又是反对地主资产阶级[的]革命的小资产阶级的文学。这种文学不但存在着,而[且]是中国目前革命文学最占优势的一种(甚至那些自称无产阶级文学家的文学作品,实际上也还是属于这类文学的范围)。排斥这种文学,骂倒这些文学家,说他们是资产阶级的走狗,这实际上就是抛弃文艺界上革命的统一战线,使幼稚到万分的无产阶级文学处于孤立,削弱了同真正拥护地主资产阶级的反动文学做坚决斗争的力量。"对于左翼文坛流行的认为文艺只是某一阶级的"煽动的工具"、"政治的留声机"的理论,张闻天认为,"照这种'理论'看来,凡不愿做无产阶级煽动家的文学家,就只能去做资产阶级的走狗。这种观点,显然把文学的范围大大的缩小了,显然大大的束缚了文学家的'自由'","在革命的小资产阶级的文学家中间,有不少的文学家固然不愿意做无产阶级的'煽动工具'或'政治的留声机',但是他们同时也不愿意做资产阶级的'煽动工具'或'政治的留声机',他们愿意'真实的''自由的'创造一些'艺术的作品'",这应该是被允许的。

张闻天的文章彻底否定了左翼文学界原来把文艺家归入小资产阶级,认为"文艺家大多数都是反动派"的观点。鉴于当时他在共产党内的领导地位,其文章的影响力是不言而喻的。接受了批评的冯雪峰接连写了两篇文章,即与瞿秋白商量后由瞿秋白代为起草的

《并非浪费的论争》①和《关于"第三种文学"的倾向与理论》②。这两篇文章完全改变了同年6月发表的《"阿狗文艺"论者的丑脸谱》那种措辞激烈的调子——当然胡秋原也明白地表示出自己并非是左翼的敌对者,在《浪费的论争——对于批判者的若干答辩》一文中他就提出:"无论自由人也好,第三种人也好,对左翼敬而远之者,至少大多数决非存心攻击",而他自己"对于整个普罗文学运动,也有无限同情"③。

至于左翼方面,在作为对于胡秋原的答复的《并非浪费的论争》中这样写道:"我们也极愿相信胡秋原先生主观上是这样的,相信他主观上是对于普罗革命文学抱着'无限同情'","我们提醒,警告,批判他们,也无非是要他们主观和客观的一致,成为真的'爱光明……的人'"。在《关于"第三种文学"的倾向与理论》的一开始,冯雪峰也重新表态,说明"对于一般作家,我们要携手",要纠正个别同志"指友为敌"的错误,还做了诚恳的自我检讨:"我们要承认所有非无产阶级的文学未必都就是资产阶级的文学的苏汶先生的话是对的;而且我们不能否认我们——左翼的批评家往往犯着机械论的(理论上)和左倾宗派主义的(策略上)错误。因为在我们面前,有着小资产阶级文学以及革命的小资产阶级文学存在。"对于苏汶,在坚持文艺为无产阶级斗争服务,重申左翼的阶级论文学观,反对"艺术至上"论的同时,冯雪峰也承认:"苏汶先生等现在显然至少已经消极地反对着地主资产阶级及其文学了。"他不再把苏汶看作敌人,而是应当与之结成同盟的"助手"、"同路

---

① 该文署名"洛扬",写于1932年11月10日,发表于1933年《现代》第2卷第3期。
② 该文署名"丹仁",写于1932年11月26日,出处同上。
③ 胡秋原:《浪费的论争——对于批判者的若干答辩》,1932年12月《现代》第2卷第2期。

人":"我们认为苏汶先生的'第三种文学'的真的出路,是这一种革命的,多少有些革命的意义的,多少能够反映现在社会的真实的现实的文学。他们不需要和普罗革命文学对立起来,而应当和普罗革命文学联合起来的。"

再来看一下鲁迅。如果说冯雪峰等人在对"自由人"和"第三种人"的问题上是由强硬转向温和的话,鲁迅却是由温和到强硬。① 在这场激烈的论争中,鲁迅是到后半场才上场的,他没有参与对"自由人"的批判——这是和鲁迅一贯反对"左"倾的作风分不开的。在"左联"成立的大会上,他就明确提醒大家防"左",又强调"左联"今后的"战线应该扩大"。在对自由人的论战开始后,"左联"机关刊物《文学月报》第4期上曾发表过芸生攻击胡秋原的长诗《汉奸的供状》,鲁迅还为此写了著名的《辱骂和恐吓决不是战斗》,批评这种以谩骂代替论争的不良习气。这样也许就可以理解为什么鲁迅开始并没有参加这次论争了。在后来对"第三种人"的论辩中,虽然鲁迅针对苏汶的《论"第三种人"》② 进行了相当激烈的批评,但"硬"中有"软",有批评,也有规劝。这篇文章结尾的一句话"怎么办呢?"是含有深意的,意思即是促使苏汶从"苦境"中解脱出来,在无产阶级和资产阶级之间尽快地做出抉择,回归左翼阵营。

可以看出,在和"第三种人"论争的前期,鲁迅对于他们采取的是"又打又拉"、"留后路"的做法。但是随着情况的进一步发展,当鲁迅得知韩侍桁及杨邨人也加入了他们的行列,穆时英、苏汶还做了国民党的书报检察官,鲁迅就坚信苏汶已是"右派","颇

---

① 关于鲁迅在对于"第三种人"斗争中态度的转变,请参看陈早春《鲁迅对"第三种人"的态度怎样?》,《鲁迅研究百题》,湖南人民出版社1981年版。

② 载于1932年11月《现代》第2卷第1期。

像御用文人了"。尤其是当鲁迅的文章中涉及"第三种人"的内容都遭查禁时,他对"第三种人"的态度就逐渐变得严厉起来。鲁迅在《答杨邨人先生公开信的公开信》中指出杨邨人"竭力要化为'第三种人'",不过是叛徒"一点零星的忏悔,对于统治者,其实是颇有益处的"。在1933年6月的《又论"第三种人"》中,更鲜明地表示出与他们斗争到底的决心:"如果这就等于'军阀'的内战,那么,左翼理论家就必须更加继续这战斗,而将营垒分清,拔去了从背后射来的毒箭!"此后,鲁迅还多次在不同地方表示过对于他们的厌憎与斗争,无须多述。

那么,是否冯雪峰和鲁迅之间在对待"第三种人"的问题上是互相抵触的呢?其实他们两人并不矛盾。鲁迅从始至终都很少"左"的色彩,所以无需纠"左",他对于"第三种人"的先"软"后"硬",不过是一种斗争策略而已。冯雪峰对"第三种人"由强硬而温和的态度的转变,则应该看作左翼阵营对于自身所具有的"左"倾"关门主义"、"宗派主义"进行自我批判的结果。这种自我批判在当时同样也是必要的。鲁迅与冯雪峰不仅不矛盾,而且两人同样可以说是"左联"纠"左"过程中做出过突出成绩的人。

从以上可以看出,如果说摆脱"左"的束缚的话,张闻天的《文艺战线上的关门主义》和冯雪峰的《关于"第三种文学"的倾向与理论》才显示出了"左联"纠"左"、勇于进行自我批判的倾向。承认了有不做无产阶级的"留声机"也不做资产阶级的"留声机"的"第三种文学",承认了第三种人的"同路人"地位,无异于承认艺术本身还有它自身的独立价值;不再以政治运动作为对于文艺的唯一目的,承认对于"同路人"要团结、争取,不再简单地用严苛的无产阶级的标准来要求他们或把他们推到对立面,这是左翼文学界对于文学的艺术性,对于传统,对于自身的知识分子立场的一种回归。正是这种回归,成为后来的大众语讨论区别于此前文艺大众化讨论的一个关键点。

就这一时期的文艺大众化讨论来说,大致上,以郭沫若等人为代表的前一时期的革命文学倡导者强调的是自身已经具有的"革命者"的身份。他们所说的文艺大众化,就是无产阶级文学的通俗化,革命的知识分子在这个过程中应该持一种启蒙、化大众的立场;而另一派的代表瞿秋白所说的大众化,实际上是要取得无产阶级在文化上的领导权的问题,他所强调的是革命的知识分子必须继续改造的一面——改造的方向,就是工农大众的方向。然而,这只是瞿秋白作为政治家的一方面。在另一方面,作为一个知识分子,他在实际上又把大众文艺的问题进行了远置(他对于现代中国普通话的要求),这当然和他作为政治家对于文艺大众化的要求是相抵触的。另外,30年代的文艺大众化讨论中还有另一种我们前面没有提到的声音,这就是鲁迅:

文艺本应该并非只有少数的优秀者才能够鉴赏,而是只有少数的先天的低能者所不能鉴赏的东西。

……但读者也应该有相当的程度。首先是识字,其次是有普通的大体的知识,而思想和情感,也须大抵达到相当的水平线。否则,和文艺即不能发生关系。……

所以在现下的教育不平等的社会里,仍当有种种难易不同的文艺,以应各种程度的读者之需。不过应该多有为大众设想的作家,竭力来作浅显易解的作品,使大家能懂,爱看,以挤掉一些陈腐的劳什子。但那文字的程度,恐怕也只能到唱本那样。

因为现在是使大众能鉴赏文艺的时代的准备,所以我想,只能如此。

倘若此刻就要全部大众化,只是空谈。大多数人不识字;目下通行的白话文,也非大家能懂的文章;言语又不统一,若用方言,许多字是写不出的,即使用别字代出,也只为一处地方人所懂,阅读的范围反而收小了。

总之,多作或一程度的大众化的文艺,也固然是现今的急务。若是大规模的设施,就必须政治之力的帮助,一条腿是走不成路的,许多动听的话,不过文人的聊以自慰罢了[①]。

鲁迅的观点最富现实性,这既是"大众化"又是"化大众"。它既不同于瞿秋白式的将大众文艺进行理想化的远置,也不同于郭沫若等人高高在上仅仅强调对大众启蒙的论调。在鲁迅看来,文艺大众化不是一蹴而就的现实,也不是遥不可及的梦,须一步步做,因此当时的大众文艺还只能是非常粗糙的形态。

这还只是鲁迅论点的一方面。同上面其他对于文艺大众化观点相区别的根本之处就在于,鲁迅文艺大众化观念的前提是政治而不是文艺。当其他人提倡文艺大众化,只着眼于让文艺去促进政治,而在鲁迅看来,文艺的成功却更需政治的帮助。这才是鲁迅最为明智之处。

公正地说,"左联"对于文艺大众化运动是有充分的认识的。"左联"的1931年11月决议中即指出,大众化的意义不仅在于它包含了"中国无产阶级革命文学目前首重的一些任务,如工农兵通信员运动等等,而尤在以问题之解决实为完成一切新任务所必要的道路。在创作,批评,和目前其他诸问题,乃至组织问题,今后必须执行彻底的正确的大众化,而决不容许再停留在过去所提起的那种模糊忽视的意义中"[②]。在1932年3月9日"左联"秘书处扩大

[①] 鲁迅:《文艺的大众化》,1930年3月1日《大众文艺》第2卷第3期。
[②] 载于1931年11月15日《文学导报》第1卷第8期。

会议所通过的《关于"左联"目前具体工作的决议》中又重申了"左联""向着群众,应当努力地实行转变——实行文艺大众化"这个"目前最紧要的任务"。11月决议中还规定了文艺大众化的原则和具体措施:

首先第一,必须立即开始组织工农兵贫民通信员运动,壁报运动,组织工农兵大众的文艺研究会读书班等等,使广大工农劳苦群众成为无产阶级革命文学的主要读者和拥护者,并且从中产生无产阶级革命的作家及指导者。

第二,实行作品和批评的大众化,以及现在这些文学者生活的大众化。今后的文学必须以"属于大众,为大众所理解,所爱好"(列宁)为原则;同时也必须达到现在这些非无产阶级出身的文学者生活的大众化与无产阶级化。

1932年3月9日"左联"秘书处扩大会议通过的决议中又强调,要"加紧研究大众文艺,以及批评一切反动的大众文艺,尤其要加紧工农兵通信员运动的工作,以及工农兵读书班、讲报团和说书队的工作,加紧从这些工作中教育出工农作家及指导者。并且这些工作都必须和当前的政治任务——反帝、反地主资产阶级政权和建立苏维埃政权——联系起来。以革命的大众作品,以壁报,以通信员运动的工作,以讲报说书等,进行鼓动和组织群众斗争"!同时,"还应当实行'欧化文艺'的大众化……使其不仅为知识分子的读物,在一方面也能为工农大众读者所接受"①。正是在这次会议上,"左联"进行了改组,在秘书处之下专门设立了大众文艺委员会(众委)②。并且在规定的创作批评委员会的工作中把"革命

---

① 《关于"左联"目前具体工作的决议》,《秘书处消息》第1期,左联秘书处1932年3月15日出版。

② 《关于"左联"改组的决议》,出处同上。

大众作品的形式及方法的研究，和欧化文艺作品的大众化问题的研究"列在了首位①。

"左联"的大众化工作，也并非是完全停留在口头上。除了前面所说过的瞿秋白等人以外，"左联"领导下的中国诗歌会也是以大众化诗歌作为自身创作方向的一个典型例子。穆木天在中国诗歌会出版的《新诗歌·发刊诗》中写到："我们要使我们的诗歌成为大众歌调，我们自己也成为大众的一个。"他们的作品虽然未免粗糙，不够细致，然而清新、刚健，确实显示出"属于别一世界"的艺术风格。

然而，最后的结果是，不仅"左联"的文艺大众化讨论被局限在知识分子范围内，知识分子创造的"大众文艺"也还是被局限在知识分子的小圈子里，所谓的大众文艺，并未真正能深入大众并与之结合。这除了当时工农大众的教育水平太低，和文学实际处于隔绝状态的原因外，其中一个重要原因就是鲁迅所强调的"政治之力"的缺失。如果说文艺大众化是文艺和政治合流的产物，那么，由于文学缺乏足够稳定性的政治条件（一种努力趋向于政治的文学的繁荣的前提，是这种政治提供给它的足够的支撑），使这种文学不可能完全达到政治对它的要求。这可以从大致相同时期内共产党统治相对稳定的苏区文艺的情况得到反证。

苏区文艺的主要形式是民歌与戏剧——这恐怕是因为当时文艺家大多数集中在国统区，苏区缺少文艺人才的缘故，另一个原因是民歌多来自民间，戏剧的形式也易于被广大的工农兵群众所接受。姑以戏剧为例，尽管从"艺术"的眼光看，苏区戏剧还存在着许多

---

① 《各委员会的工作方针》，《秘书处消息》第1期，左联秘书处1932年3月15日出版。

不足,它确实初步达到了和工农兵大众相结合的大众化要求——而且它是和无论郭沫若、鲁迅、还是瞿秋白所要求的大众文艺都是相符合的。我们不妨从对于当时中央苏维埃剧团一次演出的报道来管中窥豹:

苏维埃剧团春耕巡回表演纪事
戈丽

我们中央苏维埃剧团这次出发巡回表演,经过海坑、西江、洛江、庄埠、朱蓝埠、会昌、踏岗、武阳等地,我们所表演的除了自己准备好的关于春耕运动的必要的表演外,其余都是采集群众生活的实际材料,经过剧团集体创作的研究,依靠我们原有的技术的基础,很快就在舞台上出现了。群众很喜欢看,他们说:"优待红军家属那一出实在扮得好,春耕歌满好听,教得我们会就好咯!"于是一个传十,十个传百,小小圩镇,当着剧团公演时总是挤得水泄不通,老的、小的、男的、女的,晚上打着火把,小的替老的搬着凳子,成群结队的来看,最远的有路隔十五里或二十里的。他们嫌我们不热闹,同时又怕迟到看不全,提议我们公演前打锣鼓。又说"白天也要演才好"。我们完全接受他们的要求,逢市那天,白天也演,在逢市公演那天,田野的小道上,一队一队的妇女们,穿了较新的衣服,有的着了大花鞋,小女孩打着鲜红的头绳的辫子,有的抱着孩子,有的扶着拐杖.喧喧嚷嚷"喂!大家来去看中央来的文明大戏,满好看咯!"(即我们剧团的表演)在剧场中,经过剧团的同志,向他们解释,一般的秩序还好,他们看到表演《惰二嫂不努力耕田》,《小脚妇女积极参加生产》,《富农婆压迫和毒打童养媳》,《不识字的害处》,《奸商富农破坏苏维埃经济》,及揭破反革命欺骗群众反水的《上了他们的当》等剧本和活报时,他们非常感动,显露憎恶、喜欢、愤激、痛恨等各种不同表情。戏做完了,他们常常会"还要""还要"的叫起来,我们又添新的表演来满足他们的要求。

戏看完了,他们都散坐在酒桌旁,茶馆里,菜馆里,吃点心,喝茶,看我们的演员过去,就拉着和他们谈话。他们一面吃喝,一面笑着说:"同志嫂,你们的戏扮得满好,有头有尾,连我们妇女子都能懂,不比过去老戏,打打唱唱,我们莫名其妙,要读过满多书的人,满有才气的人才看得懂。"[①]

如果我们认定大众文艺是一种为大众所"理解、鉴赏和爱好"的文艺,是一种自觉为政治服务的文艺,文艺大众化是一种"为了"工农大众的运动,是一种和工农大众相结合的运动,那么此时的苏区文艺不是真正的大众文艺吗?谁又能说它里面没有包含着未来新艺术的萌芽(当然它当时也只能说是一种萌芽)?这种运动不是完全意义上的文艺大众化运动吗?这究竟是知识分子的启蒙,还是无产阶级领导下的政治文艺?是"大众化"还是"化大众"?这既是"大众化"又是"化大众",从中受到教益的不仅是大众,也应该有知识分子。知识分子在这种情境中才和大众真正地融合到了一起。

从这里,可以看到文艺大众化的可能性。尽管现在看来只是一种可能性,但它确实是一种可能性。

---

① 转引自汪木兰、邓家琪编《苏区文艺运动资料》,上海文艺出版社1985年版。

四、回归与构想

  1934年的大众语讨论是在左翼文学界知识分子立场回归的背景下发生的。左翼文学界在与"自由人"、"第三种人"进行文艺自由论辩过程中表现出来的对于自由主义知识分子立场所产生的宽容态度，在本次讨论中具体化为对于"五四"新文化运动，对于"五四"式白话文的认同感，这和前一时期相比，不能不说是一个相当大的变化。在大众语讨论中，已经没有那种对于"五四"的不加具体分析的全面批判，在讨论中也不再有那种处处强调"无产阶级意识"，反对"资产阶级意识"的激烈的措辞，大众语讨论显得更像是一种知识分子所发动的语文改革运动，意识形态的性质明显淡化了。这也就意味着左翼阵营中参与大众语讨论者革命者色彩的减弱和知识分子色彩的增强。这除了上面所说的左翼阵营的纠"左"的影响外，也是由当时的大众语所面临的反对文言文的具体任务所决定的。

  1934年的大众语讨论是因为汪懋祖、许梦因等人"复兴文言"的主张而引发的①。汪、许的主张自有适合它们生长的政治土壤。1934年初，蒋介石在南昌发起"新生活运动"，要以"礼义廉耻"、"忠孝仁爱信义和平"这"四维八德"来教育国民，以达复兴民族、

---

  ① 汪懋祖提倡文言文的文章《禁习文言与强令读经》、《中小学文言运动》分别发表在1934年5月4日《时代公论》第110号和1934年6月的114号上。许梦因的《文言复兴之自然性与必然性》发表在1934年6月1日《中央日报》上；《告白话派青年》发表在1934年6月22日《时代公论》第117号上。

建设国家之目的。而汪、许等人的主张，复古的精神与此"新生活运动"十分近似，他们提倡文言文，也包含着隐约的政治诉求。汪懋祖在《中小学文言运动》中就认为"读经绝非恶事，似毋庸讳言。时至今日使各省当局如何陈辈（指何键、陈济棠）之主张尊孔读经，可谓豪杰之士矣"。

当然，应该指出的是，虽然这种复古的倾向在此是以学术的公允面目出现的，汪懋祖等人也没有明目张胆地要以文言来重新取代白话，而只是要以"文言来弥补白话的不足而已"。稜磨对此看得很明白："在五四时代反对白话文和在今日提倡文言文的人是不同的：前者决不容认白话，后者只要人能写《四书》《五经》式的白话文，一定能够容忍，只因为要写白话的人写《四书》《五经》式的文章决不可能，于是仍只有提倡文言。他们也知道复兴文言文并不可能，但他们以为至少可以勉强人读一点古书。"[①]

即使这种有限的复古的主张，在一开始也注定了失败的命运。当时的情形是：白话已经稳稳地站住了脚跟，"五四"的激烈反传统倾向虽然已经过去，但人们仍对白话和文言论战记忆犹新，这个时候提倡复古，只能再次招致猛烈的抨击。也就是说，当矛盾的双方还未从对立中彻底摆脱出来，还没有被另一对新矛盾所取代，还注定是人们所注意的焦点的时候，所谓"科学"的、"公正"的态度就无法达到，双方也就无法反思自身。重新评判传统，认识文言的价值，应该当人们的态度逐渐变得冷静之后才有其可能性。从这方面来说，汪懋祖等人也是极不明智的。他们竟然要为正处于历史下坡路上的东西争地位，这只能显示出没落者的滑稽——"黑格尔在某个地方说过，一切伟大的世界历史事变和人物，可以说都出现

---

① 稜磨：《文言的前途》，1934年6月21日《申报·自由谈》。

两次。他忘记补充一点：第一次是作为悲剧出现，第二次是作为笑剧出现。"①

汪懋祖等人对文言文的倡导，对于所有经历过"五四"反文言运动的人来说，不仅提醒了他们自己的任务还没有完成，更重要的一点在于使他们重新认识到了"五四"白话文在对文言文的斗争中所取得的成绩。对于左翼阵营来说，这提示他们"五四"在当时还不应该是一个已经过时的运动、一个被完全否定的对象。于是他们在这一点上重新回到了"五四"和"白话文"的立场上。所谓大众语运动，其实并非表面上所看到的那样，是对于"五四"白话文的又一次革命，反而是对于白话文的"保卫"。陈望道在后来回忆开展大众语运动的动机时曾经这样说道：

一九三四年，国民党反动派对国统区加紧了反革命文化"围剿"。当时的复古思潮很厉害。汪懋祖在南京提倡文言复兴，反对白话文，吴研因起来反击汪的文言复古。消息传到上海，一天，乐嗣炳来看我，告诉我说：汪在那里反对白话文。我就对他说，我们要保白话文，如果从正面来保是保不住的，必须也来反对白话文，就是嫌白话文还不够白。他们从右的方面反，我们从左的方面反，这是一种策略。只有我们也去攻击白话文，这样他们自己就会来保白话文了。……会上大家一致决定采用"大众语"这个比白话文还新的名称②。

这个说法在乐嗣炳那里得到了证实：

当时，我说，我们和他们作理论、文字上的斗争是不够的，要

---

① 马克思：《路易·波拿巴的雾月十八日》，《马克思恩格斯选集》第一卷，人民出版社1972年版。
② 复旦大学语言研究室整理：《陈望道谈大众语运动》，文振庭编《文艺大众化问题讨论资料》，上海文艺出版社1987年版。

发动一场先发制人的对抗运动,保卫"五四"文化革命的成果,抵抗反动的法西斯活动。望老(即陈望道)赞成我的意见,望老提出发一个宣言,找几百个著作者签名,写文章用白话不用文言[①]。

由于反对文言文的任务,使他们不可避免地对于"五四"产生了认同感。这得到了绝大部分来自左翼阵营的讨论者的赞同。他们的文章中,对于"五四"白话文多了理性的分析,而不是意识形态的指责。

陈望道在1934年6月19日的《申报·自由谈》上发表的《关于大众语文学的建设》一文中。对于笔头语进行了这样的分析:

笔头语 { 贵族语(文言) ; 市民语(白话) { 教士语(语录体) ; 大众语(在宋代如评话上的用语) }

在陈望道的表中,再也见不到无产阶级意识和资产阶级"根性"之间的极端对立。在大众语和教士语的关系上,陈望道认为:

当时(指"五四"时期)对文言争市民权的笔头语,是包括着教士语和大众语两种语,而且往往把两种语平等的看待,留着一个退入语录语的可能。这是当时的短处。但当时所以把教士语和大众语同等看待,不过当时急于和文言对立的情势逼他显出了那样看相,骨子里到底并不是把语录体做范本的。

这不如就说,"五四"时的白话文言论战,之所以没有导致大众语的确立,不是因为这种白话文是"五四"的"资产阶级"属性的必然产物,而是因为情势所迫,知识分子没有来得及进一步以大众语来变革教士语而已。这就否定了从革命文学以来左翼知识界对

[①] 《乐嗣炳谈大众语运动和鲁迅先生》,文振庭编《文艺大众化问题讨论资料》,上海文艺出版社1987年版。

于"五四"新文化运动的阶级属性的判断,把白话文组织进大众语之中了。实际上,在"五四"的反文言运动中,知识分子确实曾经把本身的和大众的语言联合起来以作为反对文言存在的理由,如鲁迅就曾经以"四万万中国人嘴里发出来的声音,竟至总共'不值一晒',真是可怜煞人"①来反对林琴南对于白话的攻击。鲁迅文中所谓"四万万中国人"的声音,就是一种包含了陈望道所说的"教士语"和"大众语",对于文言文采取一致立场的语言。这种不加分析的语言观在当时不仅是可能的,而且是必须的。因为每一个正在上升的阶级为了反对旧势力,总是把自己的利益说成是一种普遍的利益,把自己的意志说成是普遍的意志。而在革命的初期,情况也确实如此:上升的知识阶层的意志确实是普遍性的意志。"五四"白话文"言文一致"的主张、胡适提出的"国语的文学,文学的国语"的口号,就他们的初衷来说,也确实是为了建立一种更加大众化的语言。但是,从当时的具体情况来看,语言学革命主要的任务是反封建,领导这场革命的知识分子的新语言的理论及内容的主要来源是西方及市民阶层,劳动阶级的力量还不够壮大,没有能力和实际的行动来加入这场文化变革,那么,新文化革命的语言学结果必然只能是知识分子阶层的白话,而不可能是以劳动者的语言为主体的大众语。只有到了"五卅"劳动阶层兴起之后,知识者向大众转向,大众语、大众语文学的需求才进一步被知识分子所发现。因此,陈望道在此所说"五四"时期之所以教士语(知识分子语言)没有进一步发展到大众语,是出于情势所迫,并不是有意要拿语录体做范本的判断,这是有问题的,他没有看到新文化运动中的语文

---

① 唐俟(鲁迅):《随感录五十七·现在的屠杀者》,1919年5月《新青年》第6卷第5号。

改革只能达到知识分子白话文程度的必然性。

不管怎样,同以前相比,讨论者们对于"五四"和"白话文",都是更多地进行肯定,而不是强调其意识形态方面的缺陷。胡愈之在《关于大众语文》中认为:"要是五四运动,在别的方面,没有多大的贡献,至少在语言革命上,却已把支配阶层的营垒,打了一个落花流水。'五四'文学革命的领袖们,虽然并没有认识清楚社会的使命,但一方面宣布'文言文'的死刑,不意识地缴了支配阶层的械。另一方面因'白话文'的大量的实际的应用,使文学不再成为大众的禁地。因此对于支配阶层的语文的没落,和大众语文的产生,五四运动,确实起了不少的推动作用。"[①]

"五四"不再是一种纯粹异己的力量,而是成为了自身进步的一个合理的基础。茅盾在大众语论战中曾同鲁迅交换过看法,认为在当时不能马上抛弃白话文。他以为,"主张一脚踢开白话文的先生们,虽然勇敢得很,彻底得很,就可惜有点近乎自己解除武装",建设大众语过程中必须和提倡"土话"、"汉字拉丁化"等工作同时并进的应该是改良目前的白话文,"先使白话文成话"。他同时指出,必须反对那种"被阉割的大众语"——汪懋祖也承认"大众语",但是他的目的就在于"你一拳,我一脚,把白话文抨击得只配丢在粪坑里了",汪懋祖是借此来"阉割"大众语[②]。

这种对于"五四"、"白话文"的认同,使得大众语讨论的阶级意识明显淡化。即使有人态度激烈,也多是对于"文言文"及其所包含的"封建意识"的不留情面的批判,大众语、白话文的阶级性质则鲜有人热衷探讨。纵使有所触及,谈及之人也非常谨慎。胡愈

[①] 胡愈之:《关于大众语文》,1934年6月23日《申报·自由谈》。
[②] 茅盾:《文艺大众化的讨论及其他》,《我走过的道路》(中),人民文学出版社1994年版。

之说:"'大众语'应该解释作'代表大众意识的语言'。'大众语'和'五四'时代所谓'白话文'不同的地方,就是'白话文'不一定是代表大众意识的,而大众语文决不容许没落的社会意识,混进了城门。"①

胡愈之在此避免了大众语和白话文之间的对立,大众语中理应有的"无产阶级意识"被"大众意识"代替了,原来充斥着"资产阶级意识"的白话文现在的缺陷只是被认定为"不一定代表大众意识"。周文说:"我们不要只从形式上去看,在脑子中划分成几种属性,把'文言文'认为是封建的,把'大众语'认为是劳苦大众的,是可以的,但要把'白话文'分为完全是豪绅买办的,把'方言土话'分为是原始的,我觉得这是不应该的。"② 胡风说:"说白话文是买办资产阶级的东西,这显然是一个不正确的估计。白话文固然有和买办资产阶级相通的一面,但也有和大众相通的一面。"③ 这和此前左翼文艺大众化讨论中对"五四"、白话文的判断恰好形成了鲜明的对比:"'之乎也者'的文言,'五四式'的白话,都不是劳苦大众所能看得懂的,因为前者是封建的残骸,后者是民族资产阶级的专利。"④

胡愈之的观点得到了左翼阵营大多数人的赞同。这几乎是肯定的——因为胡愈之的逻辑正是当时左翼知识界的逻辑:在坚持自己的立场的前提下,又小心翼翼地尽量避免和其他"小资产阶级"发生冲突,同时表现出对于自己前身的一种回顾和留恋。他对于大众

---

① 胡愈之:《关于大众语文》,1934年6月23日《申报·自由谈》。
② 司马驰:《内容与形式》,1934年7月1—2日《中华日报·动向》。
③ 高荒:《由反对文言文到建设大众语——关于这一次论战底内容的速写》,1934年7月15日《中华日报·星期专论》。
④ 起应(周扬):《关于文学大众化》,1932年7月20日《北斗》第2卷第3、4期合刊。

语的意识形态性质的表述还不如陶行知来得更明白:"胡愈之先生所下之大众语之解释很好,我想提出两个字的修正。大众语是代表大众前进意识的话语。大众文是代表前进意识的文字。"①

然而,左翼文学界对于"五四"的认同并没有,也不可能导致他们对于白话文的全盘接受。对于左翼文化阵营来说,大众语的口号之所以被提出,原因之一就在于它也是前一时期文艺大众化讨论的继续。在瞿秋白有关文艺大众化问题的文章里虽然并没有提出过"大众语"的口号,但是他在1932年的大众化讨论中已经提出要建立一种新的言文一致的语言形式的主张。在大众语讨论中也有人注意到了这一点:

关于"大众文学"的问题,好几年前早就有人当作一个严重问题来提出过,那时所获得的只是一个空洞的口号,理论上的斗争简直可说是完全没有。直到一九三二年《文学月报》创刊时,才又由宋阳先生将这问题重行提出,这回却不但有了理论上的斗争的发展,并且最先涉及到"用什么话写"的文字本身,这实在是大众文学急待解决的先决问题②。

也就是说,在讨论中,左翼文化界人士时刻都没有忘记自己的传统——"五四"对于他们已经获得的革命者身份来说,仍然是一种不完全的变革。尽管他们的革命立场还是以启蒙的理论状态出现,但是对于左翼阵营来说,大众语建设一个潜在的前提仍然是政治,所以这种回归本身也就不可能被贯彻到底,而只能是对"五四"加以"扬弃"。前文已经述及,大众语这一口号的提出除了反对文言复兴之外,另一个目标就是反对"新文言","五四"的白话

---

① 陶行知(署名陶知行):《大众语文运动之路》,1934年7月4日《申报·自由谈》。
② 参看魏猛克《普通话与"大众语"》,1934年6月26日《申报·自由谈》。

文仍然被认为是一个不彻底的运动:"'五四'的白话虽然在理论上战胜了文言,而稍缓立刻与文言结合而成了新文言。——今日的所谓'语录体'之盛和文言的提倡原是一个联系中的事情,同样都是不容我们轻视甚至忽视的。"①

乐嗣炳的回忆文章中则说到:

> 我们考虑到文言复兴的反动性,所有理由"五四"以来文言与白话斗争中都已讲过了,再说就是炒冷饭。当时我和望老统一的意见是在运动中我们不直接批评文言复兴的谬论,也不参加文言白话的论争,而是批白话中夹杂文言。同时我们也考虑了战术问题,不跟法西斯小丑直接对抗,而是对准"五四"以后一些有名气的人物,如胡适、周作人、林语堂等。

林语堂当时主编《论语》。提倡白话夹文言,语录体②。

陈望道也说:"《太白》(1934年9月创刊的左翼文学刊物,陈望道主编)的创刊,在当时也是为了对抗林语堂的。"《太白》这一刊物的名字的含义之一就是"白而又白,比白话还要白"③。

大众语是以白话文作为自己的基础的,它所继续的也是"五四"时期"言文一致"的逻辑。然而,如果说白话文对文言文的反抗已经成功,大众语对于白话文的这种"扬弃",却根本无法实现。"五四"时期,知识分子阶层的白话文已经是一种比较成熟的语言,而此时却并没有一种比白话文更成熟的大众语。尽管如在前面提到的那样,大众语要求一种比"五四"白话更高的普遍性,但是这恰好成为大众语运动的致命弱点。语言的普遍性取决于交往的普遍

---

① 胡绳:《文言与新文言》,1934年6月28日《中华日报·动向》。
② 《乐嗣炳谈大众语运动和鲁迅先生》,文振庭编《文艺大众化问题讨论资料》,上海文艺出版社1987年版。
③ 复旦大学语言研究室整理《陈望道谈大众语运动》,文振庭编《文艺大众化问题讨论资料》,上海文艺出版社1987年版。

性，大众的现实的隔绝状态，就注定了大众语无法立刻完成对于白话的扬弃，因为在语言里没有一种普遍性的大众的存在，当时的大众的语言是方言土语，而它们在普遍性上正是和大众语的要求相对立的，那么，大众语还只能是一个有待实现的理想。魏猛克非常怀疑用"土话"来创作文学的主张。他除了认为土话是"原始的，没有进步性"以外，强调了土话的不可通约性：

> 试拿张天翼君的小说来看，他最喜用的一句骂语是："奶奶雄"，这"奶奶雄"我们可知道是指什么东西呢？又如"啊啦"，"顶括括"，"乖乖哈"等语，倘非当地人是不能从字面上理解其含义的。一篇文章用许多看不懂的土话，即使加了注释，那效果与搬用成语和典故，又有什么分别么[①]！

尽管他认为，中国处在"现在世界的狂潮之下，语言的统一当然是不久远的事"，但毫无疑问，"大众语"一词仍然只能是知识分子们被远置的构想。

魏猛克从瞿秋白那里继承来的"现代中国普通话"是构想之一[②]，他认为，"现代中国普通话"是因为交通发达，各地人们来往日渐密切要求交涉上的便利而产生的，是有普遍性的，它主要流行在轮船、火车、码头、车站、客栈、饭铺、游艺场等处，工厂也受到影响。这种现存的"普通话"，虽然本身不具备"前进的意识形态"，也没有达到完善的境地，有时还夹杂些所谓"南腔北调（零碎的土话）"，但它必然会随着交通发达而进展，随着社会意识的转变而转变。正是出于这种考虑，魏猛克认为应当把"现代中国普通话"作为建设大众语的基准。且不论这种想法现实与否，瞿秋

[①] 魏猛克：《普通话与"大众语"》，1934年6月26日《申报·自由谈》。
[②] 叶籁士在载于1934年7月10日《中华日报·动向》上的《大众语·土话·拉丁化》中也明确支持这种说法："大众语应该就是'现代中国普通话'。"

白、魏猛克对于大众语的最大的贡献就在于,他们阐明了一种普遍性的语言对于使用者之间普遍性交往关系的依赖。当然,他们明显地把这种"现代中国普通话"的产生过程——也就是人们普遍交往关系的产生过程大大简单化了。

构想之二,是汉语的拉丁化(罗马化、拼音化)。这是一个几乎为所有主张大众语者都同意的方案,它几乎被认为是大众语运动未来一个想当然的终点——它和文学家们对"现代中国普通话"的憧憬也并不矛盾。早在1932的文艺大众化运动中,瞿秋白在《再论大众文艺答止敬》中就提出过采用罗马字、废除汉字的主张;叶籁士曾经制定出自己的拉丁化方案;鲁迅在这个问题上也表现出极大热忱,在《门外文谈》、《汉字拉丁化》、《中国语文的新生》、《关于新文字》、《论新文字》以及《在病中答救亡情报访员》中多次表示推行拉丁化拼音方案的愿望。

另据乐嗣炳的回忆,在提倡拉丁化新文字者和《太白》社同人发起的推行新文字的意见的签名活动中,不仅有鲁迅、陈望道、郭沫若、茅盾、胡愈之、叶圣陶、邹韬奋、陶行知等人参加,蔡元培、柳亚子等国民党开明人士,孙科、吴稚晖等国民党右翼分子以及穆藕初式的大资本家也签了名。

应该说明的是,大众语运动的参加者对于汉字拉丁化的提倡,也没有仅仅停留在理论的层次上。在此之前,瞿秋白就曾身体力行,出版了用新文字书写的《中国拉丁化的字母》的小册子及《新中国文字草案》》[①]。1935年春天,上海召开"第一次拉丁化中国字代表大会",大会决定出版《新文字教授法指南》,用新文字编各种教科书,出版《拥护新文字六日报》等。据茅盾回忆,当时叶籁士

---

① 参看《瞿秋白文集》第3卷,人民文学出版社1989年版。

编写的《拉丁化概论》、《拉丁化课本》等很受欢迎。

然而,即使这样一种几乎为所有人所同意的意见,最后也没有能达到提倡者预期的目的。茅盾在1981年回忆这一运动失败的原因时曾经说:

> 现在看来,当时我们都有点急躁,把废除汉字看得太简单了。而且有的观点也太偏激。事情只有经过实践,然后能认识得更清楚。现在离一九三四年已四十七年,中国已发生天翻地覆的变化,当年鲁迅所期望的"政治之力的帮助"已成为现实。然而三十年代大家认为是"特权阶级愚弄大众的工具",是大众识字、有文化的唯一障碍的方块字,现在我们却仍旧使用它来让大众识字,学文化,而且已有三十年之久。拉丁化方案也仍然处于试验阶段。因为这牵扯到要使十亿人民重新学习一种记录语言的工具的复杂问题,何况到今为止的浩如烟海的典籍,历史、哲学、文学等等,都是用方块字写成的,倘要改用拉丁化,这些典籍等是译成拉丁文字呢,还是不译?译与不译两者都有实际困难。所以,回顾三十年代我们这些进步文化人的热心肠,的确是令人感动的[①]。

茅盾作为汉字拉丁化运动的过来人,他的评价应该说是中肯的。该运动至今没有取得成功,确实不仅是因为缺乏"政治之力的帮助",更是因为汉字拉丁化改革这一工程本身所涉及的和整个文化传统的决裂所造成的艰巨性使然。

汉字拉丁化运动的命运正是大众语建设运动的命运。大众语运动在反对文言复兴上取得了胜利,但当它要进一步扬弃白话的时候,却只能遭遇失败。胡愈之等人为建设大众语甚至提倡并亲自实

---

① 茅盾:《文艺大众化的讨论及其他》,《我走过的道路》(中),人民文学出版社1984年版。

践过用简笔字、错别字、拼音字写文章,但是这种文章对于当时的大众还是不能产生很大的影响——因为大众连这种文字也不认识。

这似乎也显示出,大众语讨论还只能被看作一场知识分子范围内的运动。但是,即使考虑到这次运动中左翼阵营对"五四"新文学、白话的重新认同感,也不应该简单地把它当作一场知识分子由上而下的"化大众"运动——其实运动中还是有人明确提出过对于知识分子进行改造的要求的。陶行知在《大众语文运动之路》里把大众语文的道路归结为两条:(1)知识分子参加大众生活,在大众语演进的基础上努力写作语文合一的大众文;(2)将生活符号普及于大众,使大众自己创造出语文合一的大众文。他强调的是知识分子改造自身生活的重要性:

知识分子要想写大众文必须先学大众语,他必须拜大众做老师。不够!他必须钻进大众的生活里去与大众共生活共甘苦。他必须是大众队伍里的一位战士。等他自己的生活与大众的生活打成一片,然后他才领略大众生活之酸甜苦辣;然后他写大众便是写自己,写自己便是写大众。如果他不肯拜大众做老师,不肯在大众的队伍里做一个小兵,他决写不出好的大众文[①]。

陈望道则把不同的文体和不同的"态度"联系起来。他认为,文言文是反对大众的,通俗的白话文是"混大众"的,而大众语却是大众的。写文言文的态度总以为自己在大众之上,说是反大众实际也就是超大众;同样,通俗的白话文的态度和它相反,是站在大众之下来"混大众",是插科打诨地敷衍大众。这二者对大众的态度虽然不同,但都是站在大众之外的。而用大众语写文字的态度必

---

① 载于1934年7月4日《申报·自由谈》。

自认是大众的一员，不在大众之上，也不在大众之下[①]。这也暗示了左翼阵营提倡大众语时采取的正是"大众之中普通一员"的价值取向，也是对于知识分子必须"大众化"的要求。

当然，这场运动还是以知识分子"化大众"为主导倾向——即使站在"革命"立场上看，其实这也无可厚非。鲁迅说："由历史所指示，凡有改革，最初，总是觉悟的智识者的任务。但这些智识者，却必须有研究，能思索，有决断，而且有毅力。他们也用权，却不是骗人，他利导，却并非迎合。他不看轻自己，以为是大家的戏子，也不看轻别人，当作自己的喽罗。他只是大众中的一个人，我想，这才可以做大众的事业。"[②] 这不仅是对于他自己的写照，也是对于左翼知识分子的要求。1934年的大众语讨论中的左翼文化界，正是一心向着大众，一方面做着把文字还给大众的工作，一方面又自觉地以大众的需要作为标准，进行自我改造。这时如果要求他们深入大众生活，真正地和大众打成一片，在当时国民党统治的政治条件下，是不现实的。当时的国民党方面对于大众语讨论的性质非常了解。右派文人李焰生就曾经说："所谓大众语文，意义是模糊的，提倡不是始自现在，那时文艺的政治宣传员如宋阳之流，数年前已经很热闹的讨论过，——这是继普罗文艺而来的。"[③] 如果离开当时的环境来对大众语讨论者的"化大众"进行苛责，自然是很不公正的。

[①] 陈望道：《大众语论》，1934年8月1日《文学》第3卷第2号。
[②] 鲁迅（署名华圈）：《门外文谈》，1934年8月24日—9月10日《申报·自由谈》。
[③] 李焰生：《由大众语文文学到国民语文文学》，1934年8月15日《社会月报》第1卷第3期。

五、余波和结语

"左联"时期文艺大众化讨论被局限于知识分子的范围里。尽管"左联"的几次讨论中对于革命知识分子和大众之间的非同一性有所认识,也提出了种种措施以加克服,然而知识分子和大众之间的天然鸿沟,并不能使"化大众"还是"大众化"的问题得到解决,讨论也就不能完全平息,余波不断。

素来不太为人注意的是,在"左联"解散、抗日战争全面开始之后,现代文学史上还进行过一次小小的文艺大众化讨论。这次讨论的直接原因,就在于文学在抗日战争的民族危机面前所应该承担的深入大众宣传抗战的任务。全国文艺界抗敌协会在成立的当天,就喊出了"文章下乡,文章入伍"的口号,但当时的文艺家们来到大众之中后才发现,"还有那么多的百姓连字也不识","在一个四五百户的村庄里可以找不到一本新文艺的作品"[①],"大众化"势在必行。

应当说,这一次的大众化运动,并没有像"左联"时期一样,主要停留在讨论的层次上。正如周文所说,如果说抗战前是大众化的论争阶段、实验的阶段,那么抗战开始后就是实施的阶段,各种大众化、通俗化刊物纷纷涌现:1938年2月,汉口方面出版了《大众报》;1938年4月,成都方面出版了《星芒报》,《星芒报》

---

① 老舍:《文章下乡,文章入伍》,1941年11月25日《中苏文化》第9卷第1期。

后变为《蜀话报》,再变为《新民报三日增刊》、《通俗文艺五日刊》;1938年12月,西安方面出版了《老百姓报》以及很多小册子;1938年生活书店出版《大众报》;重庆战时书报供应社出版《壁报资料》;1939年全民抗战社出版《全民抗战战地版》,五六月间出版《全民抗战通俗版》;二战区黄河出版社出版了老百姓唱本丛书;重庆方面,军委会政治部、教育部、后方勤务部、慰劳总会等出版了一些民众和士兵读物;桂林方面,文化资料供应社出版《新道理旬刊》;江西吉安出版《大众日报》并附出一张通俗的《大众生活报》;1940年晋西北方面,吕梁文化教育出版社出版各种通俗小丛书;同年3月,陕甘宁边区成立大众读物社,出版《边区群众报》、《大众习作》、《大众文库》、《大众画库》等;8月,八路军留守兵团出版《连队生活战士版》。此外,还有其他许多刊物如《文艺阵地》、《文艺后防》、《抗到底》、《时调》等等,也都或多或少地登载大众化的通俗作品[①]。

在全民抗战热潮的鼓动下,一些著名的作家也开始写作"旧瓶装新酒"的大众化作品,鼓词、相声、数来宝,都有人尝试写作。老舍的《三四一》里收录了大量的通俗作品;欧阳山、张天翼、沙汀、艾芜、谷斯范则尝试通俗小说的写作,创作出了《战果》、《卢沟桥演义》、《新水浒》;在根据地的高长虹写出了长篇通俗小说《遗毒计》。此不一一赘述。

然而,这次大众化创作浪潮中,也不乏质疑之声——甚至包括积极从事者自身在内。为了抗日战争需要而屈就大众的通俗化作品不管从内容还是到形式,都和"五四"新文学迥然不同,这和文学

---

① 此处所引用的抗战时期出版大众化刊物情况的材料取自四川人民出版社1980年出版的《周文选集》下册中《大众化运动历史的鸟瞰》一文。

家们所肩负的"五四"新文学的传统无疑是相背离的,如果这种采用许多民间通俗文艺形式的大众化是一种正确的"道路",那么又如何理解"五四"新文学对于旧形式的决裂?这时的大众化,究竟是一种暂时的文学策略还是应该成为新文学、新文化的方向?

很多作家因此对于因为抗战而兴起的"大众文艺"表示出怀疑甚至是否定的态度。吴组缃认为,此类作品"在思想意识方面,都要相当的迁就读者","技巧也要降低"。只不过因为战争,"宁愿叫文学受点委屈,去服从抗战"①。老舍则视这种创作为"降格相从"②。他称:"新的是新的,旧的是旧的,妥协就是投降!因此,在试验了不少篇鼓词之类的东西以后,我把它们放弃了。"③艾青说:"我自己对于利用旧形式这一口号是取怀疑的态度的。……我们的文学革命已这么多年了,一开始,它就否定了旧形式,现在如果又把旧形式肯定了,将来不是又要重新来一次否定么?"④

很明显,这种怀疑、否定的态度隐含的仍然是作家们对于知识分子和大众关系的认知。在否定者那里,知识分子和大众之间不能划等号,更不应该"被大众化",这仍然是一种"五四"式的启蒙立场。当然,必须注意到,这些对大众化提出疑问的文学家大多不是原来的"左联"成员。讨论者的革命色彩比之原来的"左联"时期淡化了许多。但是正如我们前面所说,即使原来的左翼阵营也并没有摆脱自身的知识分子身份,大众语讨论中也产生过向"五四"回归的倾向,所以在这个时期讨论中所显示的知识者和大众关系上,无论讨论者是否属于原来的左翼阵营,都仍然是一个有待解决

---

① 《宣传·文学·旧形式的利用》,1938年5月1日《七月》第3卷第1期。
② 舒舍予:《保卫武汉与文艺工作》,1938年7月9日《抗战文艺》第1卷第12期。
③ 老舍:《三年写作自述》,1941年1月1月《抗战文艺》第7卷第1期。
④ 《宣传·文学·旧形式的利用》,1938年5月1日《七月》第3集第1期。

的问题。

这个问题在这次讨论中确实没有解决，而且也出现在文学的民族形式讨论之中。

文学的民族形式讨论，触发点是毛泽东1938年10月在共产党六届六中全会所作的报告《中国共产党在民族战争中的地位》。该报告中说，马克思主义必须和中国的具体特点相结合并通过一定的民族形式才能实现；洋八股、教条主义应该被中国老百姓"喜闻乐见"的"中国作风"、"中国气派"所替代。虽然毛泽东的"民族形式"观念针对的是共产党内王明主义，后来这个观念的政治内涵与背景却被文学界所淡化，"民族形式"也被提炼出来成为文学的核心范畴。

文学界的民族形式讨论，争论的焦点不是关于民族形式的价值判断，而是实现的方法与途径的问题。论争中的向林冰坚持以"民间文学"为建设文学的民族形式中心源泉，而葛一虹则强调民族形式应该在"五四"新文学的基础上建立。向、葛的观点，隐含着要知识分子自我改造的"大众化"和要知识分子进行启蒙的"化大众"两种立场的差别。

向林冰无疑是强调以大众为"本位"的，他对于民间形式的坚持，主要理由就是民间形式包含了"大众性"。在向林冰看来，因为民间形式是大众习闻常见的，所以正是他们"喜闻乐见"的基础，也是争取文艺大众化、民族化的根本前提[①]。他对于"五四"新文艺的否定，是因为新文艺缺乏群众性："五四"新文学是"以

---

① 向林冰：《关于民族形式问题敬质郭沫若先生》，1940年8月6日-21日重庆《大公报》副刊《战线》。

欧化东洋化的移植形式代替中国作风与中国气派的畸形发展形式"①，是"大学教授、银行经理、舞女、政客以及其他'小布尔'的文学"，也就是和群众完全隔绝的都市文学。"如果以新兴形式为民族形式的中心源泉，而拆散民间形式以溶解于新文艺形式之中，则由于口头告白性质的被去势，必至丧失大众直接欣赏的可能。"②正是对大众的关注，以"现实的"大众的理解、欣赏的需要为根据，他才把民族形式的中心源泉建立在"属于大众"的民间形式上。

不过，一般容易为大家所忽略的是，其实向林冰也并非主张对于"五四"以来的新文学完全抛弃，一概否定。因为"五四"新文学在20世纪40年代已经是一种不可回避、也不可能弃置不理的传统，完全否定了它，实际上也就是切断了他的"民间形式"和一个时期文学主潮的联系。他不可能完全回到"封建时代"的文学立场上，因此，他在批判"五四"新文学传统的"非大众化"倾向的同时，又竭力将它组织进自己的"民间形式"之中。在1940年4月21日重庆中苏文化协会举办的文艺的民族形式问题座谈会上，向林冰称左翼时期的"大众化"是渐变，而这时的"民族形式"则是突变。他还在《新兴文艺的发展与民间文艺的高扬——再论民族形式的中心源泉之三》一文中将"五四"到论争以来的文学史划分为"民族形式"发展的三个阶段：（1）"五四"的发轫时代；（2）由1927年至抗战前夜的发酵时代；（3）抗战三年来的转型时代。他认为"五四"初期的文学是市民文学；革命文学时期为转型期，而

---

① 向林冰：《新兴文艺的发展与民间文艺的高扬——再论民族形式的中心源泉之三》，《文学的"民族形式"讨论资料》，广西人民出版社1986年版，第310页。
② 向林冰：《论"民族形式"的中心源泉》，1940年3月24日《大公报》副刊《战线》。

此后的民族形式则是在更高的形态上对于"五四"精神的复活①。他在《旧形式底新评价》一文中又说：

> 今日所谓旧形式与所谓"五·四"时代的所谓旧形式，并非同一物，当"五·四"文学革命时候所否定的旧形式，是"文选妖孽"，"桐城谬种"，其作为新形式而提倡者，如《水浒传》、《西游记》、《红楼梦》、《儒林外史》、《三国演义》等章回小说以及作为民俗学语言学历史学资料而搜集的，如歌谣谚语土腔小调民间传说等，正是今日"旧瓶装新酒"的通俗读物创作上所要应用的"旧形式"②。

按照向林冰此处的言论，不仅当时文学的民族形式需要民间的"旧形式"，"五四"文学所提倡的也是这种"旧形式"（民间形式）。实际上，虽然"五四"时期曾经出现过不少要改造传统民间文学形式的说法——譬如胡适就曾经说新文学的"来路"有两条：(1) 民间文学；(2) 除印度外，即为欧洲文学③。北京大学还出现过歌谣研究会之类专门搜集民歌、民间故事的机构。但实际上，胡适等新文学家们大多心仪的还是西方文学："中国文学的方法实在不完备，不够作我们的模范"，所以只好"赶紧多多的翻译西洋的文学名著做我们的模范"④。就创作实践来看，"五四"新文学的谱系也明显不属于所谓的中国民间传统，而是西方。

不管对于"五四"新文学进行批判，还是把它归为己有，向林冰以民间形式为"中心源泉"的论调，都显示出一种"现实的"、

---

① 向林冰：《新兴文艺的发展与民间文艺的高扬——再论民族形式的中心源泉之三》，《文学的"民族形式"讨论资料》，广西人民出版社1986年版，第308—314页。
② 向林冰：《旧形式底新评价》，转引自胡风《论民族形式问题底提出和争点——对于若干反现实主义倾向的批判提要，并以纪念鲁迅先生逝世底四周年》，1940年10月25日《中苏文化》第7卷第5期。
③ 胡适：《中国文学过去与来路》，1932年1月5日天津《大公报》。
④ 《中国新文学大系·建设理论集》，上海文艺出版社2003年版，第138页。

"大众"的立场。他对于"五四"新文学的批判,其实就是对于知识分子立场的批判。他在《民族形式的三个源泉及其从属关系——再论民族形式的中心源泉之四》一文中更加明确地表述了自己的理论和其大众立场之间的关系:"以布尔为特征的知识青年,我们一点也不敢抹杀其在中国革命中的巨大作用,尤其自抗战以来,知识青年到处站在最前线,发挥其播种或发动的力量。凡是有眼睛的人,谁也不能不承认。然而,我们却也不能不指出:知识分子在历史发展上的作用与地位,是从属于人民大众的,历史发展动力的主导契机是属于后者而非前者,这更是稍有科学历史观常识的人所不能不承认的。'建立知识分子的领导',不但在历史上,即使在现实上,即在抗战的目前,也曾听到有人这样提起,但是,它究竟有多大的真理性,历史的发展逻辑自会提出严厉的批判。""我认民间形式的批判的运用为缔造民族形式的中心源泉或主导契机,实在一点也没有'抹杀'五四以来新文艺的革命传统,这好像要求知识分子从属于人民大众一样,而只是将它的革命传统配置在正确的位置上。"①

与向林冰对立的葛一虹所持的立场则是"五四"的立场,也就是知识分子的立场。在大众和知识分子的关系上,葛一虹更强调的是大众本身的落后性质。他认为,新文艺在普通性上之所以不及旧形式,其原因并不在于新文艺本身,主要还是在于精神劳动与体力劳动长期分家以致造成一般人民大众的知识程度低下的缘故,代表着现实的大众水平的民间形式是落后的:"在封建制度底下所成长起来的旧形式或民族形式中间,那般创造家会把握了怎样深度的科

---

① 向林冰:《民族形式的三个源泉及其从属关系——再论民族形式的中心源泉之四》,载于 1940 年 7 月 9 日《新蜀报》副刊《蜀道》。

学的世界观和怎样高度的现实主义创作方法来组织题材,并把这些题材来表现呢?"① 葛一虹按照"新事物有新形式,旧事物有旧形式"的逻辑,将民间形式作为"历史博物馆里的陈列品",宣判了其死灭的命运②。

  葛一虹在指出"民间形式为中心源泉论"者同样也承认"五四"新文学的"现代形式的进步与完整"的同时,指出新文艺的普遍性之所以不及旧形式,"固然新文艺工作者不能全然卸下他的责任",然而主要并不在于新文艺本身,而在于人民大众知识程度的低下。而"当我们已经有了比较进步与完整的新形式",面对大多数还是文盲的普通大众的时候,要建立文学上的民族形式,必须让知识分子发挥"化大众"的作用。

  民族形式讨论中另一个坚定地捍卫"五四"新文学、捍卫知识分子立场的胡风的观点与众不同(他几乎批评了所有人,甚至是和他观点相近的葛一虹、以群等),他也反对把民族形式的创造理解为"大众化"或"通俗化",但是胡风也无法摆脱民族形式所涉及的知识分子和大众之间的关系问题。不过,在胡风那里,"知识分子"一词被还原为"五四"以及"现实主义"。胡风一直强调的是"大众"饱受了几千年"精神奴役的创伤",知识分子从事的文艺运动作为民族解放运动的一翼,一方面固然要投身到实际斗争里面,为达到和大众的结合而斗争;而另一方面,或许更重要的,是要坚持而且加强现实主义传统,为提高大众的认识能力而斗争:"前者要接受后者底领导,只有接受这领导才能够把握住方向,后者要接受前者底营养,只有接受这营养才能够在活的基础上丰富自己、加

---

  ① 葛一虹:《民族遗产与人类遗产》,1940 年 3 月 15 日《文学月报》第 1 卷第 3 期。
  ② 同上。

强自己。"① 这其实就是要"大众化"从属于"化大众",而且胡风要知识分子"大众化",也只是为了给"化大众"的工作以"营养"而已,最终的目的还是"化大众",几乎完全看不到对知识分子进行批判或改造的意味——胡风完全站在了知识分子的立场上。

　　大多数讨论者在文学的"民族形式"讨论中没有采取极端的态度,而是以辩证的眼光来看待这个问题。新文学应该以毛泽东《中国共产党在民族战争中的地位》中所说的中国老百姓的"喜闻乐见"的"中国气派"、"中国作风"作为方向,是为大家所公认的;新文学有欧化倾向、没能深入到大众中间,因此需要进一步改造的观点,也获得一致赞同。如果完全站在"五四"式的"化大众"的立场上建设新的"民族形式",这和他们的价值判断无疑南辕北辙。但是,对于那些从"五四"走过来的人来说,只强调民间形式在建设民族形式中的重要作用,只要求知识分子的"大众化",这无异于否定了"五四"在反传统的斗争中所取得的成绩,否定了"五四"新文学相对"旧形式"范畴之下的民间形式的进步性,也就否定了自己的历史。正是出于这种考虑,才有了上面提到的老舍在进行了大量的通俗文艺的创作之后,又认为这种创作就是"投降"的情况。因此,在这种矛盾面前,大多数民族形式讨论者在首先肯定了新的民族形式应该以大众作为方向的前提下,既反对把"民间形式"作为建设民族形式的中心源泉,又努力把民间形式、"大众立场",组织进"五四"新文学之中。周扬说:"新文艺,作为一个打开少数人的贵族的文学建立多数人的平民的文学的运动而兴起的,是一直在为文艺与大众的结合的旗帜下发展来的","历史的事实毋

---

　　① 胡风:《论民族形式问题》,《胡风全集》第 2 卷,湖北人民出版社 1999 年版,第 788 页。

需粉饰,也不应抹杀。如果不是我的偏见,新文艺,无论在其发生上、在其发展的基本趋势上,我以为都不但不是与大众相远离,而正是与之相接近的","新文艺的内容是民主主义的,最适宜于表现这种内容的,就不能不是新形式"。周扬同时认为,新文学"把章回小说改造成了更自由更经济的现代小说体裁,从旧白话诗词蜕化出了自由诗","在'五四'初期的白话小说白话诗里面就保留有旧小说诗词的写法与调子的鲜明的痕迹,但那已经不是旧形式,而是新形式了"①。何其芳也承认旧文学和新文学关联的"正当性":

> 我认为"五四"运动以来的新文学是旧文学底正当的发展。虽说由于中国旧文学的落后性,由于旧文学的形式有的被利用了千多年,有的被利用了几百年,大部分无法再利用下去,因此大量地接受了欧洲文学底影响,它并不是斩钉截铁地和旧文学毫无血统关系的承继者。很明显地,初期的白话诗保留着浓厚的旧诗词的影响,(如胡适、俞平伯、刘大白等的诗集),有些小说也还没有脱离旧小说的窠臼(如杨振声的《玉君》)。后来才在形式上更欧化而在内容上更现代化,更中国化。这是一种进步②。

再如郭沫若所说:"中国新文艺,事实上也可以说是中国旧有的两种形式——民间形式与士大夫形式——的综合统一。从民间形式取其通俗性,从士大夫形式取其艺术性,而益之以外来的因素,又成为旧有形式与外来形式的综合统一。"③ 以上种种,都体现了努力将"旧形式"、"民间形式"、"大众立场"组织进新文学之内的企图。因为这起码在言辞上达到了"五四"新文学和民间形式、知

---

① 周扬:《对旧形式利用在文学上的一个看法》,1940年2月15日《中国文化》第1卷第1期。
② 何其芳:《论文学上的民族形式》,1939年11月16日《文艺战线》第1卷第5期。
③ 郭沫若:《"民族形式"商兑》,1940年6月9—10日重庆《大公报》。

识分子和大众的合流,从而也在现实面前为"五四"新文学争得了地位。

但是,所有这些知识分子范围之内的文学民族形式探讨,都没有产生一个能获得全体同意的结果,"化大众"与"大众化"孰是孰非,也就没有定论。在左翼知识分子圈内,直到毛泽东的《讲话》发表,才算为从革命文学转向以来左翼文学界进行的所有关于知识分子和大众关系的讨论都画上了一个句号:

立场问题。我们是站在无产阶级的和人民大众的立场上.对于共产党员来说,也就是要站在党的立场,站在党性和党的政策的立场。在这个问题上,我们的文艺工作者中是否还有认识不正确或者认识不明确的呢?我看是有的。许多同志常常失掉了自己的正确的立场①。

很显然,毛泽东讲话虽然针对的失掉正确立场的"共产党员",其实也包括——甚至主要就是——当时投身到延安革命队伍中的知识分子。其实,毛泽东是承认知识分子在当时的重要作用的,他主张同资产阶级政党争夺知识分子,以争夺无产阶级在文化上的领导权,但是他对于知识分子的态度是有保留的:"……知识分子在其未和群众的革命斗争打成一片,在其未下决心为群众利益服务并与群众相结合的时候,往往带有主观主义和个人主义的倾向,他们的思想往往是空虚的,他们的行动往往是动摇的。因比,中国的广大的革命知识分子虽然有先锋的和桥梁的作用,但不是所有这些知识分子都能革命到底的。其中一部分,到了革命的紧急关头,就会脱离革命队伍,采取消极态度;其中少数人,就会变成革命的敌人。

---

① 毛泽东:《在延安文艺座谈会上的讲话》,《毛泽东选集》第3卷,人民出版社1991年第2版。

知识分子的这种缺点，只有在长期的群众斗争中才能克服。"①

在这一时期，大量新文艺工作者从国统区奔赴革命圣地延安。就《讲话》发表前的情况来看，延安文艺界存在着和共产党不一致的声音。在共产党人看来，这依然是知识分子残存的小资产阶级性质在作祟，文艺界所出现的一些比如暴露与歌颂、抽象地谈"爱"的问题显然都属于"非无产阶级意识"，这种意识导致知识分子无法完成服务工农兵的政治任务。林默涵责问："作家艺术家们是去表现新的群众、新的思想、新的感情，为新的群众服务呢？还是继续表现他们所喜爱的旧人物、旧思想、旧感情，投合旧的读者呢？"②

另据胡乔木回忆，1943年4月22日延安发出的一份党务广播稿《关于延安对文化人的工作的经验介绍》中曾讲到，延安文化人中暴露出的问题是十分严重的——"有人以为作家可以不要马列主义的立场、观点，或者以为有了马列主义的立场、观点就会妨碍写作"，暴露黑暗的作品在文艺刊物甚至党报上都盛极一时。由"非无产阶级思想"出发而产生的文化与党的关系、党员作家与党的关系、作家与实际生活、作家与工农兵结合、提高与普及等问题，都发生了严重的争论；作家内部的纠纷不断，作家与其他方面的纠纷也层出不穷。胡乔木认为："广播稿讲座谈会（即延安文艺座谈会）的背景，这些话是实在的。"③ 就是这种情况，促使毛泽东作出了知识分子还没有完全站到无产阶级立场上的判断，也决定了《讲话》的主要精神就是对于知识分子的改造，也就是要知识分子"大众化"。

---

① 毛泽东：《中国革命和中国共产党》，《毛泽东选集》第2卷，人民出版社1991年第2版。
② 林默涵：《更高地举起毛泽东文艺思想的旗帜》，上海文艺出版社1960年版，第10页。
③ 胡乔木：《胡乔木回忆毛泽东》，人民出版社1994年版。

毛泽东批评在延安的一些文艺家对于工农兵群众缺乏接近,缺乏了解,缺乏知心朋友,不善于描写他们;即使描写,也是衣服是劳动人民的,面孔却是小资产阶级知识分子。而解决这些问题的关键就在于思想感情:"只有思想感情起了变化,由一个阶级变到另一个阶级,做到不以工农脚上的牛屎为脏",才能解决这个问题。"我们知识分子出身的文艺工作者,要使自己的作品为群众所欢迎,就要把自己的思想感情来一个变化,来一番改造。没有这个改造,什么都是做不好的,都是格格不入的。"①

后来随着毛泽东在共产党内权力与威望的进一步提升,《讲话》这一在特定环境之下产生的文艺政策,在此后的几十年时间里也逐渐成为新文艺家们所崇奉的旗帜,和工农大众相结合的道路也成为知识分子唯一正确的方向。不过应该指出的是,毛泽东的理论之所以能在后来的几十年间一直作为权威性的理论方针而存在,接受工农的教育之所以成为知识分子的唯一选择,不应仅仅看作一种政治对于文学、对于知识分子的强制性要求,同时也是出于文学、知识分子对于政治的自觉选择。正如前面所描述的那样,知识分子在"五四"启蒙失败后的转向,就已经包含了"大众化"的必然选择。

他们也是无愧于这种选择的。从"五四"到"五卅",从革命文学的倡导到文艺大众化运动,从对于"人性论"的论战到对于"民族主义文学"的斗争,从对于"自由人"和"第三种人"的争论中的自我批判到建设文学的"民族形式"的不懈努力,都贯穿着中国现代左翼文学家对于如何才能使自己所从事的文学更好地为唤醒民众、改造中国黑暗现实的艰苦探索。尽管这种选择可能在某种

---

① 毛泽东:《在延安文艺座谈会上的讲话》,《毛泽东选集》第3卷,人民出版社1991年第2版。

程度上造成了左翼文学和传统的断裂,以致从"主体性"、"艺术性"的角度来说,左翼文学产生了严重的不足。但这种不足是文学为了近现代救亡危机下全体中国人的最高目标——民族的独立与兴盛而作出的牺牲,同时也是革命文学家们探索文学新形式的不无裨益的尝试——不管他们最终成功与否。应当说,总体上来看,革命文学家是无愧于他们那个时代的,同样无愧于他们的选择。如果脱离了中国近现代的深刻历史背景,从文学的"主体性"、"艺术性"出发对他们以及他们所从事的事业进行苛责,那无疑是一种可怕的偏见,正如同左翼阵营对自由主义者们存在的偏见一样。

然而必须承认的是,左翼知识分子们自身的时代、民族光荣的使命感却总是被一种深深的自我忏悔所纠缠着。他们的"小资产阶级"背景就好像是青蛙的尾巴,虽然现在已经消失,却成为一个永久的污点。这不仅给政治上的更"正确"者提供了批评的借口,也成为他们明显或潜在的精神负担。因为曾经被划归资产阶级,所以他们的光荣感就一直和忏悔感缠绕在一起。这是一种悲哀,但也是一种无可避免的悲哀,因为它根源于左翼文学家们特有的革命者和知识者的双重身份。

这种双重身份同时存在于左翼文学家身上,是一种共在,两者之间的关系极为复杂。革命者和知识分子肯定不会完全一致,在当时的语境中,革命者实际上意味着对知识分子身份的否定,知识分子则有待于完全转化为革命者。然而,革命者也并不准备完全消灭知识分子,因为知识分子也是革命所必需的重要组成部分,革命者身份要求和知识分子身份建立一种同一性,但是它的优势地位又在时刻张扬后者和它之间的裂痕;而后者则在力图消灭和革命者身份差异的时候,又总是发现无法完全达到其要求——因为达到就等于消灭了自身。

现代左翼知识分子们身上就是存在着这种两元性格。左翼文学运动也就总是表现为这两元性格之间的徘徊。传统和现实、"五四"和"五卅"、文学和政治、文学的艺术性和社会性、审美和宣传，都是这共在又不一致的两极在不同时期的不同表征。对于左翼文学家来说，他们是注定要彷徨的，因为他们无法抛弃任何一极又不可能使对立的两者完全结合。他们抛弃了传统，又不得不拾起传统；他们跨越了"五四"，又不得不重返"五四"；他们走向了革命，又不得不回归文学。在"左联"前期，文学家们坚定地以现实为自己全部工作的方向，在后期却认为前期是处于一种"发狂的空气"中。如果我们注意到40年代民族形式讨论的背景是全民抗战的洪流时，却又不得不惊讶于在讨论中战争背景实际上的淡化。不管他们是要用怎样的材料来构筑新的文学形式，文学家们确实是在谈论文学，一种被远置的文学形式，而不是更为紧迫的现实政治任务！这不是很奇怪吗？以关注现实、干涉社会生活作为自己品格的中国现代文学在战争面前却谈起了未来的文学民族形式！这也许并不奇怪——新文学在接受了时代所赋予它的任务后，被不断挤压得无法辨认自身，于是一面保持着言辞上的义无反顾，一面却悄悄地卸掉一些现实的责任以返回自身，而他们的回归在现实的压力下又不得不以未来的面孔出现了。抗战期间一方面是大量通俗文艺作品的出现，另一方面则是对于这种作品的质疑以及对于未来自身完美形象的瞻望，正是一个很好的例证——知识分子身份在不断地被压抑之中，仍然会以各种形式不断地表现出来。

　　分析左翼文学家身上的这种双重性格，对理解左翼文艺大众化运动的研究历史无疑也是很重要的。《讲话》发表之前的研究是在谈论"政治"，也是在谈论"文学"。在研究者们那里，没有人提及如何处理政治和文学、传统和现实、审美与宣传之间的关系问题，左翼文学家身上革命者和知识者身份之间的统一、大众和知识分子之间的融合不是一个有待解决的问题，反而成为新兴文学被默认的前提。《讲话》之后的研究，是在谈论"政治"，知识者和革命者之间的差异被发现并被提高到一个绝对重要的位置上。在《讲话》精神的引导下，文学的一极被包容到政治之内而被取消了独立存在的资格。文学应该趋向于政治，知识分子应该以大众为师成为研究者的信条，他们对于文艺大众化运动的研究也像此时期的文学创作一样被限制于单纯的政治视角中。应该批判文艺大众化运动中的知识分子色彩，知识者应该向大众学习以成为一个革命者，成为唯一可能的结论，同时大众则成了研究者（当然也包括文学家）脑海中的完美形象——它甚至成为一种审美范式。从左翼文学到解放区文学再到中华人民共和国建立后的几十年间的当代文学，风格逐渐固定为工农大众所易于接受的朴实、清新、刚健，借鉴中国传统小说的故事化叙事手法则成为小说家们必不可少的艺术技巧，知识分子题材的作品以及作品中柔婉、细腻等带有知识分子特点的作品往往被讥为"小资产阶级情调"并被大加挞伐。

伴随着新时期的来临，文学去掉了过多的政治负担，知识分子也无需再"夹着尾巴做人"，文艺大众化运动中的知识分子色彩也就不再仅仅是一个应该被批判的对象，文学的一极又再次被发现并受到重视，政治的一极则遭到了冷遇，这就造成了某些研究者忽视这一运动的原始动力是政治，追求的目标也是政治的事实。在非政治化舆论的影响下，大众化往往被学者们归结为一种新文学家自"五四"开始所进行的仅仅属于文学形式范畴之内的探索。

实际上，文艺大众化运动具有"五四"知识分子转向所带来的革命和启蒙的双重品格，在任何单一视角——无论是政治还是文学——之下对它进行观照，都不可能达到全面而深刻的认识。

中国现代文学走向左翼现实主义的内在逻辑
——论新浪漫主义、自然主义和左翼现实主义的深层精神关联

虽然自然主义在中国现代文学史中可以说是一闪即逝，但它对现实主义主潮的形成有着巨大的促进作用，这是学界一个普遍的看法，当然是有道理的。中国文坛在一开始介绍自然主义的时候，就没有把它和现实主义区分清楚[①]，而在不少外国文艺理论中也存在把两者相混淆的现象。例如《大英百科全书》中就说："文学上的现实主义和自然主义观点是对社会真实的精确记录"，自然主义"是现实主义的更先进的阶段"。但是如果仅仅依此来描述自然主义对中国现代文学中的现实主义的影响无疑是很表面化的，因为中国现代文学为什么会走向现实主义本身就是一个问题。

首先来看一看中国新文学初创时期对自然主义的理解。自然主义在最初被引进中国的时候，新文学界对它的态度就是有保留的

[①] 参看茅盾1961年11月25日致曾广灿的信，《中国现代文学研究丛刊》1981年第3期。

（陈独秀是个例外，在他的文学进化图谱中，自然主义是最高级的一个阶段①），因为在西方，自然主义已经是个"过时"的东西，就文学进化论来说，自然主义之后的新浪漫主义才是最"先进"的文学样式（新浪漫主义这个词在"五四"时期跟现代派几乎是同义语，也差不多和"近代派"、"颓废派"、"世纪末思潮"等等为一回事，对它的使用更加混乱，本文在这里也把它作为"现代主义"的同义语来使用）。茅盾在提倡自然主义之前就曾经明确表示过这种看法。他认为当时提倡新思潮的，要尽力提倡新浪漫主义②。另外，厨川白村的《近代文学十讲》由罗迪先于1921年翻译到国内，在书中，厨川把浪漫主义比作20岁前后的热情时代；自然主义为30岁前后的烦闷时代；新浪漫主义为40岁前后的圆熟时代。其对新浪漫主义的推崇亦可见一斑。这本阐释欧洲文学由自然主义向现代主义转变的种种原因的著作，得到了当时中国新文学界的广泛认同，很多人都从这本书中吸取了论点和知识。由此可以想见，至少在20年代初期，中国文学界这种对新浪漫主义的认同感还是相当普遍的。

如果注意到自然主义在中国被倡导时的这个背景，那么就可以知道，自然主义在很多新文学家那里只是被作为一种权宜之计来看待的。茅盾在晚年的回忆录中说："我主张先要大力地介绍写实主义自然主义，但又坚决地反对提倡它们。"③ 这是确实的，尽管他说此话时的现实主义立场和当时以新浪漫主义为出路的立场绝对不同。他当初提倡自然主义，主要是认为其有功于文艺之进化。朱希祖在翻译厨川白村《文艺的进化》的译者案中也说："吾国文艺若

---

① 参看陈独秀《现代欧洲文艺史谭》，《青年杂志》1915年第1卷第3号。
② 沈雁冰：《为新文学研究者进一解》，《改造》1920年9月15日第3卷第1号。
③ 茅盾：《我走过的道路》（上），人民文学出版社1981年版，第135页。

求进化，必先经过自然派的写实主义，注重科学的制作法，方可超到新浪漫派的境界。"① 考虑到文学进化观念影响的广泛性和很多新文学家有关于西方现代文学的直接经验的事实，新文学界推崇新浪漫主义而有保留地接受自然主义（写实主义），也应该是很多人的共识。

然而，"五四"时期的新浪漫主义文学理想后来并没有实现。它和自然主义一样并没有在中国现代文学史上形成强势话语。如果说自然主义从一开始就注定了不可能成为一种理想的中国现代文学样式，那么中国现代文学经过了短暂的自然主义洗礼之后为什么没有走向新浪漫主义而是选择了现实主义？

这里需要加以说明：在中国现代文学中占据主流地位的现实主义不同于西方的批判现实主义（尽管"五四"时期的现实主义和它有些相仿），而是左翼的现实主义（它还有各种各样类似的名称，如无产阶级写实主义、新写实主义、力学的现实主义、革命现实主义、唯物辩证法的创作方法、社会主义现实主义以及胡风派强调作家主观战斗精神的现实主义等等。这些名称之间的侧重点可能有相当大的差别，本文是从左翼文学的现实主义和以往的现实主义相区别的角度，把它们归为一类）。它们之间对待现实的态度是不一样的。和批判现实主义的知识分子个人化立场不同，左翼现实主义充溢着由一个遥远的社会理想所带来的集体性政治激情。这个社会理想不仅支撑着创作方法本身的确立，也是它从以往现实主义、自然主义中来区别自身的东西。不论是日本藏原惟人的"无产阶级写实主义"、还是苏联吉尔波丁的"社会主义现实主义"，都可以很清晰地看到这一点。而且正是这种激情，导致左翼现实主义包含了与

---

① 《新青年》1919年11月1日第6卷第6号。

"现实"相对应的"浪漫"成分①——中国左翼文学对自然主义、批判现实主义等等所否定的一个重要原因也就在于它缺乏这种政治理想主义。

回到前面的问题上来。从历史的角度来看,社会因素在中国现代文学对左翼现实主义道路的选择中起到了非同寻常的作用,对此学界所展示的历史材料已经足够丰富,"历史地"说明左翼现实主义文学的兴盛方式甚至成为对理解左翼现实主义发展的内在逻辑的一种遮蔽——似乎有了左翼文学受到世界范围内的无产阶级文学运动的影响这个历史事实,它的兴起本身就是不言自明的了。

必须承认,是民族危亡的现实使文学家和理论家们无法超脱。"现实逻辑"在中国现代文学史中具有重要意义——一旦文学家自觉不自觉地表现出某种游离于现实之外的倾向时,它就会突显自己的强大力量——考虑一下抗日战争时期梁实秋、沈从文等人的"与抗战无关论"的命运就知道,任何强调文学"本身"的观点一露面就引发了主流文学家们的愤慨。因此可以说,左翼现实主义不仅是"红色的三十年代"影响的产物,更是中国新文学"现实逻辑"的结果。新浪漫主义的消歇出于同样原因:虽然它一开始带给新文学一种强烈的冲击力与新鲜感,但是因为它"更图感得潜藏在事实背后的something"②,从而表现出某种神秘主义甚至是颓废主义的气息,违反了现代文学的"现实逻辑",而失去了成为历史主角的机会,于是它在隐性意义上向主流文学和文化中心渗透"渐趋成功",

---

① 参看藏原惟人作,一之本译《再论新写实主义》,《拓荒者》1930年1月10日创刊号;周扬:《关于"社会主义的现实主义与革命的浪漫主义"——"唯物辩证法的创作方法"之否定》,《现代》1933年11月1日第4卷第1号,该文署名周起应。

② 汤鹤逸:《新浪漫主义文学之勃兴》,1924年12月《〈晨报〉六周纪念增刊》。

但是它在显性意义上向主流位置和中心地带的突破却是"屡遭败北"①。完全可以说新浪漫主义在"五四"时期被误读了,新浪漫主义后来的实践证明,它没有走向新文学所期望的理想主义,因为它是不断破裂之中的现代性的症状之一。随着它和中国现代社会环境之间的不协调性越来越明显,它也就逐渐退隐到主流话语的背后。

其实20世纪20年代中后期的文坛转向,已经透露出新浪漫主义衰落的信息,它往往因为其个性解放色彩被理解为"个人主义"②。从此时期左翼文学界所借鉴的外来理论中也可以看到这种转变:新浪漫主义往往因为其"资产阶级意识形态"遭到阶级论者的斥责。③ 即使把眼光放得更宽一些,整个30年代文艺界对新浪漫主义的介绍,也已经趋于冷静,客观介绍多于主观肯定,而且不乏批判精神。

虽然新浪漫主义的目标没有实现,而且"惟我独尊"的左翼现实义者强调与它的对立,但是这两者之间仍然不乏精神联系。甚至从更深刻的一个层次说,左翼现实主义并不是新浪漫主义的对立物,而是一个合理的继承者——这不仅仅是说它们都曾经作为先锋派的文学样式存在(在中国现代文学的发展进程中,先锋派的位置是必要的,因为一种"过时"的文学潮流是不会成为文学进化论者理想的文学样式的)。

新浪漫主义一开始被介绍的时候,人们并不认为它是脱离现实

---

① 朱寿桐主编《中国现代主义文学史》上卷,江苏教育出版社1998年版,第19页。
② 何畏:《个人主义文艺的灭亡》,1926年5月16日《创造月刊》第1卷第3期;黄药眠:《非个人主义的文学》,见李何林《中国文艺论战》,北新书局1930年版。
③ (德)FranzMehring作,画室译《自然主义与新浪漫主义》,《朝华旬刊》1929年6月1日创刊号。

的。虽然新浪漫主义"竭力要想求那更比现实生活深远的不可知"①，尽管它摒弃了自然主义过分注重对物质世界的琐细、沉闷的描写和对丑恶现实的展示，但它毕竟接受过自然派的洗礼，"Reality（实在）和 Romance（浪漫，或理想）二者，决不是正反对的东西，反而前者的里面正惟有浪漫和惊奇存在。全不是空架的古时理想和浪漫的境界，深存于现实感的理想境，正惟是最近文学的真髓"②。另外，从对现实的态度来说，左翼现实主义也是持强烈批判态度的，这和新浪漫主义对现实的否定性态度有共同之处也是不言而喻的。

再者，正如本文前面所述，左翼现实主义也不排斥浪漫。甚至可以说，在经过合法化的过程后③，它对"理想"成分的看重其实已经远远超过了现实。文学作品要揭示"社会发展的本质规律"，它所表现的现实往往要经过"理想"的筛选，左翼"现实主义"已经逐渐演变成了依附于政治理想的"浪漫主义"。

唯物的自然派文学的全盛期已成为文学史上过去的事实了，"盛极一时的现实主义底文学，现在已带了理想派的色彩；努力于人生客观底描写，又有变到注重主观方面底倾向"④。这是新文学界对新浪漫派的评价。如果把它用到左翼现实主义身上不也是很合适吗？这种"现实+理想"的模式，不正是两者的神似之处吗？这

---

① 昔尘：《现代文学上底新浪漫主义》，《东方杂志》1920年6月25日第17卷第12号。

② （日）厨川白村著、罗迪先译《近代文学十讲》下卷，上海学术研究会丛书部发行，1932年3月1日第7版，第114—115页。

③ 苏联在1934年把"社会主义现实主义"的创作方法写入作家协会章程；中华人民共和国成立后，中国文艺界长时期遵守"革命的现实主义和革命的浪漫主义相结合"的创作方法。

④ 昔尘：《现代文学上底新浪漫主义》，《东方杂志》1920年6月25日第17卷第12号。

不正是对后来左翼现实主义道路的一个很恰当的预言吗？如果说左翼现实主义已经包含了自己的对立成分——浪漫主义，那么20世纪20年代中国所理解的新浪漫主义，也包含了自己的对立成分——现实主义。二者的区别就在于：新浪漫主义的理想还是一个有待发现的东西，而左翼现实主义的理想已经是一个具体而明确的政治目标，这种递进关系不也是很明显的吗？

接下来的问题是，自然主义在从新浪漫主义到左翼现实主义的过程中究竟有没有影响？如果回答是肯定的，那么有多大的影响？

实际上，无法断定后来的左翼现实主义直接受到自然主义思潮的普遍影响，明显的例子恐怕除了茅盾等少数之外，举不出很多。尽管左翼文艺界很多人（包括鲁迅[①]）翻译了自然主义的文艺理论，甚至有人在翻译自然主义文艺理论时明确声称重视"新兴文学理论与自然主义文学理论的联系"，作为"文学理论建设者的参考"[②]，再考虑到新文学初期自然主义和现实主义混用的情况，以及胡风派在三四十年代一直强烈地反对"公式主义"和"客观主义"的倾向所具有的反对自然主义的意味，也可以认为后来的左翼现实主义确实是"继承"了自然主义的某种传统。但是牵强地高估自然主义对左翼现实主义的影响是不恰当的，因为左翼文学创作实践中的自然主义特征并不明显。只能说，虽然自然主义不断受到左翼阵营的批判，但是二者在内在精神气质上也有深刻的关联——这不是简单地从自然主义和左翼现实主义之间某种表面的相似性来确定的两者之间的继承关系。

---

① 鲁迅曾经翻译了日本片山孤村的《自然主义之理论及技巧》，列入"壁下译丛"，1929年4月由北新书局出版。

② （日）平林初之辅著，陈望道译《自然主义底理论的体系》，《文艺研究》1930年2月15日第1卷第1期。

在新文学史上介绍自然主义的论著中，几乎无一例外地提到了自然主义受到近代自然科学发展的洗礼。对"科学性"的强调，是新文学界所理解的自然主义最显著的特色之一。19世纪，西方现实主义本来就有与自然科学相结合的势头，比如斯丹达尔从数学中得到熏陶与启发，形成他严谨精确的现实主义风格；福楼拜用解剖学的方法来剖析他的人物；巴尔扎克的《人间喜剧》那宏伟的整体构思则从法国博物学家若夫华·圣伊索尔的"统一图案"说中得到启迪。19世纪下半叶的进化论、实证主义、实验科学、生理学、遗传学的发展，使得文学与自然科学的结合达到了一个前所未有的高度，反映在自然主义文学作品中，就是对人的自然属性的强烈关注。

就此可以稍微展开一下话题：如果承认自然主义和科学精神的关联的话，就不应该把那些如创造社的郁达夫式的有浓厚的自传色彩的描写肉欲的小说看作是自然主义的作品。肉欲的描写并不必然意味着自然主义，因为郁达夫等人散发着强烈主观抒情色彩的作品明显缺乏"客观的""科学"精神。另外，从最初对新浪漫主义和自然主义的介绍中也可以看到，新文学界认为自然主义之衰败，也和科学万能论的"破产"有关系。总之，自然主义表现出一种文艺的科学主义倾向。而这正是它和后来的左翼现实主义精神沟通的关键所在。

早在1920年，田汉就曾经明确地指出过这种联系："自然主义的大成者是法国的左拿（即左拉），所以叫左拿主义，社会主义的大成者是德国的马尔克思（即马克思），又叫作马尔克思主义。它们共通的色彩，便是'科学的'（Scientific）'唯物的'（Materialistis）。"①

众所周知，左翼现实主义赖以安身立命的是马克思主义思潮，而马克思主义学说的政治理想的现实可行性，只有靠"科学"来维系，马克思主义经典作家曾引用现代自然科学来证明社会主义辩证法的现实性②。中国的左翼现实主义者们是毫不犹豫地承认自己对于这种学说的依附性的，他们根本不承认有什么"纯粹"的文学家和文学。那么，作为这个学说的忠实信奉者，追求"真实"的"科学"态度在左翼现实主义那里就是一种必不可少的东西了。

这里的逻辑是：科学态度和客观真实相联系，与主观幻想相对立，它使马克思主义所预设的政治理想成为现实而不是空中楼阁，左翼现实主义文学家的最终目的是要实现这个理想，他们的作品要为这个理想服务，要揭示"真实"，那么，左翼现实主义文学家、理论家的理论也必然要有这种"科学精神"——只有把理想建筑在有"科学精神"所认识的现实之上，这个理想才不至于陷入虚无。当左翼阵营批评普罗文学初创时期的"革命的浪漫蒂克"倾向时，他们所倡导的"正确"的"唯物辩证法的创作方法"就明确显示出"科学"的意味："一个作家不但对于社会科学应有全部的透彻的智识，并且真能够懂得，并且运用那社会科学的生命素——唯物辩证法；并且以这个辩证法为工具，去从繁复的社会现象中分析出它的动律和动向；并且最后，要用形象的言语艺术的乎腕来表现社会现象的各方面，从这些现象中指示出未来的途径。"③

也就是说，"科学"精神不仅影响到了自然主义，而且也影响

---

① 田汉：《诗人与劳动问题》，《少年中国》1920年第1卷第9期。
② ［德］恩格斯：《社会主义从空想到科学的发展》，《马克思恩格斯选集》第3卷，人民出版社1966年版。
③ 茅盾：《〈地泉〉读后感》，华汉：《地泉》，上海湖风书局1932年版，第13页。

了左翼现实主义。两者都那么强烈地把"科学"作为自己的话语支撑。20年代中后期的"革命文学"论争之后，鲁迅、冯雪峰曾经计划翻译包括普列汉诺夫、波格丹诺夫、卢那察尔斯基、梅林等人的艺术理论著作，作为一套丛书出版，为之所取的名字就是《科学的艺术论丛书》。"科学的艺术论"在当时是马克思主义艺术理论的同义语。

当然，左翼现实主义和自然主义的"科学"话语指向是不同的。前者的"科学"指向了特定的社会发展观念中的"辩证法"、"本质"、"必然性"等概念，而自然主义的科学则仍然停留在实验的自然科学的意义上。左翼文学的科学观从自然科学到社会科学，从"物质科学"到"精神科学"的嬗变，也蕴含了它走向"非科学"的"浪漫主义"的逻辑力量。

通过以上讨论，也许可以尝试着给中国现代文学中的新浪漫主义、自然主义和左翼现实主义之间的逻辑联系定位了。受到文学进化论普遍影响的一部分"五四"新文学家们曾选择西方最新的文学思潮新浪漫主义作为自己的目标，但是如前所说，新浪漫主义本身不是如他们所简单理解的那样，仅仅是一种经过"科学"洗礼之后"灵"的觉醒的文学，而是和"启蒙"相对抗的"浪漫"的现代性症状，和中国社会的现实要求并不相符，因此它也就不可能真正占据中国现代文学的主流，反倒是被新浪漫主义所否定的自然主义在"落后"的中国文学向西方目标前进的途中意外得到一个短暂的表演机会。

新浪漫主义虽然没有全面兴盛，但是受它影响而形成的那种浪漫气氛不仅在"五四"时期笼罩了全文坛，也渗透到后来的文学之中。而自然主义，虽然有和"科学"的亲密关系，符合中国近现代社会的进步需求，然而，它那冷漠、机械的性质，又断难满足当时国人因为救亡危机而产生的热烈而浪漫的心态，也不可能被视为文学理想。

只有一种能融合这种浪漫情结和科学精神的先锋文学潮流，才能得到广泛认同——尽管这种融合可能是以一种掩盖了对立成分之间的致命矛盾的方式进行的，而且最终这种矛盾会暴露出来，从内部瓦解自身——它就是左翼现实主义。也就是说，在文学进化论的视野中，左翼现实主义既暗含了中国现代文学的"浪漫"理想与心态，又可以其"科学性"的态度回应现实的挑战，左翼现实主义兴起的内在逻辑就是如此。

中国左翼现实主义观念之发生

考虑到当今"现实主义"一词特有的含混性,类似罗杰·加洛蒂那种"无边的现实主义"的解释方式已经逐渐掏空了这个术语的确定含义,使之变成一种缠夹不清、令人怀疑的概念,本文宁愿从一种比较保守,然而界限相对清晰的角度来理解它:它假定文学直接产生于对生活的描摹,并以真实、客观地再现社会现实为自己的美学原则和根本任务。在文学应该"再现"外在于作家自身的对象这一点上,无论是广义的现实主义[①],还是狭义的现实主义[②],都是相当一致的。

中国的左翼现实主义观念显然也并不应该有悖于此。虽然左翼文学家大多是在阶级论的框架内构建自己的现实主义体系,和 19

[①] 泛指文学艺术对自然的忠诚,它最初源于西方最古老的文学理论,即古希腊人那种"艺术乃自然的直接复现或对自然的模仿"的朴素观念,以作品的逼真性或与对象的酷似程度作为判断作品成功与否的准则。

[②] 特指 19 世纪反抗浪漫主义美学成规,并在与现代主义的论战中逐渐丧失了主流话语位置的现实主义运动。

世纪的现实主义有相当大的区别,另外,左翼现实主义的名目繁多①,内部也有分歧(如周扬和胡风关于现实主义"典型"问题的论争),但是毫无疑问,中国左翼现实主义也是在反抗"空想"的、"自我表现"的浪漫主义中产生的,左翼理论家又一直奉马克思主义文艺理论为正宗,而恩格斯对于现实主义定义的第一点就是"细节的真实"。

一

也许是因为中国传统文化中缺乏一种可以作为现实主义源头的文学模仿论,西方的现实主义理论在"五四"前后被介绍进中国的时候,面目显然就已经有些改观——现实主义的"模仿"、"再现"技术并没有得到足够的重视。美国学者安敏成以为:"对于西方人来说,与现实主义关联最紧密的是模仿的假象,即:一种要在语言中捕获真实世界的简单冲动。至少是在新文学运动的早期,中国作家很少讨论逼真性的问题——作品如何在自身与外部世界间建构等同性关系——叙述的再现性技术问题也受到冷落,而该问题对福楼拜与詹姆斯这样的西方现实主义者来说却是前提性的。"② 早期的中国左翼现实主义也存在同样的症状。虽然当时左翼作家对现实主义发表的见解中歧异很多,但是大都强调作家积极介入现实生活的"态度"或"精神",而不太重视现实主义所要求的"细节真实"

---

① 关于中国左翼现实主义的种种名目,可以列举很多。比如"表同情于无产阶级的社会主义的写实主义"、"新写实主义"(或称"无产阶级现实主义"、"普罗列塔利亚写实主义"、"力学的写实主义")、唯物辩证法的创作方法、"社会主义的现实主义"、"新民主主义的现实主义"、"革命的现实主义"、胡风的"体验的现实主义"乃至当代中国的"革命的现实主义和革命的浪漫主义相结合"等等,均可划归此列。

② (美)安敏成:《现实主义的限制——革命时代的中国小说》,姜涛译,江苏人民出版社2001年版,第40页。

性。深受日本藏原惟人"无产阶级现实主义"理论影响的林伯修,在谈及如何建设中国的"普罗列塔利亚写实主义"文学时,首先强调的就是普罗作家应该站在"辩证法唯物论"的立场上,并采取一种彻底客观的、现实的态度来看待、描写现实①。1933年,和鲁迅相知甚深的瞿秋白在为《鲁迅杂感选集》所写的序言中,给鲁迅杂文总结的第一个特点就是"最清醒的现实主义"。这里的"现实主义"主要不是指鲁迅杂文的创作技法,而是指作家那种"取下假面,真诚地,深入地,大胆地看取人生并且写出他的血和肉来"②的生活与创作态度。再比如,胡风"体验的现实主义"理论中所强调的作家"主观战斗精神",主要内涵就是一种对于作家向生活突进的要求——胡风在为《时事新报》1941年元旦增刊所做的文章中曾对"五四"以来的新文艺进行总结。他认为新文艺基本上是现实主义的,因为它"总是为了反映民族解放和社会解放的要求,总是在民族解放和社会解放的血的斗争里面献出了自己的力量"。而新文艺的这种基本精冲又是由于"作家底献身的意志,仁爱的胸怀,由于作家底对现实人生的真知灼见,不存一丝一毫自欺欺人的虚伪"。胡风说,"我们把这叫做现实主义"③。此外,与胡风颇多矛盾的周扬强调的也是现实主义的主观"认识"层面。他认为,现实主义和浪漫主义的区别并不在作家的创作技巧或者作品的文体特征上,而是取决于作家看待现实的根本认识。只要作家的认识是从现实及其本身的客观规律出发的,那么他的作品就是现实主义的。周扬甚至认为,这样的作品"即使有把现实幻想化的地方,仍然是

---

① 林伯修:《1929年急待解决的几个关于文艺的问题》,1929年3月23日《海风周报》第12期。
② 何凝(瞿秋白)编《鲁迅杂感选集序言》,上海青光书局1933年版,第23页。
③ 胡风:《现实主义在今天》,《胡风评论集》(中),人民文学出版社1984年版,第320页。

现实主义的作品"①。

　　实际上，除了茅盾等人在"五四"时期曾对写实主义（自然主义）的技巧进行过探索外，当时左翼阵营对现实主义的艺术特征少有论及。这与他们对现实主义的"态度化"、"精神化"理解倾向合在一起，减弱了现实主义在文学创作方法意义上的确定性，或者说现实主义在某种程度上已经被"泛化"了。在左翼的一些文学史叙述中，可以清晰地看到这一点。抗战期间茅盾在《现实主义的道路——杂谈二十年来的中国文学》一文中，就把《狂人日记》这样明显带有象征派手法的作品也归入了现实主义。茅盾和胡风一样，认为中国新文学从"五四"以来所走的一直就是现实主义的路，文学史上关于"为人生"还是"为艺术"的论争、"文艺自由"论战、"大众化"论战、"主题积极性"的强调、反"公式主义"等等，都是围绕着现实主义之轴展开的，"都是为了现实主义的更正确地被把握，都是为了争取现实主义的胜利"②。至于1953年第二次文代会上周扬的报告中称"五四"新文艺运动一开始就是朝着社会主义现实主义方向前进的，"这个运动的光辉旗手鲁迅就是伟大的革命的现实主义者，在他后来的创作活动中更成为社会主义现实主义的伟大先驱者和代表者"③；冯雪峰在《中国文学从古典现实主义到社会主义现实主义的发展的一个轮廓》中提出从《诗经》和《离骚》开始的传统文学中现实主义始终是"主潮"，认为李白精神的

---

　　① 周扬：《现实的与浪漫的》，《周扬文集》第1卷，人民文学出版社1984年版，第125页。
　　② 茅盾：《现实主义的道路——杂谈二十年来的中国文学》，《茅盾选集》第5卷，四川文艺出版社1985年版，第298—299页。
　　③ 周扬：《为创造更多的优秀的文学艺术作品而奋斗——一九五三年九月二十四日在中国文学艺术工作者第二次代表大会上的报告》，《周扬文集》第2卷，人民文学出版社1985年版，第247页。

积极方面也可以"概括到现实主义之内去"①；则都是更加宽泛地理解现实主义的方式了。

二

从普罗文学运动初期的倡导文章来看，中国左翼文学的发生和"五卅"前后兴起的一系列工人运动有关。钱杏邨的《死去了的阿Q时代》②、蒋光慈的《现代中国文学与社会生活》③ 等等都着重强调了"五卅运动"、香港工人大罢工、湘鄂工人对于北伐革命的响应、上海工人的三次武装起义以及此前的京汉铁路"二七"惨案等等在促进文坛向"左"转向中的巨大作用。这一系列工人运动似乎也是左翼作家提出现实主义主张的事实依据：在"五四"大潮过后，工人运动的兴起给落寞之中的知识分子带来了新的刺激，促进了他们阶级观念的"觉醒"，并迫使一部分文学家把目光从"五四"的自我个性解放转向了外部的社会生活。当时一个署名芳孤的作者就曾这样责问文学家们："柔顺的温和的文学家啊！现在不是躲在一旁享福的时候了！你难道没有听见民众号呼悲泣的声音？……你真要离开现实，脱离时代，不起一点反抗的热情，辜负了文学的社会使命，仍旧躺在绣花的软茵上，做你甜蜜的好梦吗？"④

但普罗文学运动存在的问题是：他们所推崇的中国无产阶级其实只处于萌芽状态；他们提倡的所谓"无产阶级文学"其实只是

---

① 冯雪峰：《中国文学从古典现实主义到社会主义现实主义的发展的一个轮廓》，《冯雪峰论文集》（中），人民文学出版社1981年版，第478—529页。
② 钱杏邨：《死去了的阿Q时代》，1928年3月1日《太阳月刊》3月号。
③ 蒋光慈：《现代中国文学与社会生活》，1928年1月1日《太阳月刊》创刊号。
④ 芳孤：《革命的人生观与文艺》，中国社会科学院文学研究所现代文学研究室编《"革命文学"论争资料选编》上册，人民文学出版社1981年版，第48页。

"知识阶级"的文学。"五卅'前后仅有的几次工人运动,作为无产阶级文学及其现实主义主张的事实根据未免显得有些薄弱。

实际上,与其说是现实的工人运动诱发了中国的左翼现实主义,不如说是追求文学新潮的热情使一部分文学家发现了来自异域的左翼现实主义。普罗文学家的目光和"五四"文学家一样,是遵循进化逻辑的,是对准西方的。郭沫若在《革命与文学》中就将欧洲文学史上文学创作方法的发展与社会生活的变迁稍加比附后,得出结论:"凡是新的总就是好的,凡是革命的总就是合乎人类的要求","在欧洲今日的新兴文艺,在精神上是彻底表同情于无产阶级的社会主义的文艺,在形式上是彻底反对浪漫主义的写实主义的文艺。这种文艺,在我们现代要算是最新最进步的革命文学了"①。勺水在翻译完《日本新写实派代表杰作集》后,则对中国文坛的"落后"表示了不满:"新写实主义的主张,当欧战终结以后,早已在发生了大变动的欧洲各国,如德、俄、奥、匈、捷克等国。用种种的名称,发现出来(请看本志所载《现代的世界左派文坛》)。只有在万事落后的东亚,直迟到一九二八年,才介绍到日本和中国来,好像中国的新写实主义的主张,一部分还是由日本重译而来的。"②当时左翼阵营引入的现实主义文学理论,都具有"赶潮流"的色彩。比如1932年湖风书局重版华汉的《地泉》,书前易嘉(瞿秋白)、郑伯奇、茅盾、钱杏邨和小说作者本人的五篇序言中,还在有意识、"有组织"地批判"革命浪漫谛克"倾向并倡导"唯物辩证法的创作方法",第二年"唯物辩证法的创作方法"却又遭到了批判。之所以如

---

① 郭沫若:《革命与文学》,1926年5月16日《创造月刊》第1卷第3期。
② 勺水:《论新写实主义》,1929年3月1日《乐群月刊》第1卷第3号。

此，是因为在中国左翼文学理论的来源地苏联，"拉普"已经被清算。其所推行的"唯物辩证法的创作方法"也被新的"社会主义的现实主义"口号所取代并被介绍到中国来了。

应该说，用一种"拿来主义"的态度借鉴外国文学思潮是没有问题的。"五四"新文学在很大程度上就是这种借鉴、移植的产物。然而从以上可以看出，左翼阵营引入现实主义时遵循的其实只是一种相当简单的线形文学进化论，是一种"唯新是求"的逻辑。

左翼作家这种对于外来文学思潮的简单移植在当时就遭到了批评。钱杏邨在《中国新兴文学中的几个具体的问题》一文中，曾引用藏原惟人的新写实主义理论逐段批驳茅盾的《从牯岭到东京》，就受到鲁迅讥讽："钱杏邨先生近来又只在《拓荒者》上，搀着藏原惟人，一段又一段的，在和茅盾扭结。"[①] 即使在"转向"的创造社内部，"无产阶级文学"论者所引进的外来理论也没有得到一致认同。郑伯奇曾提出"国民文学"的口号与"无产阶级文学"相颉颃；郁达夫表现出的反感则更加强烈："现在中国，虽然有几个人在那里抄袭外国的思想，大喊无产阶级的文学。或者竟有一二人模仿烧直，想勉强制作些似是而非的无产阶级的作品出来，然而结果毕竟是心劳手拙，一事无成，是不忠于己的行为。"[②]

三

毫无疑问，左翼现实主义者也是强调文学对现实生活的依赖性

---

① 鲁迅：《我们要批评家》，《鲁迅全集》第 4 卷，人民文学出版社 1981 年版，第 241 页。
② 曰归（郁达夫）：《无产阶级专政和无产阶级的文学》，1927 年 2 月 1 日《洪水》半月刊第 3 卷第 2 期。

的。如果说在左翼文学的发生时期,中国的工人运动尚不发达的话,那么左翼现实主义只能指向社会生活中的部分现实,有时甚至是极小部分的现实。普罗文学时期,在钱杏邨批评茅盾的《从牯岭到东京》、《读〈倪焕之〉》、《写在〈野蔷薇〉的后面》等文章体现出的幻灭动摇情绪时就指出,现实有两方面:一种是"大勇者,真正的革命者";另一种是"幻灭动摇的没落人物"。虽然"幻灭动摇的没落人物"更多,但是普罗列塔利亚作家还是应该描写真正的革命者,描写那种能"推动社会向前的'现实'"[①]。

从革命者的立场上看,钱杏邨宣称普罗作家应该描写这一小部分现实,这也无可厚非。问题在于,在普罗文学家看来,实际生活是会向着他们所要求的现实迈进的,因此他们要求一种"唯我独尊"的文坛地位,拒绝与其他文学潮流的"共生"。这实际上就难免导致普罗文学家在某种程度上放大他们推崇的现实,而忽视那些"落后的现实"。再加上当时他们又往往和实际的革命有着相当的隔膜,其作品自然难免有公式化、概念化的倾向。据茅盾说,普罗文学界曾盛行一种公式:先有些被压迫的民众在穷苦愤怒中找不到出路,然后"飞将军"似的来了一位"革命者"进行宣传、组织,于是民众全体革命化,开始"行动"。直到"左联"成立后,茅盾还对这种"现实主义"耿耿于怀:"一些没有生活实感的革命文豪果然可以靠这'公式'大卖其野人头,然而另一些真正有生活经验的青年作家在这'公式'的权威下却不得不抛弃了他们'所有的',而虚构着或者摹效着他们那'所无的'。这就叫做我们中国的'新'

[①] 钱杏邨:《中国新兴文学中的几个具体的问题》,1930年1月10日《拓荒者》创刊号。

写实主义!"①

也许茅盾早期曾提倡、探索过写实主义（自然主义）的文学技巧，并受到过"革命文学"论者的批评，才会产生对公式化的现实主义的强烈不满。作为左翼阵营一员的茅盾可能没有意识到，如果承认文学对左翼社会、政治理论的依附性，现实主义注定是要受到限制的：凡是不符合革命要求的现实，则往往被看成是假象、生活表面的琐事或者将要遭到淘汰的东西；描写这些"非革命"内容的现实主义也就不得不被左翼作家抛弃了："布尔乔亚的现实主义，我们是反对的。以经验的、物质的日常性的美学为理想，以'中庸'为艺术的手段，以现实的模仿和'复写'为口号的小市民的'常识'的自然主义的、实证主义的现实主义，我们也是反对的。"② 总之，只有革命的，才是"本质"的、"真实"的，才是左翼阵营所需要的。

虽然左翼文学家们不断强调自己描写的才是"本质"的、"真实"的社会生活，但是这些词汇无法完全抹去其现实主义主张的想象性质。之所以作出这种判断，并不是因为从文学的语言层面来说，作品中的真实在经过了语言系统的过滤后，已经变得不那么透明清澈，而是说，即使从现实主义的前提出发，假定文学可以到达真实、客观的外部生活，左翼现实主义仍然不可避免地具有"非现实"的一面——因为它所依赖的社会理论的要义之一，就是对未来社会远景充满自信的瞻望，具有强烈的理想主义色彩。既然有理想，当然就离不开想象。

---

① 茅盾：《〈法律外的航线〉读后感》，《茅盾选集》第5卷，四川文艺出版社1985年版，第197—198页。
② [苏]吉尔波丁等《论社会主义的现实主义》，田方绥译，原载1937年4月10日《文艺科学》创刊号，转引自张大明：《西方文学思潮在现代中国的传播史》，四川教育出版社2001年版，第574页。

这种理想主义同时造成了左翼现实主义对浪漫主义的"吸纳"——要表现理想、满足对未来社会的想象，最恰当的文学手段当然非浪漫主义莫属。虽然左翼现实主义在其发生时期曾极力要和浪漫主义划清界限——比如郭沫若在《革命与文学》中断言浪漫主义的文学早已成为反革命的文学；林伯修检讨1928年革命文学的成绩时认为，普罗文学作品还不能令人满意的原因之一就在于"过去的浪漫色彩的残留"①；"左联"成立后也曾对"革命浪漫谛克"倾向进行批判等等。但即使在这个时期，也不难找到左翼文学界的"浪漫主义"冲动。实际上，革命文学家们抛弃了"五四"强调自我表现与个人情绪的浪漫主义之后，并未将浪漫主义一棍子打死，而是又转向了一种集体的、带有理想色彩的浪漫主义。在藏原惟人著、之本译的《再论新写实主义》②中，藏原就把浪漫主义划分为两种："颓废了的阶级的意德沃罗基（ideology）的浪漫主义"和"在抬头着的阶级而未执着主权方面的现实底的基础的时代的浪漫主义——在古代是希腊神话或旧约圣书的，在近代就是布尔乔亚抬头期和初期的普罗列塔利亚艺术的浪漫主义"。藏原强调新写实主义对第一种浪漫主义必须排斥，对于第二种浪漫主义则要批判地接受。等到1932年4月23日联共（布）中央做出《关于改组文艺团体》的决议，提出要完成文艺组织上的"一体化"的时候，浪漫主义也堂而皇之地伴随着"社会主义的现实主义"的口号进入了中国左翼理论界。周扬在《关于"社会主义的现实主义与革命的浪漫主

---

① 林伯修：《1929年急待解决的几个关于文艺的问题》，1929年3月23日《海风周报》第12期。
② 刊载于1930年1月10日《拓荒者》创刊号。藏原所说的两种浪漫主义，其实就是高尔基所说的"消极浪漫主义"和"积极浪漫主义"。

义"——"唯物辩证法的创作方法"之否定》[1]中即明确指出不能把"社会主义的现实主义"和革命的浪漫主义看成两个并立的东西。其他众多介绍"社会主义的现实主义"的论文也大都强调了这一点。到了当代中国"跑步进入共产主义"的"大跃进"时期，文学创作也被要求赶上飞速发展的政治形势，革命的浪漫主义受到青睐更是理所当然。周扬按照毛泽东的意见在《新民歌开拓了诗歌的新道路》[2]中正式提出的"革命的现实主义和革命的浪漫主义相结合"的创作方法，其实主要张扬的是革命的浪漫主义精神。

从以上来看，浪漫主义冲动几乎一直贯穿于左翼现实主义主张之中，浪漫主义和左翼现实主义的关系非常亲密。然而一个很有意思的现象是，浪漫主义在中国现代文学史上的名声却一直不佳。即使像郭沫若这样在左翼文学界享有崇高地位的人，也只是到了"大跃进"时期毛泽东为浪漫主义"正名"之后，才敢坦言自己是一个浪漫主义者："在我个人特别感着心情舒畅的，是毛泽东同志诗词的发表把浪漫主义精神高度地鼓舞了起来，使浪漫主义恢复了名誉。比如我自己，在目前就敢于坦白地承认，我是一个浪漫主义者了。这是三十多年从事文艺工作以来所没有的心情。"[3] 郭沫若的表白似不可尽视为附和领袖之辞，它确实能说明此前浪漫主义在文学界的尴尬地位以及郭沫若作为一个浪漫主义者的苦衷

浪漫主义的这种遭遇也许同"现代时期"左翼作家对中国社会性质的认定有关。他们认为当时中国还不是苏联那样的社会主义社会，作品的内容自然不可能是社会主义的，因此左翼政治对文学的

---

[1] 周起应（周扬）：《关于"社会主义的现实主义与革命的浪漫主义"——"唯物辩证法"的创作方法之否定》，1933年11月1日《现代》第4卷第1号。
[2] 周扬：《新民歌开拓了诗歌的新道路》，1958年6月1日《红旗》杂志创刊号。
[3] 郭沫若：《浪漫主义和现实主义》，《郭沫若全集》第17卷，人民文学出版社1989年版，第10页。

主要要求还是对敌对政治势力的揭露与批判，浪漫主义似乎并无多少用武之地。更兼之左翼文学初起时曾对具有个性解放色彩的浪漫主义多有苛责，"浪漫"在当时的左翼文艺界也就成了一个不太光彩的名词。但是，浪漫主义最终是不会被左翼文学家所抛弃的。本文前面已经提到，左翼文学观念的立足点是一种对社会远景的瞻望，因此左翼现实主义中的浪漫主义比其现实主义成分更具"基础性"。蒋光慈在1926年写的长篇论文《十月革命与俄罗斯文学》中曾把"浪漫"和革命联系在一起。在他看来，不仅像布洛克这样的"罗曼谛克"诗人比其他诗人更能领略革命，革命本身也就是"最伟大的罗曼谛克。革命为着要达到远的，伟大的，全部的目的，对于小的部分，的确不免要抱着冷静的严酷的态度"[①]。这确实在某种程度上道出了当时一般人不敢或不愿启齿的"革命"和"浪漫"的密切关系从这一点上来说，与其说是左翼现实主义吸收了浪漫主义，倒不如说是革命的浪漫主义者借重了现实主义。这种"借重"，即使从马克思主义经典作家的观点来看，也是不"正确"的。恩格斯就不像后来的中国左翼文学家一样那么强调文学对政治的依附性。在他看来，现实主义文学的前提是历史的、具体的真实，而文学的倾向性则是第二位的东西。在致敏·考茨基的信中，恩格斯即明确指出，倾向性"应当从场面和情节中自然而然地流露出来，而不应当特别把它指点出来"，"作家不必把他所描写的社会冲突的历史的未来的解决办法硬塞给读者"[②]。正因如此，恩格斯才会对巴尔扎克这个"保皇派"的作品赞不绝口，并在致劳拉·拉法格的信

---

① 蒋光赤：《十月革命与俄罗斯文学》，1926年5月16日《创造月刊》第1卷第3期。
② 《马克思恩格斯选集》第4卷，人民出版社1972年版，第453页。

中称从这个"卓越的老头子"那里"得到了极大的满足"①。与恩格斯相反,中国的左翼理论家则多是把"浪漫"的倾向性和现实的关系颠倒过来了,倾向性往往压倒了现实——从普罗文学时期开始,左翼文艺领导者们一直强调的就是作家的无产阶级意识与立场。

应当说,左翼阵营也不断出现过力图摆脱过于鲜明的政治倾向性的呼声,比如胡风对"公式主义"、"客观主义"的一贯抨击,冯雪峰对于"革命宿命论和客观主义"的批判以及在《林彪同志委托江青同志召开的部队文艺工作座谈会纪要》中遭受批判的写真实论、现实主义广阔道路论、现实主义深化论、反题材决定论、中间人物论、反火药味论、时代精神汇合论、离经叛道论等等,都在某种程度上反映出文艺界对于生活复杂性的认识和对"现实"精神的坚守。

这些声音有时候是很尖锐的。1957年刘绍棠发表的文章中,曾直接否定了社会主义现实主义的创作方法,认为它不是首先要求作家以当前的生活真实为根据,同时这种描写又要结合着"任务",使得作家在对待真实的问题上发生了混乱,于是作家只好去粉饰生活和漠视生活的本来面目。刘绍棠还对毛泽东的《在延安文艺座谈会上的讲话》及其影响进行了不客气的评价,指出《讲话》发表后十五年的文学创作还不如之前十五年所取得的成就,在新中国成立后更是公式化、概念化的作品充满整个文坛②。

然而这些言论在政治权力面前显然是不能成气候的。在当代中国政治上的"一体化"完成的时候,"歌颂"成了左翼现实主义的

---

① 《马克思恩格斯全集》第36卷,人民出版社1974年版,第77页。
② 参看刘绍棠的《现实主义在社会主义时代的发展》(《北京文艺》1957年第4期)、《对当前文艺问题的一些浅见》(《文艺学习》1957年第5期)。

最基本要求，这种现实主义对于专制文化的反抗色彩已经相当淡化，其诞生之初具有的文学革新意义也逐渐转化为一种政治美学的禁锢。在这种美学框架中产生的，大多有意无意地成为鲁迅所说的"瞒"与"骗"的文学，左翼现实主义也就丧失了生命力——这当然不是作为文学创作方法的现实主义或者浪漫主义的错。

论郭沫若的文艺大众化思想及其知识分子立场

　　文艺大众化是贯穿中国近现代文学史的一个重要问题，也是 20 世纪左翼文学的核心命题之一。左翼文学界曾经就此进行过两次讨论，1934 年的"大众语"讨论则可以看作大众化讨论的延伸。

　　探讨左翼文艺大众化的重要性决不仅仅在于这个运动的诉求本身，更重要的是，它作为一种具有连续性的知识分子运动，包含了现代左翼知识分子的心灵史。需要解释的是，本文不拟从某一种既成的知识分子定义（比如革命中的动摇者、具有独立姿态的社会批判者等等）出发来探讨左翼文艺大众化运动，因为"知识分子"或者说"知识分子的身份"也是历史的产物。对于它的概念，应该放置在它和具体语境中的独立物之间的关系中去理解。在左翼文艺大众化运动中，也就是应该在它和这个命题的另一个关键词——"大众"——的复杂纠葛中去理解。在历来对左翼文艺大众化运动的研究中存在这样一个疑问：它究竟是一种知识分子自我改造的"大众化"运动还是具有知识分子启蒙色彩的"化大众"运动？这个疑问正好说明了这一点——左翼知识分子的概念、知识分子身份的变迁，是被"大众"一词所规定的，它是一个过程、一个结果，而不应该是一种先入为主的抽象的价值判断的前提或者基石。

拙文《"化大众"与"大众化"——对左翼文艺大众化运动中知识分子双重身份的考察》中曾经指出:"化大众"与"大众化"的双重旋律在左翼文艺大众化运动中同时存在。出现这种情况的原因就在于,左翼文学家们,除了是"知识分子"之外,同时具有"革命者"身份。两者是一种不完全一致的"共在",也不是那种"对立统一"的矛盾关系。在当时的语境中,革命者对知识分子而言,具有压倒性的话语优势,但从事左翼文艺大众化运动的人们却又无从摆脱知识分子的身份。当他们的"革命"身份凸显时,左翼文艺大众化就是"化大众",当他们更多地意识到自己的"知识分子身份"时,这个运动就成了"大众化"。

郭沫若其实早在"五四"时期就表现出走向大众的思想。他在《地球,我的母亲》一诗中歌颂农民的劳动,称自己喜闻"粪香!汗水香,老者脚上金泥香";在标题为《雷峰塔下》的两首诗中颂扬锄地的老人,甚至"想去跪在他的面前,叫他一声:'我的爹'!把他脚上的黄泥舔个干净"。这时的郭沫若,虽然还说不上具有明确的知识分子自我批判意识,但是既对劳动者的崇敬之情溢于言表,也就隐含了对自身弱势的认同。

然而自20世纪20年代中后期向革命转向后,他的态度有了变化。虽然这个时期郭沫若在《百合与番茄》、《革命与文学》等文章中也提出要知识分子接近大众,"到兵间去,民间去,工厂间去,革命的漩涡中去",但是他作为一个初步接受了无产阶级理论的知识分子,自觉获得了革命者的身份,于是力图用自己刚刚了解的新兴阶级理论去"化大众"。在左翼阵营举行第一次文艺大众化讨论时,郭沫若这种"化大众"倾向表现得最为强烈。1929年12月20日,他应《大众文艺》编辑部之邀而写的《新兴大众文艺的认识》

一文中提出：

新式的"子曰诗云"是不济事的，新式的"咬文嚼字"是不济事的，你要去教导大众，老实不客气的是教导大众，教导他怎样去履行未来社会的主人的使命。

这个就是你大众文艺的使命，你不是大众的文艺，你也不是为大众的文艺，你是教导大众的文艺！

你是先生，你是导师，这层责任你要认清！

在清醒的责任感之下，在清醒的阶级理论之下，你去把被人麻醉了，被人压迫了，被人榨取了的大众清醒起来[①]！

在郭沫若看来，普罗文艺大众化不过是无产阶级文艺的通俗化。无产文艺，不要怕"俗"，"脱俗"就是脱离大众[②]。这种强烈的"革命"领导者意识，在当时的知识分子中是比较普遍的。以创造社、太阳社、我们社等为主体的革命文学论者一跃而成为掌握了"正确的意识"的"革命者"，"化大众"倾向遂成为潮流。

但是，从一开始就包含了知识分子自我改造要求的文艺大众化运动，到了1931年冬天开始的第二次讨论中，对知识分子进行批判的声音成为主流。即使是那些已经"转向"的知识分子，也被强调其不纯洁性：

我们的转变了的作家，所谓转变，大都还只是在意识上，生活上大半都离开了大众的斗争，于是便造成了一种坐在云端里高谈"大众化"的怪现象。所以，我们必须要切实的去布置：不能容许我们有一个作家站在大众之外，更不能容许有一个作家立在大众之上。我们的作家都必须生活在大众之中，自身就是大众里的一部

---

① 郭沫若：《新兴大众文艺的认识》，1930年3月1日《大众文艺》第2卷第3期。
② 《普罗文艺的大众化》，载1930年3月《艺术月刊》创刊号，署名麦克昂。

分；而且是大众的文艺上的前锋的一部分，应该同着大众一块儿生活，一块儿斗争，一块儿去提高艺术的水平，应该坚决的反对那些不到大众中去学习只立在大众之上的自命的"导师"，坚决反对那些不参加大众的斗争，只站在大众之外的自觉清高的旁观者！在我们的队伍中，却正有不少拿鹅毛扇的自命导师，正有不少背着双手自命清高的旁观者，在或明或暗的阻止着我们路线的彻底转变。因此我们还必须同时用自我批判的精神，把这些倾向扫除得干干净净①。

当时的左翼文艺领导者、文艺大众化理论家瞿秋白也认为，群众比作家更加理解革命，而作家可能因为不理解革命，在文艺形式和言语方面不肯去向群众学习，所以当时的无产阶级文学才不能够真正深入到群众中去。

如果对照一下此前郭沫若的言论，不禁让人猜想，前述寒生（即阳翰笙）文中对于"导师"的批评似乎就是针对郭沫若而发，郭沫若没有参加这次"左联"的大众化讨论，似乎也就可以理解了。然而，郭沫若的"化大众"立场并没有因为别人的批评而发生变化。他仍然坚持把文艺大众化理解为"通俗化"。抗战时期，他在《抗战与文化问题》一文中强调抗战时期文艺必须充分地大众化，目的是"动员大众"，"用不着有好高深的理论，用不着有好卓越的译述——否，理论愈高深，艺术愈卓越，反而越和大众绝缘，而减杀抗敌的动力"②。这样的"大众化"实际上不过是一种知识者面对救亡危机时的权宜之计而已，隐含的是言说者对于大众高高

---

① 寒生（阳翰笙）：《文艺大众化与大众文艺》，1932年7月20日《大众文艺》第2卷第3期。
② 郭沫若：《抗战与文化问题》，《郭沫若全集》第18卷，人民文学出版社1992年版，第219页。

在上的俯就态度。

在40年代文艺的民族形式讨论中,郭沫若仍然保持了这种精英立场。在这次讨论中,向林冰坚持以"民间形式"为建设民族形式中心源泉,葛一虹主张在"五四"新文艺基础上建造民族形式,两人的分歧本质上就是"大众化"和"化大众"的分歧。郭沫若显然更倾向于后者。他在《"民族形式"商兑》中指出,民族形式"并不是要求本民族在过去时代所已造出的任何既成形式的复活",大众的"喜闻乐见"不应该被解释为"习闻常见":

> 如以"中国老百姓所习闻常见"为标准,那末一切形式都应该回到鸦片战争以前。小脚应该恢复,豚尾也应该恢复,就连鸦片烟和吸烟的各种形式都早已成为"中国老百姓所习闻常见",而且是不折不扣的中国所独有的"民族形式",也有其合理的存在。那中国岂不糟糕!这本是浅而易见的道理,何独于文艺而发生例外[①]?

关于此时期郭沫若的知识分子立场,曾平在《论郭沫若新编历史剧的精英立场与民间想象——以〈棠棣之花〉〈屈原〉〈虎符〉与〈高渐离〉为例》中也曾指出,郭沫若的这些剧作中精英分子与民众之间启蒙与被启蒙的关系模式,仍然潜在地延续着。

但是在40年代中后期,郭沫若的立场逐渐发生了一些变化。这时,他的一系列文章中出现了一个关键词:人民。例如他在1945年4月所作《向人民大众学习》[②]中指出,文艺工作者应该从"人民大众是一切的主体"这一基础出发,强调知识分子要"努力接近人民大众";1946年6月8日所作的《走向人民的文艺》一文则阐明"一切应该以人民为本位"的创作原则;7月15日发表

---

① 《"民族形式"商兑》,《郭沫若全集》第19卷,人民文学出版社1992年版,第46页。
② 《郭沫若全集》第19卷,人民文学出版社1992年版。

《文艺的新旧内容和形式》演讲记录稿①中鼓吹新文艺"要求有新的形式和内容",其"最基本的条件"就是"为人民服务";1947年3月1日为《文汇报》新创办的《新文艺》周刊做了题为《人民至上主义的文艺》②的发刊词,说明该刊"以人民至上的意识为意识"并宣称要使它"尽可能做成一部人民的打字机";5月,为支持浙江慈溪文艺研究会创办的《新文艺》杂志作《人民文艺》③一文,指出"为人民服务的工具便是善,不为人民服务或甚至有害于人民的工具便是恶","文艺也当得依据这个标准"。

这里的"人民",显然和"五四"以及左翼文学时期的"劳工大众"不同。如果说"大众"是一个充满了知识分子尊崇、敬畏与怜悯、救赎等复杂情感的词汇的话,"人民"已经成为一个知识分子想象中的完美形象,相应地,知识分子自身倒成了一个被启蒙的对象。郭沫若告诫文学家们:"不要妄自尊大,应该向生活的专家们学习。有时还须得向小孩子们学习。我们的路是走得太错,而且错得太远。一切脱离民众的倾向,反民众、非民众的想念,都应该即早的改正过来。不要妄想当别人的导师,须时时检查自己做学生的诚意够不够。"④再看他这时关于文艺的民族形式的观点,也和原来自己批评过的向林冰相近了:"中国的一部分文艺发展史告诉我们,只有这种土俗的东西才是文艺的本流,所谓正统的贵族文艺或庙堂文艺,其实是走入了断港横塘的畸形的赘瘤。"⑤

在1947年12月的一次演讲中,郭沫若甚至提倡知识分子做人

---

① 《郭沫若全集》第16卷,人民文学出版社1989年版。
② 《郭沫若全集》第20卷,人民文学出版社1992年版。
③ 王锦厚、伍加伦、肖斌如等编《郭沫若佚文集(1906—1949)》下册,四川大学出版社1988年版。
④ 《郭沫若全集》第19卷,人民文学出版社1992年版,第536页。
⑤ 《走向人民文艺》,《郭沫若全集》第20卷,人民文学出版社1992年版,第87页。

民大众的"尾巴",即要"为人民服务,跟着群众路线走","不要再蒙着头脑妄想上升,而是要放下决心往下爬"①。人民的"尾巴"和此前郭沫若自诩的大众导师之间,不啻天壤之别。

　　为什么会出现这种情况?这应该和毛泽东《在延安文艺座谈会上的讲话》密切相关。据刘白羽《雷电颂》(《人民文学》1978年第7期)记载,1944年5月,郭沫若会见中共中央从延安派来的刘白羽和何其芳,仔细听了两人所谈关于延安整风运动以及文艺座谈会前后的情况,了解了毛泽东关于知识分子到工农兵中改造这一论述,表示无条件地拥护《讲话》并立即按照周恩来的嘱托,第二天亲自召开座谈会,向重庆进步文化界人士传达《讲话》精神。这时的郭沫若,已经被定为继鲁迅之后的左翼文化旗手,对毛泽东《讲话》的无条件接受,成为他立场转变的一个契机。

　　那么这是否意味着郭沫若就此抛弃了启蒙?事情显然没有那么简单。尽管从表面上看,郭沫若的观点已经从"化大众"转变为"大众化",但是郭沫若的"五四"精英立场依然存在。1950年4月19日,郭沫若曾写信给《文艺报》的读者吴韵风,答复他所提出的"为什么在'五四'前后顶大胆写新诗的人又转到写旧诗来"的问题。郭沫若认为,"旧式的诗词在今天依然有它的相对的生命"——因为它的形式本来是民间文艺的一种加工品,但是写作新诗歌始终是今天的主要的道路②。1959年2月13日郭沫若发表的《当前诗歌中的主要问题》③中又指出:"无论是新诗或旧诗,精神必须是今天的,是革命的,这东西是主流,而对'五四'以来的新

---

　　① 参看龚济民、方仁念编《郭沫若年谱》上册,天津人民出版社1982年版,第555页。
　　② 载《文艺报》第2卷第4期,题为《论写旧诗词》。
　　③ 载本日《人民日报》。

诗在精神上要肯定它,对各个诗人的作品应该有选择的对待,不能一概抹杀。至于说新民歌的精神是诗歌运动的主流,不等于说五四以来的新诗已经失去了它的生命,实际上自由诗的路子还是一个可以走的路子。"他对于新诗、"五四"的钟情隐约可见。如果考虑到 50 年代诗歌大跃进运动中"民间"诗歌的大量涌现,郭沫若对于新诗,对于"五四"的这种坚持,还是需要一些勇气的。这不仅仅是对于新诗"正宗"的坚持,也是对于"民歌"道路的反驳,同时也是对于自身道路、立场的一种固守。

但是,郭沫若最终没有,也不可能将他的立场坚持到最后。1966 年 4 月 14 日,郭沫若在人大常委会第 30 次会议上的发言中谈到,听了石西民在这次会议上所作关于社会主义文化大革命的报告后,检讨自己"没有把毛主席思想学好,没有把自己改造好",认为"拿今天的标准来讲,自己以前所写的东西,严格地说,应该全部把它烧掉,没有一点价值"。他还表示,"现在应该向工农兵好好地学习,假使有可能的话,再好好地为工农兵服务"①。

那么,是否可以据此对郭沫若进行批评?实际上,郭沫若当时作为新中国文化界的领导者,在极为严峻的政治环境中做出这样的表态明显具有自我保全的性质,而这种自我保全对于每个处在那种环境中的人来说都是不可避免的。之所以郭沫若跟自己的历史划清界限时如此决绝,跟他的地位有很大关系——位高权重,在政治上的表态自然要比一般人来得更加鲜明、坚定。

从以上对于郭沫若革命知识分子的立场变迁的简略考察中还可以发现很多有意味的东西。实际上,20 世纪 20 年代,一部分从"五四"走过来的知识分子的"转向"是自觉的,不是被迫的。虽

---

① 载 28 日《光明日报》,由编者题为《向工农兵群众学习,为工农兵群众服务》。

然他们都明确表示过要进行自我批判,但这决不意味着他们能完全抛弃"启蒙",抛弃"五四"。他们在转向时对于"五四"的批判,只是集中到启蒙内容方面,批判的是"五四"的个性解放、人性论等等,提倡的是"集团主义"、阶级论,而其精英立场则在很大程度上得到延续。对于左翼知识分子来说,"转向"是"启蒙"和"革命"的合流,而不单纯是"革命"对于"启蒙"的压抑。最初发动普罗文学运动的创造社成员们一开始就明确表示过自己的启蒙态度。成仿吾在为《文化批判》写的《祝词》中就说到:

政治,经济,社会,哲学,科学,文艺及其余各个的分野将从《文化批判》明了自己的意义,获得自己的方略。《文化批判》将贡献全部的革命的理论,将给予革命的全战线以朗朗的火光。

这是一种伟大的启蒙[①]。

正是这种与"五四"类似的精英立场,才使得后来的文艺大众化运动出现了"化大众"的声调并一直潜伏在郭沫若这类的知识分子的内心最深处。

另外,从郭沫若的例子还可以看出,从逻辑上来说,"大众(人民)"等概念并没有压抑知识分子的必然性,不是说知识分子一谈大众化就会对本身造成压抑,造成自身的异化。郭沫若介入左翼文艺大众化讨论的时候,站在启蒙立场上,并没有和"左联"的领导者们保持一致。后来中国的知识分子们之所以认同"被启蒙",主要是政治的影响。这是一种时代的悲剧,不应该由"大众化"或者知识分子自身来负责。现在,各种形式的"大众文艺"成为社会文化主流,媚俗成为时尚,却几乎看不到知识分子的参与,这难道不意味着当代知识分子社会责任感的一种缺失吗?

---

① 成仿吾:《祝词》,1928年1月15日《文化批判》创刊号。

晚清学制改革中的白话与文学

一、晚清新学制和"五四"新文学之间的关联

新文学从诞生到成熟,都和大学体制密不可分。然而大学体制本身,对于现代史而言,也是一个新事物。故讨论新文学与大学体制,必先从现代学校体制之建立入手,而后才能谈及它和新文学之互动关系。晚清西学东渐大潮背景下的学制变革,因此就成为一个绕不开的话题。

晚清时代,西方知识系统对中国传统教育体制的冲击,首先表现在一批带有西方色彩的学校的建立上。1862年8月,中国近代的第一所外国语学校——京师同文馆建立①,可以看作开端。此学校成立的目的是为了应付外交,避免因为语言文字的隔阂遭外国人欺蒙而专门培养翻译人才。从此学校的设立到后来1902年的《钦定学堂章程》和1904年的《奏定学堂章程》的颁布,再到1905年

---

① 清政府在乾隆二十二年(1757)就设有"俄罗斯馆";在咸丰十年(1860)第二次鸦片战争英法联军攻入北京后,又命令军机大臣在馆中附设其他外国语文。

作为中央教育行政机构的学部的正式设立,对于新学校体制变迁的复杂历程,学界已多有论述,不待烦言①。

然而,这些学制变革也同当时的其他改革一样,是当局面对西方侵略的事实所采取的应对措施。此措施当然是以保证当局的统治地位为前提,故从严格的"现代性"眼光看来,当然是不可能彻底的。不论是洋务派还是维新派所倡导的新式教育主张,皆不出此例。也就是说,新学校、新章程、新机构之确立确实是由西方知识系统所促成的,但是西方知识系统在这种学校里的合法性并非不言自明。这种知识和中国传统知识系统的异质性,以及由西方侵略所产生的民族情绪都要求晚清帝国当局对它进行甄别、选择,并力求它和传统之间达成某种妥协,新旧杂糅成为必然结果。因此,不能简单地把晚清的新学制和西方知识系统等同起来。相反,只能说西方话语在传统的框架里获得了一个合法化的地位而已,这种合法化是以保障传统的权力为前提的。

西方知识合法化的过程当然不会一帆风顺。同治五年(1866)十一月,恭亲王奕䜣等建议,京师同文馆的课程应该在学习外国语言文字以外,再专设一馆,讲习天文、算学。他以为外国人制造机器火器等件,以及行船行军,没有一样不从天文、算学中出来。即使这样一个并未触动体制的意见,也遭到反对。大学士倭仁认为:"立国之道,尚礼义不尚权谋;根本之图,在人心不在技艺。今求一艺之末,而又奉夷人为师,无论夷人诡谲,未必传其精巧;即使教者诚实,所成就者不过术数之士。古今来未闻有恃术数而能起振弱者也。"②

---

① 可参看关晓红:《晚清学部研究》,广东教育出版社2000年版。
② 吴宣易:《京师同文馆略史》,《读书月刊》第二卷第四号。

争论的结果是朝廷方面认为"天文算学为儒者当所知,不得目为机巧。正途人员,用心较精,学习自易,亦于读书学道,无所偏废",算学馆才告成立。也就是说,只有西学被纳入传统的"儒者"之学,被"正途人员"所接受,才能取得合法化的地位。光绪二十八年七月十二日(1902年8月15日),管学大臣张百熙在进呈学堂章程时也说:"古今中外,学术不同,其所以致用之途则一,值智力并争之世,为富强致治之规,朝廷以更新之故而求人才,以求之故而本之学校,则不能不节取欧美日本诸邦之成法,以佐我中国二千余年旧制,固时势使然;第考其现行制度,亦颇与我中国古昔盛时良法,大概相同。"①

就此看来,无论张百熙和张之洞之间有怎样的分歧,"中学为体,西学为用"也不能仅仅看作是张之洞或者洋务派的专利。因为它实际是晚清时代在官僚阶层中颇为流行的应对西方知识入侵的一种方式,"××之制,古已有之"成为西方知识系统合法化的陈述公式。在张百熙奏请添派张之洞会同商办学务之后所制订的《学务纲要》中论教育宗旨亦云:"京外大小文武各学堂均应钦遵谕旨,以端正趋向、造就通才为宗旨,正合三代学校选举德行道艺四者并重之意。"② 1905年废除科举的上谕中也称新式的学堂"本古学校之制,其奖励出身亦与科举无异"③。

但是,受到压抑的西方知识当然不会屈从于学校体制中的传统权力——它相对于传统体制终究是一种强有力的颠覆性力量,有着强大的西方帝国作为它的背景。这使得一心想富强的中国知识分子

---

① 朱寿朋、张静庐等《光绪东华录》第五册,中华书局1958年版,第86页。
② 张百熙、荣庆、张之洞:《学务纲要》,舒新城:《中国近代教育史资料》(上册),人民教育出版社1961年版,第199页。
③ 沈桐生等《光绪政要》卷三十一,江苏广陵古籍刻印社1991年版,第59页。

们还不会对西方知识系统进行反思或者否定，即使新式的学校不成功，他们也会从自己身上找原因——新学校的不成功，往往被归因于科举制度对它的干扰①。对于科举制度大规模、有计划的变革势在必行。

"学而优则仕"，是中国的传统，而西方的学校和政府与官吏的选拔之间没有那么强烈的直接联系。时论认为，传统的教育和科举制度的联系是最妨碍学校讲求西方科学，并取得成功的主要障碍。一般官僚乃至封疆大吏如刘坤一、张之洞、袁世凯等深知科举之积弊者，早就纷纷请求改革乃至完全停止科举。光绪二十九年二月十三日（1903年3月11日）张之洞、袁世凯在其《奏请递减科举折》中云："其患之深切著名，足以为学校之的而阻碍之者，实莫甚于科举。盖学校所以培才，科举所以抡才；使科举与学校一贯，则学校将不劝自兴；使学校与科举分途，则学校终有名无实。何者？利禄之途，众所争趋，繁重之业，人所畏阻。学校之成期有定，必累年而后成材；科举之诡弊相仍，可侥幸而期获售。虽废去八股试帖，改试策论经义，然文字终凭一日之长，空言究非实诣可比。设有年少薄植之辈，未尝学问，小有聪明，或泛览翻译之新书，或涉猎远近之报纸，亦能侈口而谈经济，挟策以干功名。而宿

---

① 李端棻：《请推广学校折》（载于翦伯赞等编《戊戌变法》第二册，神州国光社1953年版）中云："夫二十年来，都中设同文馆，各省立实学馆，广方言馆，水师武备学堂，自强学堂，皆合中外学术相与讲习，所在而有。而臣顾谓教之道未尽。何也？诸馆皆徒习西语西文，而于治国之道，富强之原，一切要书，多未肄及，其未尽一也；格致制造诸学，非终身执业聚众讲求，不能致精。今除湖北学堂外，其余诸馆，学业不分斋院，生徒不重专门，其未尽二也；诸学或非试验测绘不能精，或非游历察勘不能确。今之诸馆，未备图器，未遣游历，则口求之于故纸堆中，终成空谈，无自致用，其未尽三也。利禄之路，不出斯途，俊慧子弟，率从事帖括以取富贵，及既得科第，遂与学绝，终为弃材。今诸馆所教，率自成童以下，苟愈弱冠，既已通籍，虽或向学，欲从未由，其未尽四也；巨厦非一木所能支，横流非独往所能砥。今十八行省只有数馆，每馆生徒只有数十。士之欲学者或以地僻而不能达，或以额外而不能容，即使在馆学徒一人有一人之用，尚于治天下之才，万不足一，况于功课不精，成就无几，其未尽五也。"

学耆儒，皓首穷经，笃守旧说者，反不能与之角胜，坐视其速成以去。人见其得之易也，群相率为剽窃抄袭之学，而不肯身入学堂，备历艰苦，盖谓入学堂亦不过为得科举地耳。"①

在中国奉行几千年的科举制度于是走到了它的尽头。1905年，清廷正式下令自丙午科为始，所有乡会试一律停止，各省岁科考试也随即停止，学校教育和政府官吏选拔之间的直接联系被切断了。

这仍然不意味着西方知识系统对于中国传统的战胜，晚清学制变革中的西方知识是残缺的，它的完善有待后来者。当初恭亲王奕䜣在准备为京师同文馆聘请英国人包尔腾作教习时，跟介绍人威妥玛明言"止学语言文字，不许传教"，并且令中国的汉文教习徐树琳"暗为稽察"②。《奏定学堂章程》中虽然专设了以西方政治法律制度为主要内容的"政法"一科，同时也显露出隐隐的担忧。《学务纲要》中称："乃近来更有创为蜚语者，谓学堂设政法一科恐启自由民权之渐，此乃不晓西书之言，实为大谬。夫西国政法之书，固绝无破坏纲纪，教人犯上作乱之事，前文已详。至学堂内讲习政法之课程，乃是中西兼考，择善而从。与中国有益者采之，于中国不相宜者置之，此乃博学无方，因时制宜之道。……且政法一科目，惟大学堂有之，高等学堂预备入大学政法科者习之。此乃成材入仕之人，岂可不知政法，果使全国人民皆知有政治，知有法律，决不至荒谬悖诞，拾外国一二字样一二名词以摇惑人心矣。"其中同时规定私学堂禁专习政治法律："其私设学堂，概不准讲习政治法律专科，以防空谈妄论之流弊。应由学务大臣咨行各省切实考察

---

① 沈桐生等《光绪政要》卷三十一，江苏广陵古籍刻印社1991年版，第7—9页。
② 恭亲王等《奏设同文馆折（附章程）》，舒新城：《中国近代教育史资料》上册，人民教育出版社1961年版，第117—118页。

禁止。"①

那么，晚清新学制和"五四"新文学之间有没有关系？如果有，又是怎样一种关系？必须得承认，"五四"和晚清有着明显的断裂。胡适在《五十年来之中国文学》②中就极力划清新文学与晚清文学之间的界线，正好说明了这一点。不单严复、林纾、谭嗣同、梁启超、章炳麟、章士钊等人的"翻花样"是"古文范围以内的革新运动"，即使晚清民间的白话小说，也仍然是"无意的，随便的"，没有明明白白地攻击古文学，也不曾明明白白地主张白话文学。有目的有计划地倡导新文学，确实是从"五四"起。

不惟如此，现在看来，晚清学制的保守性和新文学的批判性也是不相容的。从精神气质上说，新文学应该属于西方知识系统中被压抑的那一部分。教育体制的保守性并不利于一种更多地意味着叛逆的、批判性的知识的发展。这种事实几乎能推翻叙述新文学和晚清学校体制变革之关联的必要性。晚清学制的制订者们为了保存国粹，甚至反对从西方引进的各种"无谓"名词，如"团体、国魂、膨胀、舞台、代表"等等，并谓"此后官私文牍一切著述，均宜留心检点，切勿任意效颦，有乖文体，且徒贻外人姗笑。如课本、日记、考试、文卷内有此等字样，定从摈斥"③。

然而，如果把新文学看作是某一个历史运动的自然结果，而不是个人在书斋里的创造发明，那么确实可以发现晚清的学制改革和新文学之间的某种先后承接性。晚清学制与新文学都是从近代西学

---

① 张百熙、荣庆、张之洞：《学务纲要》，舒新城：《中国近代教育史资料》上册，人民教育出版社1961年版，第208页。
② 该书为申报馆出版的单行本，出版年代不详，约在1923、1924年左右。其正文内容标题为"五十年来中国之文学"。
③ 张百熙、荣庆、张之洞：《学务纲要》，舒新城：《中国近代教育史资料》上册，人民教育出版社1961年版，第205—206页。

东渐以来革新力量的产物,不过一浅一深,一不彻底一彻底而已。从这个意义上来说,晚清之学制革新和新文学之萌生,就不仅仅是一种时间上的先后顺序关系,它们同样由进入传统中国人视野的西方知识系统所推动,以革新为目的的运动。"五四"新文学家后来被体制所接纳,在很大程度上正来源于晚清时代西方知识在新学制内逐步确立的合法性。如果没有晚清学制变革中的西方知识合法化,很难想象胡适等讲"新学"的人如何在大学内立足。

进一步说,新文学不仅继承了这种合法化身份,也继承了晚清学制中西方和传统之间的冲突。晚清的这种冲突,又势必导致新文学的诞生和在大学体制内地位的确立:新文学也并不仅仅是西方知识卵翼下的被动的产物,同时也积极地在为西方知识系统开辟道路。新文学开始时批判"桐城谬种、选学妖孽"的口号,显示出它所带有的强烈意识形态色彩。如果说晚清仍然被传统压抑着的西方作为一种颠覆性的力量,必然会寻找它的代言人的话,新文学就扮演了这样一个角色。这个代言人要形成话语权力,势必会谋求体制上的承认——大学正好成为一个话语权力交锋之处。新文学成为"新派"行使话语权力的一种方式,由西方而来的"人道主义",是其主要价值观念来源。新文学家们都不仅仅是"艺术家",而且是某种程度上的"思想家",而且这是当时的新文学界的自觉意识。蔡元培说:"为怎么改革思想,一定要牵涉到文学上?这因为文学是传导思想的工具。"① 历史选择了新文学来承担现代中国思想革命的任务。

---

① 蔡元培:《中国的新文学运动·总序》,《中国新文学大系导论集》,上海良友复兴图书印刷公司1940年版,第9页。

二、晚清学制中的白话

学界往往把白话源头追溯到裘庭梁等人倡导的晚清白话运动，而晚清官方学制中的白话内容却被不恰当地忽视了。即使在晚清时代，白话和高雅的文学并未挂钩，此运动的革新性质，也说明了传统话语控制的某种松动——以白话为正宗的新文学运动作为稍后的一个环节，则以颠覆传统，确立自身的话语权力为己任。因此，回顾晚清学制这样一个话语权力争夺焦点地带中的白话，并非毫无意义。

1902年清廷制订的《钦定小学堂章程》规定，寻常小学堂第一年的作文要"教以口语四五句使联属之"；第二年"授以口语七八句使联属之"。1904年的《奏定学堂章程》中规定初等小学堂设立"中国文字"课程，"其要义在使识日用常见之字，解日用浅近之文理，以为听讲能领悟、读书能自解之助，并当使之以俗语叙事，及日用简短书信，以开他日自己作文之先路，供谋生应世之要需"。高等小学堂设"中国文学"课程，"其要义在使通四民常用之文理，解四民常用之词句，以备应世达意之用。读古文每日字数不宜多，止可百余字，篇幅长者分数日读之，即教以作文之法（详见初级师范学堂章程①），兼使学作日用浅近文字。篇幅宜短，总令

---

① 《奏定初级师范学堂章程》内"中国文学"课程分科教法中提到："凡叫学童作文者，教字法句法入门之法有三：一、随举一二俗字，使以文字换此俗字（虚实皆可）；二、使以俗话翻成文话；三、使以文话翻成俗话。"又有："练习官话，即用《圣谕广训》直解，以便教授学童，使全国人民语言合一。"

学生胸中见解言语郁勃欲发，但以短篇不能尽意为憾，不以搜索枯窘为苦。蕴蓄日久，其颖敏者若遇不限以字数时，每一下笔必至数百言矣"。"并使习通行之官话，期于全国语言统一，民志因之团结。"初等小学堂的"中国文字"课程还规定，自第二年开始要"讲积字成句之法，并随举寻常实事一件，令以俗语二三句，联贯一气，写于纸上"；第三年"讲积句成章之法，或随指日用一事，或假设一事，令以俗话七八句联成一气，写于纸上"；第四年同前学年；第五年则"教以俗话作日用书信"。

此外更值得一提的是，晚清政府在从光绪三十四年（1908）开始的"预备立宪"时期中，学部所奏《分年筹备事宜清单》中拟于宣统八年检定教员时考问"官话"；初级师范学堂、中学堂、高等小学堂各项考试，也均加"官话"一科[①]。

学制中对于口语、俗话的强调，在科举时期是没有的，也是不可想象的。晚清时代盛极一时的"国语运动"拥护者们，虽然未必如后来的新文学家们一样都主张"言文一致"、以白话为正宗，但此次汉语改革运动确实有通俗化、白话化的趋势，得到了从民间到官方的广泛认同和重视，后来也得到胡适等"五四"新文学家的积极肯定。胡适在为《新文学大系·建设理论集》所写的导言中就曾极力标榜晚清时代积极从事白话运动的王照、劳乃宣等人的功绩，称其为"一班远见的人"[②]。如果认为晚清白话运动和"五四"毫无牵涉，显然是不恰当的。

---

① 载于宣统元年三月二十五日《教育杂志》第一年第四期。其实此措施不过是落实此前《学务纲要》中远原有的条款："各学堂皆学官音兹拟以官音统一天下之语言，故自师范以及高等小学堂，均于中国文一科内附入官话一门。……将来各省学堂教员，凡授科学，均以官音讲解，虽不能遽如生长京师者之圆熟，但必须读字清真，音韵朗畅。"

② 胡适：《导言》，《新文学大系·建设理论集》，上海文艺出版社2003年版，第6页。

晚清的白话运动即使在当时的体制内也有相当影响。胡适所称道的晚清国语运动的先驱之一王照的"官话字母",颇受严修[①]和桐城派大儒吴汝伦[②]青睐,管学大臣张百熙也极为赞同。

光绪二十八年九月十一日(1902年10月12日)吴汝伦致张百熙函中称原来的翰林院编修严修家中传出了省笔字:"近天津有省笔字书,自编修严范孙家传出,其法用支微鱼虞等字为母,益以喉音字十五,字母四十九,皆损笔写之,略如日本之假名字,妇孺学之兼旬,即能自拼字画,彼此通书。此音尽是京城声口尤可使天下语音一律。近教育名家率谓一国之民不可使语言参差不通,此谓国民团体最要之义。日本学校必有国语读本,吾若效之,则省笔字不可不仿办矣。至于将求成学,则必读华欧文字,此是造就成材,与普教全国人民当分为二事,而中学校普通科学为之阶梯。"[③]

这里的所谓"省笔字",就是王照的"官话字母"。据黎锦熙《国语运动史纲》[④]中说,"国语统一"这个口号,可以说就是由吴汝伦这位未实际就任的京师大学堂总教习叫出来的。吴氏以桐城派古文老将的资望,很热烈地宣传这种字母,自然影响很大。严修在官场失意,改奉教育救国的理想后,在兴办官立小学、工艺学堂以及半日学堂方面卓有成绩,并受到时任直隶总督的袁世凯的器重,被力邀担任总管直隶学校司的督办之职。光绪二十九年(1903),

---

① 严修(1860—1929),字范孙,天津人,光绪癸未(1883)进士,选庶吉士,后授翰林院编修。35岁时出任贵州学政,1898年奏请设经济特科,遭到守旧派反对。其座师大学士徐桐为此断绝了与他的师生之谊并免去了他在翰林院的职务。1902年及1904年,严修还曾两次到日本游历考察教育制度。

② 吴汝伦(1840—1903),字挚甫,安徽桐城人,同治乙丑进士,曾国藩四大弟子之一。曾任内阁中书,知深、冀二州。1902年被张百熙推荐任京师大学堂总教习后,曾到日本考察教育。

③ 《光绪二十八年九月十一日(1902.10.12)吴汝伦致张百熙函》,朱有瓛等编《中国近代学制史料》第二辑上册,华东师范大学出版社1987年版,第43—44页。

④ 商务印书馆1934年版。

直隶大学堂学生何凤华等向袁世凯呈文，请他奏明皇上颁行官话字母并设立国语学科以开民智、救大局。袁世凯虽然没有据以入奏，但立刻饬令督署的学校司妥拟推行办法。次年（1904），直隶学务处便通令全省启蒙学堂传习，又专设许多义塾，派专员经理，拨专款拼译书报，定奖励办法，又有督署札饬直隶提学司将官话字母加入师范及小学课程中，并在天津设立大规模的'简字学堂'，辗转传习。这些举措，多是在严修任期内的事。至1905年学部成立时，袁世凯又保奏严修任学部侍郎，担任荣庆的副手。在张之洞执掌学部之前，学部的许多计划、章程都出自严修之手。1904年，严修在家塾的基础上，与其原来的塾师张伯苓合并了号称天津"益德王家"的邑绅王奎章的家塾"王馆"，创办实行新式教育的南开中学，1919年又将其改造成南开大学。

此外，另一位"国语运动"的先驱劳乃宣，在1911年12月到1912年2月期间，短暂地担任过京师大学堂的总监督[①]。为他鼓与呼的人之中还有严复[②]。严复自己则不仅在1880年就被任命为当时正在筹办的北洋水师学堂的总教习，还在1902年出任京师大学堂译书局总纂，还曾出任复旦公学、安徽高等学堂校长，1912年

---

① 1912年1月劳乃宣请假，由刘经泽暂代。
② 黎锦熙《国语运动史纲》记载："劳乃宣的简字运动，既厄于学部，他便改从议会下手。那时（一九一〇）资政院成立，这就是清朝预备立宪时代第一届变相的国会，他自己是一个议员。……这时劳乃宣也得到两个名流作护法，曰江谦，曰严复，这两位也是议员。……那时清廷立宪定期筹备九年，从光绪三十四年起，到宣统八年止，命各部奏报《分年筹备事宜清单》。学部清单中列有'国语教育事项'五条，要紧的是：宣统八年检定教员须考问'官话'；师范、中学、高小各项考试，均加'官话'一科。……不过学部只标明官话字样，总不提及简字。江谦便在资政院提出质问的说帖，质问学部此项官话课本是否主用合声字拼合国语？……此项质问，有议员三十二人连署。同时有畿辅、江南、四川各地学界和京官等联合起来向资政院请愿颁行并推广官话简字，计陈请五起，列名陈请者共约四百人。于是院中推严复作特任股员长，从事审查。审查的结果是：'谋国语教育，则不得不添造音标文字''将简字正名为"音标"，由学部审择修订，奏请饬定颁行。……严氏将此审查结果在议场报告，大多数赞成通过。"

又曾一度被袁世凯任命为京师大学堂的总监督。

然而，如果就此认为晚清的汉语改革运动是得到了官方的一致支持的，未免是把问题简单化了。传统作为一种保守的力量，仍然不时显示出它的顽强。在官方教育体制的框架内，新旧之间争夺话语权的斗争更加激烈。从最初制订"切音新法"的卢戆章到王照再到劳乃宣，汉语改革者无不寻求将自己的方案官方化，推行到学校中，却都厄于教育当局。甚至劳乃宣的简字方案在进呈西太后御览并奉旨"学部议奏"之后，学部竟然都敢于不议不奏。

另外，晚清白话运动确实是不彻底的：在当时所谓拥护汉语改革的人物中，也并非都主张废除文言。严复虽然被黎锦熙看成是劳乃宣的"护法"，在"五四"时期又坚决反对把白话这种"近俗之辞"和文学联系起来。诚如蔡元培所言："……但那时候作白话文的缘故，是专为通俗易解，可以普及常识，并非取代文言而代之。"[①] 学制中的"白话"到了中学阶段，又完全被文言所取代。这些都说明了晚清官方教育当局中的难以消除的古文正宗观念[②]。白话作为一种具有蓬勃生命力的新话语形式，只能等待着新的契机出现。

[①] 蔡元培：《中国的新文学运动·总序》，《中国新文学大系导论集》，上海良友复兴图书印刷公司1940年版，第9页。

[②] 即使在小学堂，也不能全用白话作文。《浙江教育官报》宣统元年（1909）第八期所载《宣统元年浙江松阳县各学堂调查表》中叙述对私立世珍初等小学堂（光绪三十三年正月成立）的调查情形云："查此堂教员勤于教授，堂长颇具热忱，学生亦循谨有礼。惟平日作文纯用白话，未免不文，亟宜改正以端始基。"这说明正统观念中，白话还是不能和"文"联系起来的。

三、晚清学制中的文学观念

晚清时代，外人入侵，民族生存危急，并不是具有强烈审美意味的文学适宜成长的环境，在保守的官方教育体制中，尤其如此。1898年夏，孙家鼐在奏覆筹办京师大学堂情形时称："诸子、文学皆不必专立一门。"[①]《学务纲要》中则云："惟近代文人，往往专习文藻，不讲实学，以致辞章之外，于时势经济，茫无所知，宋儒所谓一为文人，便无足观，诚痛乎其言之也。"《奏定大学堂章程》中亦谓："集部日多，必归湮灭，研究文学者务当于有关今日实用之文学加以考求。"但是"文学"本身也属于儒学四门之一，因此在晚清的新学制中，最后仍然保留了它的基础性地位。

在《钦定学堂章程》和《奏定学堂章程》中规定的中小学课程中，有"词章"和"中国文字"、"中国文学"课程设置，但是这类课程颇类似于现在的"语文"，并非专业的文学课。有必要提及的是，《奏定中学堂章程》论及"中国文学"的课程教法时称："次讲中国古今文章流别，文风盛衰之要略，及文章于政事身世关系处"，又规定到第五年时除了读书、作文外，"兼讲中国历代文章名家大略"。这些虽然都不是课程的主要内容，但都算是一点有意识的文学史教育了。

至高等学堂阶段，两个章程都是把原来中学阶段的文学教育提到一个更重要的位置：《钦定高等学堂章程》的"政科"内，"词

---

① 朱寿朋、张静庐等《光绪东华录》第4册，中华书局1958年版，第140页。

章"课程规定主要讲"中国词章流别";《奏定高等学堂章程》内规定"中国文学"课程第一年、第二年练习各体文字,自第三学年起"兼考究历代文章流别"。

最值得重视的当然是已经有明显的西方现代学科分化特点、更具有专业性质的大学学科设置。在《钦定京师大学堂章程》内,大学预备科的"政科"中有"词章"课程,至"艺科",则连此课程也没有了。在大学堂的"七科之学"中,"文学"科列第二位。但是这里的"文学科"相当于现在的"文科",具有"文学"色彩的"词章学"和经学、史学、理学、诸子学、掌故学、外国语言文字学并列。

《奏定大学堂章程》将"七科之学"变为"八科之学",其中"文学科"分为九门,"中国文学门"与"中国史学门"、"万国史学门"、"中外地理学门"、"英国文学门"、"法国文学门"、"俄国文学门"、"德国文学门"、"日本文学门"并列。观其所论中国文学研究法,更是夹缠不清,文体和书法、音韵等等杂糅在一起,显得毫无章法:

研究文学之要义:一、古文籀文、小篆、八分、草书、隶书、北朝书、唐以后正书之变迁,一、古今音韵之变迁,一、古今名义训诂之变迁,一、古以治化为文、今以词章为文关于世运之升降,一、修辞立诚、辞达而已二语为文章之本,一、古今言有物、言有序、言有意三语为作文之法,一、群经文体,一、周秦传记、杂史文体,一、周秦诸子文体,一、史汉三国四史文体,一、诸史文体,一、汉魏文体,一、南北朝至隋文体,一、唐宋至今文体,一、骈散古合今分之渐,一、骈文又分汉魏六朝唐宋四体之别,一、秦以前文皆有用、汉以后文半有用半无用之变迁,一、文章出于经传古子四史者能名家、文章出于文集者不能名家之区别,一、骈、散各体文之名义施用，一、古今名家论文之异同，一、读专集读总集不可偏废之故，一、辞赋文体、制举文体、公牍文体、语录文体、释道藏文体、小说文体，皆与古文不同之处，一、记事、记行、记地、记山水、记草木、记器物、记礼仪文体、表谱文体、目录文体、图说文体、专门艺术文体，皆文章家所需用，一、东文文法，一、泰西各国文法，一、西人专门之学皆有专门之文字，与汉艺文志学出于官同意，一、文学与人事世道之关系，一、文学与国家之关系，一、文学与地理之关系，一、文学与世界考古之关系，一、文学与外交之关系，一、文学与学习新理新法、制造新器之关系（通汉学者笔述较易），一、文章名家必先通晓世事之关系，一、开国与末造之文有别（隋胜陈、唐胜隋、北宋胜晚唐，元初胜宋之类，宜多读盛世之文以正体格），一、有德与无德之文有别（忠厚正直者为有德，宜多读有德之文以养德性），一、有实与无实之别（经济有效者为有实，宜多读有实之文以增才识），一、有学之文与无学之文有别（根柢经史、博识多闻者为有学，宜多读有学之文以厚气力），一、文章险怪者、纤佻者、虚诞者、狂放者、驳杂者，皆有妨世运人心之故，一、文章习为空疏，必致人才不振之害，一、六朝、南宋溺于好文之害，一、翻译外国书籍函牍文字中文不深之害①。

　　从以上似乎可以看出一点新气象：不仅已经有西方式的学科分化雏形，而且小说文体已经堂而皇之地进入其中。京师大学堂国文教习林传甲改造笹川种郎的《历朝文学史》后所成的讲义——《中国文学史》之命名，也似已见西方意味的"史"的概念的影响。但

---

① 璩鑫圭、唐良炎编《学制演变》，上海教育出版社1991年版，第355—356页。

是这种文学史观，恐怕更多地还是自觉遵守学堂章程的结果①。另外，虽然林传甲的著作只论及此研究法中所列的前十六款，自然有他的道理②，不过从"现代性"的文学眼光看，漏掉了"文学"之主要体裁之一"小说"，却不能不说是一个遗憾。林著文学史以及它所遵循的章程存在的主要问题仍然是如何使传统的学术内容适合于西方的框架——"中学为体"的思想使得大学内的文学课程成了一锅大杂烩。章程对于东西方知识不成功的焊接，也说明进一步改革的必要性。

相比而言，林传甲的《中国文学史》远不如同时期江苏常熟人黄摩西的《中国文学史》③更具有条理性和逻辑性，其西化色彩更浓，和章程的规定相去更远。黄著《中国文学史》煌煌二十九册，每册首页都题有"东吴大学堂课本"字样，至少可以说明在东吴大学堂这样的教会学校中，当局的影响力远不及在京师大学堂里那么大。

虽然黄著内容大部不过是各朝代的作品选录，但是其前四编："总论"、"略论"、"文学之种类"以及"分论"，足以显示此人的见识。黄摩西已经相当完备地了解了西方文学的内涵："日本大田善

---

① "研究法"后面的"各科学书讲习法略解"中明确指出，讲习"历代文章流别"时，可以参考日本的《中国文学史》，"仿其意自行编纂讲授"。

② 林传甲著《中国文学史》题记中曾云："大学堂'研究文学要义'，原系四十一款，兹已撰足十六款，其余二十五款，所举纲要，已略见于各篇，故不再赘录。"转引自陈平原：《新教育与新文学——从京师大学堂到北京大学》，《中国大学十讲》，复旦大学出版社 2002 年版，第 117 页。

③ 黄摩西的《中国文学史》，由国学扶轮社印行，出版年代不详，约和林传甲著《中国文学史》属同一时期。另外需要指出的是，这部著作可能并非黄摩西独力完成。钱仲联在《梦苕庵诗话》（齐鲁书社 1986 年版，第 49 页）中说："金丈叔远（鹤冲）曩在东吴大学，与摩西为同事，且同乡，交尤契。丈告余曰：《中国文学史》一书非摩西一人之作。属于古代者，出摩西手。汉以后则他人所续也。摩西性极懒，作字尤谲诡类虫书鸟篆，人不能识。《文学史》一书当时逐日编纂，用为校中讲义，往往午后需用，而午前尚未就绪，则口衔烟筒，起腹稿，口授金丈，代为笔录。录就后，略一过目，无误漏，则缮写员持去付印矣。"

男所著《文学概论》第三章第一节云:'文学者英语谓之利特拉大。'(Literature)自拉丁语之(Litera)出。其义为文典,为文字,又为学问,次第虽应用而变。支那之所谓文学者,其义颇泛。大约多自学问一方面解释。至近时亦用利特拉大之义。"

黄摩西在后面列举了巴尔克、阿诺图、狄比图松、科因西哀的文学概念并指出各自的不足之后,十分推崇烹苦斯德所著《英吉利文学史》中的文学观念,称其为"最详":"凡诗歌历史小说评论等,皆包括于文学中。颇觉正确妥当,盖不以体制定文学,而以特质定文学者也。"这样,黄摩西在西方"文学"概念里兜了一个大圈子之后,虽然意识到了文学的"特质",[①] 承认"文学属于美之一部分",但是在文体上,还是没能把文学诸体独立出来。

兼有东西方意味的晚清"文学"观念,尚待厘清[②]。即使确如陈平原《新教育与新文学——从京师大学堂到北京大学》中所言,当时一些西方来的传教士如林乐知[③]等人所说的"文学"并非今人熟悉的汉译 Literature,[④] 两份学堂章程中的"文学"也不应该被理解为"广义的文化教育",而是相对于"实"而来的"文",现代意义上的"纯文学"应该是其中最重要的成分之一。当然,即使像王国维这样的美学先驱,虽然明确了文学的美学标准,也还是没想

[①] 黄摩西列举"文学特质"云:"(一)文学者虽亦因乎垂教而以娱人为目的;(二)文学者当使读者能解;(三)文学者当为表现之技巧;(四)文学者摹写感情;(五)文学者有关于历史科学之事实;(六)文学以发挥不朽之美为职分。"

[②] 参考戴燕的《文学·文学史·中国文学史——论本世纪初"中国文学史"学的发轫》(发表于《文学遗产》1996年第6期)中对此所作的探讨。

[③] Young John Allen,同治七年创办、后来易名为《万国公报》的《中国教会新报》的主笔,十九世纪八十年代初于上海成立的中西书院的创办者,1901年在苏州成立的东吴大学堂的首任董事长。

[④] 陈平原:《新教育与新文学——从京师大学堂到北京大学》,《中国大学十讲》,复旦大学出版社2002年版,第106页。

把"文学科大学"① 改成"文科"大学,"文学"一词仍然含有极强烈的传统色彩。

---

① 王国维的《奏定经学科大学文学科大学章程书后》(载于光绪三十二年正月、二月《教育世界》第一百十八、十九两期)中云:"且定美之标准与文学上之原理者,亦唯可于哲学之一分科之美学中求之",但是该文在后面建议把"经学科大学"和"文学科大学"合并,还是以"文学科大学"称之。

中国现代文学学科之发端

中国现代文学学科是于 20 世纪 50 年代初正式建立的，迄今已经有五十多年的历史。但是中国现代文学学科之起源的很多问题至今仍然语焉不详。在中国现代文学学科正式成立之前，新文学早在民国时期就登上了大学课堂并成为专门的文学史研究对象，而这些课程也就成为中国现代文学学科的源头①。

一

毫无疑问，新文学课程和新文学都深受自晚清以来进入中国人视野的西方知识系统影响。在"开发民智"的救亡语境中，西方知识体系不断冲击中国传统学校体制，传统知识框架已经无法容纳不断涌入的异质性内容，各类学校的语言、文学类课程因此不断地变

---

① 民国时期不同政权控制区域的一些大学之外以及大学之内没有担任过新文学课程的学者和新文学家们，也对中国现代文学学科建设做出了贡献——这从民国时期大量出版的新文学史著作中就可以看出来。但是民国时期对后来的现代文学学科建设起到重大作用的最主要力量无疑还是民国时期的大学新文学课程。

革,文学观念也不断西化,这些都对新文学以及新文学课程的发生起到了重要作用。

光绪三十四年(1908)开始的"预备立宪"时期,学部所奏《分年筹备事宜清单》中就规定宣统八年检定教员须考问"官话",初级师范学堂、中学堂、高等小学堂各项考试,也均加"官话"科目①。虽然当时学制改革中的白话往往被局限于语言的工具层面,目的仅仅在于供"小民"们日常应用,和文学并无多少关联,但即使这种工具层面的语言变革,也显示出当时教育领域内文言文一统天下的局面已经被打破,并包含了进一步颠覆文言文、传统文学的可能性:"小民"的白话(口语、俗话)——官话(语言统一)——全民白话——白话文学,这个逻辑直到"五四"时期,新文学运动的倡导者们才真正揭示出来并力促其成为现实。"五四"新文学运动的发起人胡适、陈独秀都曾参与国语(白话)运动,新文学运动和国语运动的合流,更说明了自晚清以来的白话运动和"五四"新文学运动之间隐含的关联。

如果说晚清学制中的白话只是晚清时代"西学"冲击中国传统知识系统的间接产物的话,那么晚清以来教育体系中不断西化的文学观念、学制中的文学类课程设置,更能说明新文学以及新文学课程和西方知识系统的内在联系。

《奏定大学堂章程》中"文学科"分为九门,"中国文学门"与"中国史学门"、"万国史学门"、"中外地理学门"、"英国文学门"、

---

① 载于宣统元年三月二十五日《教育杂志》第一年第四期。其实此措施不过是落实此前《奏定学务纲要》中原有的条款:"各学堂皆学官音……兹拟以官音统一天下之语言,故自师范以及高等小学堂,均于中国文一科内附入官话一门。……将来各省学堂教员,凡授科学,均以官音讲解,虽不能遽如生长京师者之圆熟,但必须读字清真,音韵朗畅。"参看璩鑫圭、唐良炎编《学制演变》,上海教育出版社1991年版,第499页。

"法国文学门"、"俄国文学门"、"德国文学门"、"日本文学门"并列①，观其所论中国文学研究法，更是夹缠不清，文学和文体、书法、音韵等等杂糅在一起，显得毫无章法。

然而，转变似乎在不经意间就发生了。光绪三十四年刘廷琛到京师大学堂任监督。在他的任内，京师大学堂奏请设分科大学时就把"文学科"改称"文科"（当然，这个转变有可能此前就已经发生）："查奏定章程，大学八科共四十六门……惟本学堂预科毕业学生仅百三十余人，师范能入分科者仅数十人。各省高等学堂尚无毕业者。拟就各生学业相近，择设经科之尚书门、三礼门、春秋左传门，文科之中国史学门、中国文学门，格致科之化学门、物理学门，工科之土木工学门、机器工学门、采矿冶金学门，计共十门，候各省高等毕业有人即随时量为补设，逐渐推广，以规大学之全，此筹学科之次第也。"② 这个概念也被作为最高教育行政机关的学部所采纳："学部奏：筹办京师分科大学情形。一、学科。除医科，须候监督屈永秋到堂，再行妥筹办理，计经科、法政科、文科、格致科、农科、工科、商科，分门择要先设。"③

从"文学科"到"文科"的称谓的转变，意味着"文学"观念更具有独立性、更窄化和专业化。在当时的京师大学堂里发生这样的转变，其官方背景当然更值得注意——这意味着西方的文学观念不仅已经渗透进中国教育界，并已经确立了在教育体制中的位置，它此后的任务就是不仅从观念上，而且从实践上不断为自身以及西方知识系统开拓新的疆域。

---

① 璩鑫圭、唐良炎编《学制演变》，上海教育出版社1991年版，第349页。
② 《大学堂为开办分科大学致学部呈文》，北京大学校史研究室编《北京大学史料》第1卷，北京大学出版社1993年版，第199页。
③ 《学部奏筹办分科大学情形折》，北京大学校史研究室编《北京大学史料》第1卷，北京大学出版社1993年版，第200页。

二

到了民国时期，教育当局改学校"国文"课为"国语"课，更为新文学进入大学课堂制造了有利的氛围。1918年4月胡适在《新青年》第4卷第4号上发表《建设的文学革命论》，新文学和自晚清以来的国语运动合流，使得两者都获得关键性的突破。经过以新文学家为核心的新式教育家的努力，到1920年1月，教育部就颁布了训令："自本年秋季起，凡国民学校一、二年级先改国文为语体文，以期收言文一致之效。"历经波折之后，在初等小学内，"国文"终于变为"国语"，而且"国语"的浪潮也渐及初中、高中、大学。这不仅对新文学，也对新文学家在教育体制内确立地位，以及后来新文学被教育部列入大学中国文学系必修选修科目表，影响都极为深远。

另外，民国时期大学课程由大学评议会设置的制度为新文学课程的诞生准备了条件。《教育部公布修正大学令（1917年9月27号部令第64号）》中规定"大学设评议会，以各科学长、正教授及教授互选若干人为会员。大学校长随时召集评议会，自为议长。遇必要时，得分科议事"，并明确了评议会的职责之一就是审议学科课程[①]，这就给后来某些大学里自主开设新文学课程埋下了伏笔。

大学内的新文学家的提倡与支持则成为新文学课程诞生的直接动力。1917年蔡元培任北京大学校长后，借改革北京大学之机扶植新人，聘请了陈独秀任文科学长，北京大学和《新青年》这"一

---

① 参看璩鑫圭、唐良炎编《学制演变》，上海教育出版社1991年版，第815、816页。

校一刊"就此结合,在北京大学内聚集了大批新文化人,北京大学于是成为新文化运动的大本营。这批新文化人及受到他们影响的学生们在大学内互相援引,不仅使得新文学在大学校园里迅速传播,最终也使新文学在某些大学内的地位得到确立。

正是出于以上原因,借助教育当局"国文"改"国语"的浪潮,燕京大学才有可能在20年代初就开设了新文学课程。1929年,朱自清、杨振声在清华大学分别开设"中国新文学研究"、"新文学习作"并到北平师范大学、燕京大学讲授;沈从文则从30年代在上海开始,先后在上海公学、武汉大学、青岛大学(后来又在西南联大、北京大学)开设各种新诗研究等新文学课程;北京大学国文系从1931年开始在B类课程中正式开设"新文艺试作",为有意从事文艺创作者提供指导,内分为小说、诗歌、散文、戏剧4组,分别由冯文炳、徐志摩、周作人、余上沅等在新文学创作上卓有成就的作家和学者担任指导[1];30年代王哲甫在山西省立教育学院讲授新文学课程[2];30-40年代苏雪林在武汉大学开设"新文学研究";30年代的金陵大学文学院中国文学系虽然重视国学研究,但对现代中国文化也相当关注,曾一度开设"现代文艺"[3];1933年8月,北平师范大学重新修订本校《组织大纲》和《学则》,《学则》中规定,文学院国文系开设"白话文学选"、"新文学概论"等选修课[4];复旦大学也在1937年修订课程设置大纲,其中国文学

---

[1] 马越:《北京大学中文系简史(1910—1998)》,北京大学出版社1998年版,第24页。
[2] 1933年北平杰成书局出版的《中国新文学运动史》就是王哲甫讲授新文学课程时的讲义。
[3] 《私立金陵大学一览》,1933年6月刊印,第165页。
[4] 北京师范大学校史编写组《北京师范大学校史(1902—1982)》,北京师范大学出版社1984年版,第100页。

系宗旨中也表明要"研究历代文学及创造新文学"①。此外，广州大学文学院中国文学系曾开设选修课"新文学研究"，还设有"现代文学"必修课②；朱以书则在辅仁大学开设过"中国现代文学"③。

在大学里开设过"中国新文学研究"的朱自清和罗常培在1938年受教育部委托，草拟了一份大学中国文学系必修选修科目表，经修订后于1939年秋正式颁布④。其选修课中列有"现代中国文学讨论及习作"，必修课"各体文习作"中也明言"包括古代现代各体"⑤。这个课程表的颁布是新文学课程争取制度化的初步成果。

三

在催生新文学课程的过程中，胡适所起到的作用无疑是非常重要的。就民国时期几个比较著名的新文学课程教师而言，周作人、朱自清、沈从文是经过胡适直接推荐、提拔，在大学里开设新文学课程的。废名虽然开始并非经胡适介绍进入北京大学教授新文学课

---

① 复旦大学校史编写组：《复旦大学志》第1卷，复旦大学出版社1985年版，第308页。
② 参看广州大学1937年7月呈报给教育部的课程表，载于中国第二历史档案馆藏《私立广州大学学程总则科目表及有关文件》，全宗号5，案卷号5731。
③ 参看《私立北平辅仁大学一九三七年度学科报告表课程表》，中国第二历史档案馆藏，全宗号5，案卷号5725。关于该课程的教师朱以书，据徐友春主编《民国人物大辞典》（河北人民出版社1991年版，第189页）介绍，他1904年出生于安徽萧县，1923年考入厦门大学，半年后转入燕京大学国文系，1928年毕业。1932年朱以书任北平辅仁大学、中国大学讲师，兼天津扶轮中学国文教员。
④ 朱自清《部颁大学中国文学系科目表商榷》，朱乔森编《朱自清全集》第2卷，江苏教育出版社1988年版，第7页。
⑤ 该科目表载于程千帆《部颁中国文学系科目表平议》，1941年9月16日《国文月刊》第1卷第10期。

程，但是他在抗战后重新进入北京大学时，校长却是胡适。

30年代末，在朱自清等人推动教育部把新文学课程列入部颁课程表，又使该课程在更大的范围内得到拓展。从学科历史的角度可以说，清华大学（包括西南联大）的新文学学术传统在朱自清、沈从文、杨振声等人的努力下得到发展，由后继者王瑶等人将其发展为一门学科。

由此可以看出，民国时期大学的新文学课程在相当程度上受到人事因素的影响，如果大学里没有有力的当权人物支持，则该大学很难开设此类课程。自从陈源走后，苏雪林在武汉大学开设的"新文学研究"即告停止；1933年后"中国新文学研究"虽然仍然被列入清华大学的课程表，但是原来新潮社的罗家伦、杨振声等人离开清华大学之后，朱自清在种种压力之下并未开班，这都是因为缺少了学校当权者支持的缘故。

另外，从数量上来说，以教授新文学课程为主业的教师相对于古典文学教师还是偏少，新文学课程的师资队伍建设并未得到充分重视，所以往往是新文学教师到哪所学校，哪所学校就开设相应的新文学课程——虽然民国时期在大学任教的新文学家众多，但是其中有相当一部分在外文系或其他院系授课。比如，1931年后，在武汉大学中国语言文学系任教的新文学家只有苏雪林，陈源、凌叔华、袁昌英主要是在外国语言文学系上课。至于在西南联大，先后在其文学院中文系及师范学院国文学系任教的著名新文学家有朱自清、闻一多、陈梦家、杨振声、沈从文、李广田等人；而外文系比中文系还多，有陈铨、罗皑岚、钱钟书、王佐良、杨周翰、冯至（冯承植）、卞之琳、查良铮、吴讷孙；其他还有在电机工程系的顾毓秀、历史社会学系（历史学系）的孙毓棠等。① 即使是在中文（国文）系任教的著名新文学家，大多也并不靠新文学立身。比如闻一多在西南联大开设过"诗经"、"楚辞"、"尔雅"、"古代神话"、"乐府诗"、"中国文史问题研究"、"周易"等课，陈梦家则讲授过"文字学概要"、"铜器铭文研究"等等，他们两个都没有专门开设新文学课程。

尽管新文学课程在相当程度上受到人事因素的影响，但新文学教师在培养作家以及新文学研究者两方面还是做出了不小的成绩。从1929年朱自清在清华大学开设"中国新文学研究"课程到后来的西南联大时期，在课堂内外曾经接受过朱自清、沈从文、杨振声等新文学教师熏陶的学生们非常多，王瑶、吴组缃、林庚、马识途、汪曾祺、林抡元、刘北汜、郭良夫、杨苡、杜运燮、巫宁坤、袁可嘉等等就是其中的佼佼者。而在西南联大历年的毕业生中，王瑶、刘绥松（刘寿嵩）、刘泮溪、孙昌熙、吴宏聪、王士菁（葛秉曙）等人后来成为中华人民共和国建立后第一代中国现代文学学者，他们奔赴全国各地，培养了大批现代文学研究人才，也使西南联大的新文学传统得到发扬光大。

四

虽然民国时期新文学在校园内外蓬勃发展，但是新文学课程的发展状况并不乐观。深受西方知识系统影响的新文学在文学和学术领域的发展并不同步，新文学课程的发展无疑比新文学遭受到了更

---

① 以上在西南联大内任教的新文学家名单采自北京大学、清华大学、南开大学、云南师范大学编《国立西南联合大学史料》第3卷，云南教育出版社1998年版，第117—402页。

多的压力。究其原因,就是民国学术界比较强烈的守旧倾向。

1925年左右,在清华大学这样一个具有浓厚西化色彩的学校里[①],中国传统的气息却变得相当浓厚。当时由汪鸾翔作词,何林一夫人作曲的清华学校校歌里这样写道:"器识为先,文艺其从。立德立言,无问西东。"这样的词句表面上看起来颇有新意,但据校歌的作者汪鸾翔解释说:"我国闭关之时,只用固有文化,已足自治;海通以后,外来文化,有胜我者,亦不能不并蓄兼采共炉而冶之,故仅守固有文化,而拒绝外来文化者固非;而崇拜外来文化,以毁灭固有文化者,更无有是处也。"[②] 这显然可以视为其对于新文化运动的批评。正是在同一年,朱自清进清华大学教书,后来成为著名文学家、文艺批评家的李健吾恰巧也在这一年考入清华国文系,而且分到朱自清的班里。但正是在朱自清的劝说下,爱好新文学的李健吾才由国文系转入西文系。作为一个已经成名的新文学家,朱自清当然不会对爱好新文学的学生表示反感——1928年李健吾组织过一个"晨星社",还曾经得到了朱自清的支持。朱自清之所以让李健吾转系,是因为当时清华大学的空气不适合提倡新文学,当然更不用说开设新文学课程了。

1939年,在西南联大教师朱自清等人的努力下,新文学虽然一度被官方化,但是也仍然保持了其"民间"色彩,此后不是所有的大学里都按照部颁课程表上课(部定课程表中的选修课"现代中国文学讨论及习作"后来也被取消)。东北大学文学院中国文学系的课程就跟部颁课程表有较大差异,该校1942学年的课程表中包

[①] 黄延复甚至认为二三十年代的清华具有一种"一切仿照美国"的"殖民性格"。参看《水木清华——二三十年代清华校园文化》(广西师范大学出版社2001年版)中的"绪言:清华文化的三大源头"。
[②] 《清华校歌》、《清华中文校歌之真义》,清华大学校史研究室编《清华大学史料选编》第1卷,清华大学出版社1991年版,第264—269页。

括"周易、三传研究、墨子、词曲选、论语、语言学、诗史、戏剧史、历代诗选、各体文习作、楚辞、中国文学史、中国哲学史、中国文学批评、哲学概论、历代文选"①等。湖南大学1943学年上学期"文法学院中国文学系选课指导"中也没有按照教育部颁发的科目表设置课程,"各体文习作"和"现代中国文学讨论及习作"均不见载②。

当然,40年代的新文学课程的学术环境还是有改善趋势的。大学校园内反对新文学者对新文学课程的抵触更多地表现在隐性的心理层次,而不是话语层次。在贯穿整个40年代,以大学中文系教师为作者主体的《国文月刊》上,关于"白话"与"文言"等问题就爆发过一系列的争论。在争论中"新"派的声音往往是坚决而激烈的:"我们的语言是统一的(方言由于发音不同的成分多,由于语言本身不同的成分少),而文字偏要我们分裂;我们的政体是平等的,而文字偏要把我们分成阶级;我们的力量是要集中的,而文字偏要养成我们思想的差异与意见的隔膜:这不独是民主政治的笑话,也是中华民国的罪人了。"③ 而力图守护传统者更加委婉含蓄,虽然他们并不肯放弃代表着中国文化的"根源"的文言文:"……一切从学问的入手处,如能从根本中来,则振本而末从,知一而万毕。学诗如先从词华技巧上着手,便是已落二乘,况下于此,其何以自致于高明?上来所讲,似乎陈义太高,使人不可企及;然取法乎上,仅得乎中,在此诗教废坠之秋,介绍一点先民典

---

① 《国立东北大学文理学院中国文学系必修及选修科目表(二十九年度)》,载于中国第二历史档案馆藏《国立东北大学课程设置科目表及有关文件》,全宗号5,案卷号5677。
② 《国立湖南大学三十二年度上学期各系组科目表》,中国第二历史档案馆藏《国立湖南大学呈送科目表及课程实施情形的文件》,全宗号5,案卷号5679。
③ 杨振声:《文言文与语体文》,1943年2月16日《国文月刊》第19期。

型，也是分内之事。"①

　　这反映了"新""旧"派别之间的微妙关系与话语权力之消长，然而绝不能忽视传统文化心理对于新文学课程的阻碍作用。就当时的中文系课程结构来说，还是传统文学占优。以西南联大中文系为例，1937—1946年间该系教师共开专业课程一百多门，每学年有20门左右的课程供学生修习，其中文学课程约占65%。在这些文学课程中，必修的新文学课程只有白话文的"各体文习作"，经常开设的新文学选修课只有"现代中国文学"，"创作实习"等开设时间很短。中华人民共和国成立前后，大学内的新文学课程得到重视并成长为和文艺理论、古典文学等具有同样重要性的学科，实有赖于新政权的力量。当然，这也是新（现代）文学及其学科遭受政治因素严重挤压并被"异化"的开始。

五

　　作为中国现代文学学科的源头，民国时期的新文学课程确实对于本学科起到了重大的启示作用——朱自清的讲义《中国新文学研究纲要》和中国现代文学学科奠基人之一的王瑶的《中国新文学史稿》具有明显的学术传承关系。

　　朱自清讲究学术的客观性——这自然跟朱自清个人的治学风格有密切的关系。据朱自清在清华时期的学生吴组缃回忆，朱自清根据《中国新文学研究纲要》上课的时候个人见解讲得很少：

　　他讲的大多援引别人的意见，或是详细地叙述一个新作家的思

---

　　① 罗庸：《诗人》，1943年2月《国文月刊》第18期。罗庸当时是西南联大中文系教授，曾任该系主任。

想与风格。他极少说他自己的意见；偶尔说及，也是嗫嗫嚅嚅的，显得要再三斟酌词句，惟恐说溜了一个字，但说不上几句，他就好像觉得已经越出了范围，极不妥当，赶快打住。于是连连用他那叠起的白手帕抹汗珠①。

在吴组缃的叙述中，能看到这位学者治学时的严谨态度。王瑶在《先驱者的足迹——读朱自清先生遗稿〈中国新文学研究纲要〉》中则明确指出《中国新文学研究纲要》的客观风格："《纲要》评述文学现象和不同流派的态度应该说是客观的和谨严的。凡是重要的，即有一定社会基础并发生过相当影响的，它都予以评价，而且首先是介绍论述对象自身的主张和特点。它比较尊重客观事实和重视社会影响，避免武断和偏爱，让学生有思考判断的余地，这也是《纲要》的一个显著的特点。"②

但是，这并不意味着朱自清只是毫无倾向性地罗列材料及前人论点。朱自清只是不喜欢随意臧否人物，较少挖掘作品的"思想意义"，对文学运动、思潮等的发生、发展过程也是以客观平静的介绍为主③。他对作品艺术技巧的批评却是很严厉的，一丝不苟。他运用了"描写"、"结构"、"风格"、"语言"、"表现"等批评范畴，对很多现代文学史上的名家都进行了毫不留情的批评，甚至对叶圣陶、杨振声这样的好朋友的作品也颇多微词——他的立场是艺术本位的。

朱自清的治学态度和风格显然影响到了王瑶。尽管《中国新文

---

① 吴组缃：《佩弦先生》，郭良夫编《完美的人格——朱自清的治学和为人》，清华大学出版社 2003 年版，第 144 页。
② 王瑶：《先驱者的足迹——读朱自清先生遗稿〈中国新文学研究纲要〉》，朱乔森编《朱自清全集》第 8 卷，江苏教育出版社 1996 年版，第 131 页。
③ 虽然他对"新月派"的诗歌艺术就颇为青睐，认为《新月诗选》中的诗歌技巧周密、格律谨严、态度严正，而对具有狭隘宗派主义色彩的左翼文学以及早期的爱美剧运动都表示了不满。但是这些都往往是点到为止，从而表现出一定的意识形态模糊性。

学研究纲要》和《中国新文学史稿》在倾向性上有明显的差异。《中国新文学研究纲要》为《中国新文学史稿》开创了研究范式——这从两者的体例安排上就可以看出来。

"范式"(Paradigm)的概念来自库恩(Thomas S. Kuhn)[①],学界对它的理解有许多歧义。按照余英时的看法,"范式"有广义和狭义两种,前者涉及全套的信仰、价值和技术的改变,后者则指具体的研究成果发挥示范作用[②]。从朱自清的《中国新文学研究纲要》和王瑶的《中国新文学史稿》在体例上的一致性,可以清晰地看出朱自清的讲义对王瑶的著作所发挥的这种"示范作用"。王瑶的著作先按不同的时期分编:第一编"伟大的开始及发展(1919-1927)"、第二编"左联十年(1928-1937)"、第三编"在民族解放的旗帜下(1937-1942)"、第四编"沿着《讲话》指引的方向(1942-1949)"。王瑶著作每一编的体例,基本上都是按照朱自清《中国新文学研究纲要》"总论"—"分论"的路子走的。以第一编为例,该编分为五章:第一章"从文学革命到革命文学",概括地描述了1919-1927年之间的文学发展脉络、思想斗争、文学社团不同倾向的创作态度等等,这其实相当于朱自清的"总论"中的"经过"、"'外国的影响'与现在的分野"等章,只不过缺少晚清新文学运动发生的"背景"而已;王瑶著作第一编中的第二章是"觉醒了的歌唱",论述本时期的新诗歌;第三章是"成长中的小说";第四章是"萌芽期的戏剧";第五章是"收获丰富的散文"。朱自清讲义中的"各论"也是按照"诗"、"小说"、"戏剧"、"散

---

① 参看(美)托马斯·库恩:《科学革命的结构》,金吾伦、胡新和译,北京大学出版社2003年版。

② 参看余英时:《中国近代思想史上的胡适——〈胡适之先生年谱长编初稿〉序》,《重寻胡适历程:胡适生平与思想再认识》,广西师范大学出版社2004年版,第172页。

文"的顺序排列的。唯一不同的是,朱自清的讲义中为"文学批评"专设一章,这是王瑶的著作中没有的。

在文学史体例安排问题上,王瑶对朱自清的继承是有自觉意识的。王瑶在《先驱者的足迹——读朱自清先生遗稿〈中国新文学研究纲要〉》中曾经这样说:"长期以来,这种先总论然后按文体分类来写文学史的方法就为一些人所诟病;的确,事实上是有少数擅长多种文体的作家,例如郭沫若,就诗歌、小说、戏剧、散文都写过,而用这种按文体分类评述的方法自然会把一个作家的创作分割于不同的章节,就不容易使读者得到完整的印象。但事情有利就有弊,历史现象总是错综复杂的,当人们用文字来叙述历史过程时,只能选择那种最容易表现历史本来面目和作者观点的体例,很难要求一点条件也没有。这正如旧小说中的'话分两头'一样,其实两件事实是同时发生的,但作者只能分开叙述。文学史的体例安排也是这样,撰述者只能权衡轻重,择善而从;对于由此带来的一些难以避免的缺陷,他当然可以用一些补救的办法使读者领会,但任何一种体例安排都不可能完美无缺。"① 这不仅是王瑶为朱自清讲义体例进行的辩护,也说明了他运用这种文学史写作方法的自觉意识。

王瑶对于朱自清《中国新文学史稿》对于《中国新文学研究纲要》的继承性,还反映在两者学术风格的一致性上。朱、王两人的学术风格及两份新文学课程讲义之间都有一种"客观性"风格。如果说朱自清及其讲义的客观性来自于他的谨慎、客观的治学态度,在文学史写作中习惯于引用前人的见解,表现出一定的意识形态模

---

① 王瑶:《先驱者的足迹——读朱自清先生遗稿〈中国新文学研究纲要〉》,朱乔森编《朱自清全集》第8卷,江苏教育出版社1996年版,第129—130页。

糊性并着重对作家作品的艺术技巧进行评析的话,那么王瑶的《中国新文学史稿》的客观性和朱自清的讲义并无二致。

首先,王瑶的著作也习惯于引用前人的见解。以第一章为例:从后面列出的注释来看,本章有4处来自毛泽东的引文,有8处引用了鲁迅的观点,引用茅盾的有9处,引用瞿秋白的有5处。其他如胡适、钱玄同、傅斯年、刘半农、陈独秀、蔡元培、郭沫若、成仿吾、叶绍钧、冯雪峰、郑振铎、罗家伦、阮无名、严复、章士钊也都列名于其中。王瑶在正文中还引用了周作人"人的文学"的口号等等。

王瑶著作引用别人的观点是和他的"客观"性追求相联系的:"由于我想到这一工作(指撰写《中国新文学史稿》)容易犯错误,于是我就在写作中力求'稳妥',办法之一就是多引用文艺界的一些著名批评家的意见,而少发表我个人的看法。这是和我的所谓客观主义的方法相联系的,我以为这样可以少犯错误。"①

其次,《中国新文学史稿》同样在意识形态方面具有模糊性。虽然王瑶的著作明确采用毛泽东新民主主义论确立的历史框架来构建新文学史,但是在本文前面所述《中国新文学史稿》第一章中被引用者的一大串名单中,王瑶只对严复和章士钊持完全否定的态度。对胡适虽然不乏批判,但王瑶还是肯定了其正面价值:"胡适的文学改良主张,反映了白话文代替文言文的历史趋势,在当时有一定的进步意义。"②

这可以说明王瑶将"五四"启蒙主义的新文学史观和以《新民

---

① 王瑶:《〈中国新文学史稿〉的自我批判》,《王瑶全集》第7卷,河北教育出版社2000年版,第335页。
② 王瑶:《中国新文学史稿》上册,《王瑶全集》第3卷,河北教育出版社2000年版,第65页。

主主义论》为核心的"革命"文学史观相结合的著史方式。这种方式，又决定了王瑶对"五四"以来新文学的"模糊"认识——当时的政治要求是证明新文学的"社会主义方向"，以此为核心区分"主流"和"逆流"，王瑶的著作显然并没有完成这个任务。如果将王瑶的做法与稍后丁易的《中国现代文学史略》[①] 以及刘绶松的《中国新文学史初稿》[②] 相比，就能明确显示出该书在意识形态方面的差距——后两者都是严格依照《新民主主义论》强调的新文化中"社会主义因素"的"成长壮大"来描述新文学史并以此来筛选作家的。

《中国新文学史稿》这种意识形态的"模糊性"和对作家作品的艺术技巧的严格要求也是一致的。王瑶和朱自清一样表现出对"新月派"诗歌某种程度的青睐，同时也对某些左翼作家的艺术技巧进行批评："郭沫若曾说《少年漂泊者》是'革命时代的前茅'，从表现'五四'到'二七'这一段时间中一些进步青年的历程说，'前茅'，是可以说的。但书中说明议论的地方过多，人物有些概念化，技巧上不算成熟。"他评价太阳社诗人钱杏邨的《荒土》、冯宪章的《梦后》时也说："内容是革命的，但一般的仍然呐喊多于描写，概念化的倾向很重。"[③] 意识形态的模糊性与对文学作品艺术技巧的严格要求，正是本文前面所强调的朱自清《中国新文学研究纲要》之"客观性"的内涵。

此后正是"客观"、"稳妥"的学术风格带给王瑶及其《中国新文学史稿》诸多磨难。尽管王瑶不断地做检讨，《中国新文学史稿》

[①] 丁易：《中国现代文学史略》，作家出版社1955年版。
[②] 刘绶松：《中国新文学史初稿》，作家出版社1956年版。
[③] 王瑶：《中国新文学史稿》上册，《王瑶全集》第3卷，河北教育出版社2000年版，第157、260页。

还是在 1955 年被停止使用了——当时的政治要求大学体制生产出来的知识必须体现越来越"纯粹"的意识形态,"客观主义"色彩的《中国新文学史稿》于是不可避免地和"不断革命"的思想再一次发生了强烈冲突。兼之这本著作竟然为当时处于风口浪尖上的"胡风反革命集团""树碑立传",其命运也就可想而知了。

民国时期的大学新文学课程

民国时期的大学新文学课程,是现代文学和现代教育的关系、中国现当代文学学科史研究中的一个重要问题。笔者作为一个高校现当代文学教师,以民国时期教育部档案、各高校校史、各类档案、现代文学作家传记等为依托,挖掘、整理了一批有关民国时期大学新文学课程的材料,现提供给学界,以备研究之需。

一

新文学课程和新文学的发生几乎是同步的。据1921年10月13日《北京大学日刊》第4版上的"中国文学系课程指导书"记载,该系所列9种"本学年若有机会,拟即随时增设"的科目中,就已经有"新诗歌之研究"、"新戏剧之研究"、"新小说之研究"等课程。1922年3月4日,周作人到胡适住处,与燕京大学校长司徒雷登和刘廷芳相见,约定下半年周作人到燕京大学担任国文系主任。周作人和燕京大学的合同中说明:周作人讲授现代国文部分。周作人规定讲授"国语文学"四小时,由他和助教——当时燕京大学的学生许地山各任一半。另外，周作人又设立了三门功课，自己担任，"仿佛是文学通论、习作和讨论等类"，每星期分出四个下午到燕京大学去上课①。在这一时期，因为新文学本身正处于发生阶段，这类课程还谈不上对新文学进行历史的梳理，也缺乏理论性的建构，课程内容主要停留在对新文学创作问题的讨论上，没有留下多少有价值的书面记载。

这种情况直到1929年朱自清、杨振声在清华大学中文系分别开设"中国新文学研究"、"新文学习作"时才有所转变。1928年8月，罗家伦任新成立的清华大学校长，与之在北大新潮社共事的杨振声也先后担任了教务长、文学院院长、中文系主任等职。杨振声在任内提出要改变清华中国文学系地位低下的现状，并主张以"创造我们这个时代的中国新文学"作为办系宗旨，1929年春朱自清才得以在清华开设"中国新文学研究"。朱自清的课程正式把新文学列入了"正史"的范畴，对新文学历史从文学运动到作家作品进行全面的叙述和总结，使之在大学课堂上和具有几千年积淀的古代文学相提并论，这在当时尊古之风盛行，许（慎）、郑（玄）之学仍然是学生入门的先导，文字、声韵、训诂类课程充斥其间的大学中文系中不能不说是一个创举。

朱自清、杨振声除了在清华大学教授新文学课程外，还曾应邀到北平的其他大学如燕京大学、北平师范大学等校讲课，此后各大学开设的新文学课程也渐渐多了起来。现将抗日战争全面爆发前除朱自清、杨振声的课程之外其他各大学开设新文学课程的情况列表如下：

---

① 据张菊香、张铁荣编《周作人年谱》，天津人民出版社2000年版，第198—199页。

课程开始时间	课程名称	开设学校	教师	讲义	材料来源	备注
1930年上半年		中国公学	沈从文	新文学研究——新诗发展	《沈从文全集》第16卷，北岳文艺出版社2002年版	
1930年秋	新文学研究	武汉大学				
1931年秋	高级作文（散文）	青岛大学	沈从文		国立青岛大学《本校学程指导书、规章制度及校历》，山东省档案馆档案，档案号J110-01-353	
1931年	新文艺试作	北京大学	冯文炳、徐志摩、周作人、余上沅等		马越:《北京大学中文系简史1910-1998》，北京大学1998年版	该课程实际开设与否待考
1936年	现代文艺		废名	《谈新诗》	《谈新诗》，1944年11月北平新民印书馆印行	
1932年	新文学研究	武汉大学	苏雪林	《中国二三十年代作家》	《中国二三十年代作家·自序》，纯文学出版社1983年版	
1932年		山西省立教育学院	王哲甫	《中国新文学运动史》	王哲甫：《中国新文学运动史自序》，北平杰成印书局1933年版	

续表

课程开始时间	课程名称	开设学校	教师	讲义	材料来源	备注
	白话文学选、新文学概论	北平师范大学			北京师范大学校史编写组：《北京师范大学校史（1902—1982）》，北京师范大学出版社1984年版	
	现代文艺	金陵大学			《私立金陵大学一览》，1933年刊印	
	中国现代文学	辅仁大学	朱以书		中国第二历史档案馆藏《私立北平辅仁大学一九三七年度学科报告表课程表》，全宗号5，案卷号5725	
	现代文学	广州大学			中国第二历史档案馆藏《私立广州大学学程总则科目表及有关文件》，全宗号5，案卷号5731	该课程为必修课
	新文学研究					

除上述表中所列外，还有几处新文学课程情况待考：

1. 据《燕京大学史稿》① 记载，30年代冰心在该校开设过"新文艺习作"课。

---

① 张玮瑛、王百强、钱辛波主编，人民中国出版社1999年版，第72页。

2. 据沈从文在《湘人对于新文学运动的贡献》[①] 中记载，杨振声、郁达夫两先生曾应武昌高等师范学校之聘主讲"现代文学"。

3. 据甘海岚编撰《老舍年谱》[②] 中说，1930年到1933年老舍在齐鲁大学文学院教授过"小说作法"，1931年初秋到青岛山东大学文学院中文系任教时曾主讲"高级作文"课。

另外，关于废名任教北大，据陈振国的《冯文炳小传》[③] 中记载，冯文炳1929年北京大学毕业后，因为周作人的推荐，即在北京大学中国文学系教书，担任讲师，讲授李义山、温庭筠的作品，也讲新诗；而周作人为废名的《谈新诗》所做的序中则称：废名在北京大学当讲师，是胡适兼任国文系主任的时候，大概是1935年至1937年，最初担任"散文习作"，后来添了一门"现代文艺"，讲授新诗。这些关于废名在北大任教的说法不尽相同，不知何者为是。

还有一个关于苏雪林任教时间的问题。苏雪林的新文学研究课程始于1932年的说法，依据的是苏雪林的《中国二三十年代作家自序》。另据《苏雪林自传》[④] 中记载，该课程开设于1934年。

虽然这一时期的新文学课程尚处于初创时期，但是现在保存下来的新文学课程讲义材料还是比较丰富的：

1. 朱自清的《中国新文学研究纲要》。该讲义在朱自清生前并未出版，现保存于朱乔森编《朱自清全集》第8卷[⑤]中，是赵园等人根据朱自清的三种手稿整理而成的。《纲要》分"总论"和"各论"两大部分。"总论"主要讲述从戊戌政变到20世纪30年代初

---

① 《沈从文全集》第17卷，北岳文艺出版社2002年版，第163页。
② 书目文献出版社1989年版，第24、51页。
③ 《新文学史料》1983年第3期。
④ 江苏文艺出版社1996年版，第86页。
⑤ 江苏教育出版社1996年版。

的文学运动、思想论争以及各种流派的重要主张；"各论"则分别探究从 1917 年到 30 年代初诗歌、小说、戏剧、散文方面的作家作品以及文学批评的发展情况。对散文方面着力较少，是《纲要》留下的一个遗憾。

2. 王哲甫的《中国新文学运动史》。这是第一本真正为中国新文学述"史"的著作。该书由 10 章组成，第 1 章"什么是新文学"介绍了新、旧文学的区别以及胡适、陈独秀、沈雁冰、周作人等人的文学观念以及作者自己的看法。第 2、3 章分别介绍新文学革命的原因及经过，第 4 章至第 8 章则是对新文学的历史描述。作者以"五卅"为界，把新文学创作分为前、后两期，在概括了 15 年来中国文坛的基本情况后，以史料为中心，按照诗歌、小说、戏剧、散文为类目，讲述若干作家作品，另外还介绍了翻译文学、整理国故与儿童文学的发展情况。第 9 章为作家传略，第 10 章为附录（包括社团始末、作家笔名、文艺刊物调查等等）。

3. 沈从文在上海公学和武汉大学讲授新诗时所用的讲义《新文学研究——新诗发展》①。讲义前半部是供学生参考阅读的新诗分类引例，其中包括从"五四"到 30 年代初期为止的 93 篇诗歌。后半部是 6 篇作者谈论新诗的论文：《论汪静之的〈蕙的风〉》、《论徐志摩的诗》、《论闻一多的〈死水〉》、《论焦菊隐的〈夜哭〉》、《论刘半农的〈扬鞭集〉》、《论朱湘的诗》。

4. 废名（冯文炳）的《谈新诗》。该讲义共包括"《尝试集》"、"新诗应该是自由诗"等 12 章。40 年代由黄雨编定，并由周作人作序，于 1944 年 11 月列为艺文社"艺文丛书"之五，由北平新民印书馆出版。1946 年返回北大之后，作者又续写了 4 章，但生前

---

① 现见于《沈从文全集》第 16 卷，北岳文艺出版社 2002 年版。

未公开发表。1951年2月,人民文学出版社将前后两部分合并,删去初版的序跋和附录,增加作者1934年写的《新诗问答》一文,出版了《谈新诗》增删本。废名讲义以"新诗的内容应该是诗的"、"新诗应该是自由诗"为核心观念,并以此为标准,在书中比较新、旧诗的差别,对"五四"至30年代代表性新诗人胡适、沈尹默、刘半农、鲁迅、周作人、康白情、"湖畔"诗人、冰心、郭沫若、卞之琳、林庚、冯至等人创作的成败得失作了细致的剖析,还发掘了鲜为人知的诗人朱英诞,进而对新诗的发展前景提出了个人看法。

5. 苏雪林的《中国二三十年代作家》。该书1979年由广东出版社出版时名为《中国二三十年代作家与作品》,1983年纯文学出版社出版重排修订版时始改本名。该书叙述评论了"五四"至抗日战争期间的重要作家、作品,分为"新诗"、"小品文及散文"、"长、短篇小说","戏剧","文评及文派"五编,编内分章,每位重要作家各占一章,风格类似而重要性不足的作家则附录于后。苏雪林虽然是一个虔诚的天主教徒,且对左翼文学向无好感,但是在讲义中还是坚持以"艺术人品"为重,对自己不喜欢的作家予以了充分重视。在"新诗"一编中,既论述了胡适以及徐志摩等新月派诗人这样的政治立场相近者,对郭沫若、成仿吾、钱杏邨这样的诗人也并未遗漏,对颓废诗人邵洵美还立了专章进行论述。苏雪林在论及小说时更是首推鲁迅,认为鲁迅的《阿Q正传》抓住了中国人气质的典型,鲁迅的小说虽然只有《呐喊》和《彷徨》两部,但已经足以使他凸出文坛,众皆刮目。这些都可以反映出苏著并没有因人废文。

除了编写讲义、总结新文学的历史成就之外,当时担任新文学课程的教师们对校园新文学活动的开展、作家的培养,也起到了极大的促进作用。周作人是北大新潮社的重要成员和指导者，其"四大弟子"俞平伯、废名、江绍原、沈启无在新文学方面各有成绩，久已为人所知。他在燕京大学的成绩也不容忽视：1923年在燕京大学就读的凌叔华立意要成为一个女作家，曾给周作人写信，请周作人予以指导。周作人觉得凌叔华很有才气，答应了她的要求，还把凌叔华的小说《女儿身世太凄凉》送给《晨报副镌》发表。自此后，凌叔华的文名才渐渐为人知晓。在当时规模不大、学生不多的燕京大学草创时期，能出现像凌叔华、许地山、冰心、熊佛西、李霁野（西语系）、郑骞这样后来蜚声中外的文学大家，后来燕京大学也成为"京派"文人的重要来源地，周作人开创的新文学课程功不可没。在周作人的学生辈中，冰心、废名等后来也成为新文学课程教师，更可以看出周作人在燕京大学开创的新文学课程传统薪火相传，绵延未绝。

杨振声和郁达夫在武昌期间对胡云翼、贺扬灵、刘大杰等文学青年组织的"艺林社"进行过指导、帮助。经过郁达夫的介绍，"艺林社"编辑的《艺林旬刊》附于《晨报副镌》发表，扩大了这个社团的影响。

萧乾在为《杨振声选集》①所写的"代序"《我的启蒙老师杨振声》中曾说，他在1929年对新文艺才有了点轮廓性的认识——那一年他在燕京大学旁听了从清华来的客座教授杨振声的"现代文学"。沈从文在上海中国公学任教期间，何其芳正好在此读预科，正是在沈从文的鼓励和指导下，何其芳才在《新月》上发表了短篇小说《摸秋》，走上了文坛，后来成为京派作家群中的重要一员。

在武汉大学任教的苏雪林虽然一贯钟情于古代文学，对新文学

---

① 人民文学出版社1987年版。

作家们表示过不屑,且因为当时武汉大学浓重的复古空气,使得苏雪林在培养作家方面少有成果,但是她实际上并不反对培养新文学人才。早在1929年她在东吴大学任教时热心指导过当时的中文系学生朱雯,对朱雯以朴实的笔调描写下层社会的作品给予了充分肯定,还曾为朱雯的小说集《现代作家》作了序。20年代末,朱雯和陶亢德、邵学汉等创立了"白华文艺社",创办《白华》文艺旬刊,苏雪林除代为约稿外,还曾为这个刊物亲自撰写稿件。

当时的新文学课程扩大了新文学的影响,熏陶了一大批学生,也受到了广大学生们的欢迎。据当时听过朱自清"新文学研究"的北平师范大学学生张清常回忆,朱自清的课程被安排在星期六的下午。"这个时间上课,在当时的'大学堂'里是很稀奇的。平时就常有人缺课,何况在星期六下午!……何况这课是选修,更是听凭自便。出人意料的是选课听讲的特别多,只好安排在礼堂上课。一个学年从头到尾都是座无虚席,这个号召力可真大!"[①]

然而学生的欢迎并不能改变朱自清这个课程中途而废的命运。当罗家伦、杨振声等人离开后,清华的新文学课程变得前景黯淡。1932年底,清华中文系教授会通过了《中国文学系改定必修选修科目案》,于1933学年开始实施。这个方案虽然保留了新文学课程,但是已经开始偏重古典文学的研究,以培养古典文学研究人才和语言文字学研究人才为主,还新设了"国学要籍"一类的科目,此后朱自清的"中国新文学研究"就再也没有开过班。

从以上还可以看出,虽然当时已经有一些学术空气比较开明的大学开设了新文学研究、习作类的课程,但是这种情况并不普遍。

[①] 张清常:《怀念佩弦老师》,郭良夫编《完美的人格——朱自清的治学和为人》,清华大学出版社2003年版,第76页。

直到1937年，沈从文在其《关于看不懂》①一文中还向胡适抱怨说，大学对新文学实在是太疏忽了。课程表上照例有李白、杜甫或《文选》的专题研究，有时还是必修课，一礼拜上2小时，或4小时，可是把明清章回小说的研究列入课表的却很少。一个学校肯把"现代中国文学"正式列入课程表，作为中国文学系必修课程的，是非常稀有的现象。至于"文学习作"类的课程，沈从文认为不过是敷衍好弄笔头的大学生，事实上这种课程既不能造就作家，更不能使学生有系统地明白新文学二十年来在中国的意义。

二

1938年，西南联大中文系的朱自清和罗常培受教育部委托，草拟了一份大学中国文学系必修选修科目表，经过修订后于1939年秋正式颁布。据1941年9月16日《国文月刊》第1卷第1期程千帆的《部颁中国文学系科目表评议》一文所附的中文系课程表来看，其选修科目中有"现代中国文学讨论及习作"，必修课程"各体文习作"一栏的备注里面也注明"包括古代现代各体"，新文学自此正式登上了官方颁布的课程表。

西南联大是这一时期开设新文学课程的重镇。据北京大学、清华大学、南开大学、云南师范大学编《国立西南联合大学史料》第3卷记载②，当时杨振声担任过选修课程"现代中国文学讨论及习作"（1938－1939学年下学期）、"现代中国文学"（1939－1940学年、1941－1942学年、1943－1944学年上学期）；沈从文一直担任

---

① 《沈从文全集》第17卷，北岳文艺出版社2002年版，第145－146页。
② 云南教育出版社1998年版，148－413页。

必修课白话"各体文习作"、"创作实习"（1941-1942学年）、"现代中国文学"（1944-1946学年）；李广田担任过白话"各体文习作"和"现代文选"（1944-1945学年）；张清常也担任过白话"各体文习作"（1944-1945学年）。

朱自清等人制订的课程表，对大学新文学课程的普及也有较大的推动作用，此后很多大学里都开设了相应的"现代中国文学讨论及习作"以及"新文学习作"类的课程。以下是笔者所掌握的1939年到新中国成立前除西南联大外各大学开设新文学课程的情况：

课程开始时间	课程名称	开设学校	教师	讲义	材料来源	备注
1940年	现代文艺讨论	河南大学			中国第二历史档案馆藏《国立河南大学呈送科目表及添设图仪器的有关文件》，全宗号5，案卷号5715	原备注中称该课程为"自行设置"
1942年	现代中国文艺讨论及习作					
	现代中国文学讨论及习作	中山大学			中国第二历史档案馆藏《国立中山大学课程设置科目表及处理留存云南公物等有关文件》，全宗号5，案卷号5671	
	现代中国文学讨论及习作	暨南大学	王统照		中国第二历史档案馆藏《国立暨南大学课程设置及借拨图书仪器的文件》，全宗号5，案卷号5674	
	现代中国文学讨论及习作	浙江大学			中国第二历史档案馆藏《国立浙江大学呈送必修选修科目表及有关文件》，全宗号5，案卷号5676	

民国时期的大学新文学课程　·177·

续表

课程开始时间	课程名称	开设学校	教师	讲义	材料来源	备注
	现代中国文学讨论及习作	东吴大学			中国第二历史档案馆藏《私立东吴南开、中法、震旦、齐鲁大学呈报科目表及有关文件》，全宗号5，案卷号5729	
	现代中国文学讨论及习作	复旦大学	章靳以		中国第二历史档案馆藏《国立复旦大学分院分系必修选修科目表》（二十九年修订）、《国立复旦大学文学院中国文学系三十三学年度第二学期科目表（三十四年春季）》，全宗号5，案卷号5712	
	小说戏剧选及习作					
	抗战文艺及其习作				陈子展《关于大学中国文学系的建议和意见》，1948年3月《国文月刊》第65期	
	现代诗与散文选及习作					
	短篇小说习作					
	现代文艺思潮	东北大学			中国第二历史档案馆藏《国立东北大学课程设置科目表及有关件》，全宗号5，案卷号5677	
	战时文艺及翻译	岭南大学			中国第二历史档案馆藏《私立岭南大学呈报各系科目表及有关文件》，全宗号5，案卷号5727	原注：选战时文艺者必选翻译，侧重实用文艺者选战时文艺及翻译；又称，学生可以选择书目学及训诂学代替
	战时文艺及中国修辞研究					
	战时文艺					1940年11月呈报的拟增设选修科目

除了上述大学外，据《燕京大学史稿》记载①，1947年林庚应聘来到燕大国文系任专职教授，曾先后开出"中国现代文学史"、"新诗习作"等课。另据《延安文艺丛书·文艺史料卷》（湖南文艺出版社1987年版，第633－649页）记载，三四十年代在延安的"鲁艺"也先后开设过"中国文艺运动"、"中国新文学论"、"中国新剧运动史"、"新文学运动"、"文艺批评"、"作家研究"，以及其他各种创作实习类的课程。

虽然新文学课程建设在这一时期有了较大的进展，但是现存可以明确断定为新文学课程讲义的材料却相对较少，主要有以下几种：

1. 周扬的《新文学运动史讲义提纲》（载于《文学评论》1986年第1、2期）。该讲义共包括引言、第一章、第二章、第三章（只写成了一部分）。这是他在1930－1940年间在延安"鲁艺"讲授"中国新文学运动史"课程时所用，"文化大革命"中被作为"黑材料"存入周扬专案中。它虽然是文学史讲义，但是绝大部分篇幅都是以政治、经济等文学的外部因素为出发点来展开对文学运动的论述，着重于文学运动的"思想性"，对文学作品进行具体分析的篇幅极少，是从社会历史角度着眼的新文学运动史提纲。

2. 沈从文曾在1940年《国文月刊》第1－3期上发表总题为"习作举例"的三篇文章：《从徐志摩作品学习"抒情"》、《从周作人鲁迅作品学习抒情》和《由冰心到废名》，可以断定是他在西南联大任教时期的新文学课程讲义。另据《沈从文全集》第16卷第258页对《从徐志摩学习"抒情"》所加的注释中说："'习作举例'系列文章，是作者担任西南联合大学师范学院'各体文习作'课程

---

① 张玮瑛、王百强、钱辛波主编，人民中国出版社1999年版，第78页。

时，在语体组班上所用的讲义。同样性质的讲稿计10篇，在《国文月刊》上共发表了3篇。"可惜笔者并未见到"习作举例"系列中的其他文章。

相比讲义而言，这一时期的新文学课程教师们在培养新文学作家方面取得的成绩更加突出。以沈从文为例，当时他的家里经常聚集着一些学生，他无论多忙，总是细心地和他们谈论学习和创作问题，鼓励他们写作，为他们修改文稿，用很清秀的小行书写下批语。西南联大结束后沈从文进入北京大学，年轻人还是他家的常客。杜运燮、袁可嘉、杨苡、巫宁坤、林振述等等，都受到过沈从文的悉心指导与帮助。曾在西南联大哲学心理学系学习的林振述，1948年出国前几乎所有的习作，都是沈从文改了又改，最后再由沈拿去发表的。1946至1948年间，袁可嘉所写的大部分诗论也都是经过沈从文审阅并发表在天津《大公报·星期文艺》和《益世报·文学周刊》上的。沈从文在西南联大"教"出的作家汪曾祺，更堪称这一时期新文学课程的最大成果之一，沈当时开设的"各体文习作"、"创作实习"汪曾祺都选习过，他曾经细致地指导汪曾祺掌握写作技巧。

沈从文教导学生进行写作的时候有一套独特的方式。他教学生写作，强调要"贴到人物来写"，而不是传授"小说作法"、"散文作法"之类。他甚至不赞成命题作文，而是主张学生想写什么就写什么。即使他有时在课堂上出两个题目，也都非常具体：他曾经给学生开出过"我们的小庭院有什么"、"记一间屋子里的空气"之类的作文题目，写得好的，就推荐发表——1940年9月出版的《国文月刊》第1卷第2期上就发表了郑临川的《西南联合大学新校舍记》以及姚芳、李婉容的同题习作《我们的小庭院有什么》。沈从文给学生出这样的题目，是为了让学生进行初步的写作锻炼，先学会"车零件",然后才能写大作品——"组装"。

另据回忆,沈从文教写作,常常是写的比说的多。他往往在学生的习作后面写很长的读后感,有时会比原作还长。这些读后感有时是对习作得失的评析,有时是从习作说开去,谈及有关创作的问题。除了写很长的读后感之外,沈从文教创作还有一种方法,就是当学生写出一个作品的时候,介绍学生看一些与学生作品写法近似的中外名家的作品,以利学生艺术手法上的进步,比如汪曾祺写了一篇《灯下》,沈从文就介绍他看了几篇类似的作品,其中包括沈自己的《腐烂》。

以"学术"的尺度来看这些教授方法,显然是不太规范的,但是就其培养作家的目的来说,又未尝不是可行的。汪曾祺认为沈从文讲课毫无系统,但是"你要是真正听'懂'了他的话,一听'懂'了他的话里并未发挥罄尽的余意,你是会受益匪浅,而且会终生受用的"[①]。

除了在学生中培养新文学作家以外,西南联大的教师们也已经开始指导学生对新文学进行初步研究。当时西南联大的毕业生中已经有人在选择新文学作为研究课题:1939年刘泮溪的毕业论文为《从诗界革命到新诗》,指导教师为朱自清、杨振声;1941年吴宏聪的毕业论文题为《曹禺研究》,指导教师为杨振声、沈从文;同年,林抡元的毕业论文为《抗战后文艺发展情形》,指导教师为朱自清、杨振声;1943年宋秀婷的毕业论文题目是《现代散文研究》(指导教师不详);1945年沈从文、李广田指导了王松声的毕业论文《中国战时文学》,闻一多、朱自清指导了张燕传的毕业论文

---

① 汪曾祺:《沈从文先生在西南联大》,《汪曾祺全集》第3卷,北京师范大学出版社1998年版,第464页。

《新诗的发展》。实际上，新中国成立后第一代现代文学著名学者王瑶、刘绶松（刘寿嵩）、刘泮溪、孙昌熙、吴宏聪、王士菁（葛秉曙）都是原来西南联大的毕业生。从这些人身上也可以折射出当时西南联大在培养新文学研究人才方面取得的巨大成绩。他们在全国各地又培养了大批现代文学研究人才，也使西南联大的新文学传统得到继承并被发扬光大。

当然，必须承认的是，尽管这一时期的新文学课程在培养作家以及研究人才，扩大新文学的影响等方面都取得了不小的成绩，但是从总体上看地位仍然不高，而且就1948年3月《国文月刊》第65期上陈子展的《关于大学中国文学系的建议和意见》一文看，部定课程表中的选修课"现代中国文学讨论及习作"后来也被取消了，新文学课程在大学中文系里也就仍然处于一种相对边缘化的地位。以西南联大中文系为例，1938－1946年间，该系共开设专业课程一百多门，每年约有20门左右的课程供学生修习，其中文学课程约占65%，但是长期开设的新文学课程只有白话文"各体文习作"、"现代中国文学"，"创作实习"等课程开设时间非常短暂。只是到了中华人民共和国正式成立后，新文学课程才真正改变了中文系内"小媳妇"的地位，正式成长为一个和"文学概论"、"古代文学"同样重要的学科。

新文学如何走进大学课堂

民国时期的新式教育和新文学关系非常密切。新文学革命诞生于"一校一刊"(北京大学、《新青年》)的背景之中,最初的新文学家也大多是新式教育家,可谓两者关系的最好证明。然而,从知识生产的层次上看,新式教育和新文学的结合却并不一帆风顺,集话语和权力于一身的教育体制不会容忍知识的"自发"成长,新文学作为一种"知识"的成长过程仍然是充满问题的。福柯认为:"人文学科的诞生是与新的权力机制的确立携手并进的。……真理无疑也是权力的一种形式。"① 他道出了知识生产的一个秘密:它不仅仅属于"真理和思想自由的领域",不是先验地存在于科学构架中有待发现的自在之物,而是和权力相伴而生的一种"发明"。从福柯的思路出发查考民国时期新文学知识的谱系,不难看到其背后深刻的权力印记。

---

① 刘北成:《福柯思想肖像》,上海人民出版社2001年版,第264页。

一、新知识与新权力

在胡适、陈独秀等人提出文学革命口号不久，新式教育家们就已经开始尝试着把新文学纳入知识生产的体制中，这几乎和新文学的发生是同步的。早在1921年，北京大学中国文学系的课程指导书中就出现了"本学年若有机会，拟即随时增设"的"新诗歌之研究"、"新戏剧之研究"、"新小说之研究"①。这指涉了一种新权力机制的确立，其中不仅包括主张"兼容并包"的北京大学校长蔡元培、1920年当选的中文系主任马裕藻，也包括北大众多的新派学者："到20年代初，教授中虽有旧如'前清副贡举人'者（陈汉章），但构成主体的则是一批早期有过留日经历的学者（沈兼士、周作人、马裕藻、钱玄同、吴虞、张黄等）。"② 与此相关，还有当时的"教育独立"观念、"教授治校"制度以及新的课程形成规则：《教育部公布修正大学令（1917年9月27号部令第64号）》规定评议会的职责之一就是审议学科课程③。具有"新思想"的教育家，加上新的制度，新的"知识/权力"共生体已然初步成型。

然而，北京大学1921年的新文学课程并未见到实际开设的记载，而且它也只能说是"知识/权力"关系的个案。因为每个学校

---

① 《北京大学中国文学系课程指导书·本系待设及暂缺各科要目》，《北京大学日刊》1921年10月13日第4版。
② 马越：《北京大学中文系简史（1910－1998）》，北京大学出版社1998年版，第17页。
③ 璩鑫圭、唐良炎：《学制演变》，上海教育出版社1991年版，第815－816页。

都有自己独特的微观权力网络,各校的新文学课程仍然显示出不同的呈现路径。

据现有史料,首开在大学内讲授新文学先河的是周作人。1922年的下半年,周作人就开始在燕京大学讲授"国语文学"以及"文学通论、习作和讨论"等课程①。新文学之所以首先在燕京大学登上课堂,与该校的西方教会背景密切相关——新文学和西方文学、文化之间有着强烈的亲和性。

1919年,由北京汇文大学、通州华北协和大学这两所基督教学校合并而成的燕京大学成立,美国传教士司徒雷登被任命为校长。此人奉行的宗教政策较为开明,也重视中国文史方面课程,曾请了一批著名的中国文史学者到校任教。然而,这位美国人显然并不打算仅仅以弘扬中国传统文化为己任。胡适在1921年2月14日写给周作人的信中说到,司徒雷登和教务长博晨光想彻底地整顿其"国文门",经过朱我农找到胡适,请胡推荐一位懂得外国文学的中国学者去做国文门的主任,并答应给予新主任全权进行改革②。胡适和朱我农商量后,推荐了北大同事周作人。周氏虽当时因病耽搁,但1922年还是答应下学年到该校担任国文系"现代国文"的一部分,当时燕京大学还派毕业生许地山来做周作人的助教。新文学借燕京大学"整顿"之机,在具有留日背景的周作人这里首次登上大学讲堂,正可谓顺理成章。

与燕京大学不同,1929年朱自清等人在清华大学讲授新文学课程并不是直接来自西方文化势力的需求,从表面上看反倒是出于一种提振中国本民族文学、"反西化"的愿望。

---

① 张菊香、张铁荣:《周作人年谱》,天津人民出版社2000年版第198页。
② 《胡适全集》第23卷,安徽教育出版社2003年版,第303页。

1928年，国民政府议决改清华学校为国立清华大学，以罗家伦为校长，曾与之在北大新潮社共事的杨振声任教务长（1929年2月辞职）；翌年3月7日杨振声被补选为校评议会评议员，6月又经教授会选举，被校长聘为文学院院长，同时兼任中文系主任。杨振声到校后，计划整顿中文系。据杨振声回忆：

> 那时清华的风气与现在大不相同，国文是最不时髦的一系，也是最受压迫的一系。教国文的是满清科举出身的老先生们，与洋装革履的英文系相比，大有法币与美钞之别。真的，国文教员的待遇不及他系教员的一半。因之一切都贬了值，买书分不到钱，行政说不上话，国文教员在旁人眼角视线下，走边路，住小房子。我想把国文系提高，使与他系一律平等①。

然而，如果将杨振声对于"国文"的强调单纯理解为对清华大学"西化"倾向的不满，显然是错误的。他的改革，绝非是要恢复"国粹"——杨振声所拟定的清华中文系"创造我们这个时代的中国新文学"的目标，反映出他和传统文化、旧文学之间的深刻鸿沟。他所要求的，是西方文化、文学和"国文"结合之后产生的宁馨儿。在1929年朱自清讲授"中国新文学研究"的同时，杨振声同时开设着眼于介绍世界文学潮流的"当代比较文学"正好说明了这一点。

从以上可以看出，在新文学最初登上大学课堂的时候，西方文学、文化在新的"知识/权力"结构中具有极为重要的意义。尽管在当时的民间语境中，"国文"对于西方文学、文化仍然有明显的优势——20世纪30年代初，陈衍和钱钟书交谈时知道钱所学的是外国文学后就慨叹："文学又何必向外国去学呢！咱们中国文学不

---

① 姜建、吴为公：《朱自清年谱》，安徽教育出版社1996年版，第80页。

就很好么！"① 但是在官方教育及学术体制中，后者显然已经成为足以和传统相颉颃的一种势力。新式教育制度的兴起，有赖于有大量具有西方文化背景的新式教育家在体制内的不断成长。新文学也只有借助西方话语体系的帮助，才能构建并融入新的"知识/权力"共生体。

这方面，沈从文的例子似乎可以作为一个反证。尽管他依靠胡适、徐志摩、杨振声等人的庇佑，能够辗转在当时的各大学内教授新文学，但也经常因为这种西方文化背景的缺失（当然，他同样也没有传统文化、学术身份）而遭到压抑。沈从文到陈西滢任文学院院长的武汉大学任教期间，曾充分感受到"身份"带来的痛苦。他在1930年11月5日给王际真的信中云："大雨②是大教授，我低两级，是助教。因这卑微名分，到这官办学校，一切不合式也是自然事。"③ 同样是新文学家，孙大雨在武汉大学任教授，而沈从文只能担任助教，而两人最主要的身份差别就在于孙大雨曾留学美国，先后在新罕布什尔州的达德穆斯学院及耶鲁大学研究生院求学。

即使后来到了抗战时期中国大学的"民主堡垒"西南联大中，沈从文仍然受到歧视。据说一次跑空袭警报，沈从文从自称为"天下两个半庄子"中"半个庄子"的刘文典身旁擦肩而过，后者大为不悦，对学生说："沈从文是替谁跑警报啊！这么匆匆忙忙地！我刘某人是替庄子跑警报，他替谁跑？"④

必须指出的是，沈从文的例子并不能完全代表新文学是"知识

---

① 钱钟书：《林纾的翻译》，《七缀集》，上海古籍出版社1994年版，第102页。
② 指孙大雨（1905—1997），浙江诸暨人，诗人、学者、文学翻译家。
③ 《沈从文全集》第18卷，北岳文艺出版社2002年版，第111页。
④ 参看吴鲁芹：《记珞珈三杰》，1979年10月《传记文学》第35卷第4期。据李钟湘《国立西南联合大学始末记》（1981年8月《传记文学》第39卷第2期）中说，刘文典所说的其余两位"庄子"，一是庄子本人，另外一个是日本学者。

/权力"共生体在整个民国时期大学学术机制内的生存状态。总的来看,即使是在"国文"的传统领域中,它也在不断成长:在西南联大前身长沙临时大学期间,胡适就被选为文学院院长(实际并未到任),杨振声则担任过西南联大秘书主任并短期代理教务长、文学院院长、中国文学系主任(兼师范学院国文学系主任)等职务,在清华大学讲授过"新文学研究"的朱自清也曾任西南联大中国文学系教授会主席(兼师范学院国文学系主任),此外在中国文学系和师范学院国文学任教的新文学家们还有闻一多、李广田、陈梦家等人。

有事实表明,当时的新"知识/权力"结构已经有足够的能力捍卫自身的地位。1939年高考放榜后,考选委员会副委员长沈士远对中央社记者谈话时曾说到考生们"国文之技术低劣,思路不清",朱自清就在《国文月刊》上先后发表了《中学生的国文程度》、《再论中学生的国文程度》[①]进行批驳。在朱自清看来,低落的只是文言文的写作,在中学阶段文言和白话并存,训练不严、范文杂乱的情形下,白话文还是有长足进展的。他认为,即使所谓"应用"的文言,日子大概也不会很长久了,因此他觉得中等学校里现在已经无须教学生学习文言的写作,与其文言、白话两者兼顾,两者都学不好,不如干脆抛弃文言写作,省下学习文言写作的时间与精力,全用在学习白话写作上。朱文发表后,虽然曾有西南联大同事浦江清回应,要文言、白话"分而治之",但是新派们在这种斗争中已经能够占据上风——1940年西南联大中文系课程表中突然增加的由张清常开设的"国语及国音"和"国语运动史"两门课程,显然不仅仅被理解为对胡适建设"国语的文学、文学的国

[①] 两文分别载于《国文月刊》1940年6月第1期、1940年9月第2期。

语"主张的简单回溯,其实更是新派对旧派的反击,对自身学术地位的主张和强调。

西南联大的新派们有时甚至可以反抗来自更上层的权力话语:1942年国民政府教育部制订的"大学国文选目"中并没有"语体文"的内容,1944年西南联大的"大一国文"委员会则编了一本《西南联合大学大一国文习作参考文选》(后改名《语体文示范》),作为补充教材,与之对抗。

此后到1946年西南联大宣布结束,新的"知识/权力"共生体的上升势头也并未稍减。闻一多在该校刚刚宣布复员的时候即提议把当时的中国文学系(文学组、语言文字组)与外国语文学系改组为文学系(分为中国文学组、外国文学组)与语言学系(分为东方语言组、印欧语言组),"要批判的接受,有计划的介绍,要中西兼通","采用旧的,介绍新的",目的是"建设本国文学的研究与批评,及创造新中国的文学"①。1948年3月《国文月刊》第65期关于大学中文系改革的讨论中,复旦大学、浙江大学、沪江大学、大夏大学等校中文系教师们如徐中玉、朱维之、程俊英等都对这个主张表示了积极响应。

至于之后随着新政权的确立,大学新文学课程的地位更是获得了飞跃式的提升,新文学和古代文学、文学概论成为具有同等重要地位的学科,这大概是连闻一多、朱自清也不会想到的。

---

① 闻黎明、侯菊坤:《闻一多年谱长编》,湖北人民出版社1994年版,第1020—1021页。

二、禁忌与规训

福柯的权力观和传统迥然相异。他认为权力不是否定性的，而是一种肯定性的力量，激励着知识的产生。然而，福柯的观点并不能否定在新"知识/权力"共生体成长过程中传统权力的阴影。所谓的新权力和新知识都并非诞生于真空，有所谓新的"权力/知识"共生体，那么也就意味着它的对立面的存在。如果认为它对"新来者"并无影响，那未免太过天真。新文学知识化的过程，其实也就是新、旧权力系统对抗和博弈的过程。

以朱自清的新文学研究课程为例。1925年朱自清进入清华任教，虽然他此时已经是一个小有成就的新文学家，但是并不打算讲授新文学——同年李健吾考入了清华国文系，曾向朱自清表达学习新文学的意愿，但是朱并没有同意，而是劝说李健吾转到西文系。之所以如此，就在于朱自清感受到的压力：当时的清华，由曹云祥长校，他不仅创办了国学研究院，还聘请了学衡派成员吴宓任研究院主任，当时的清华园颇有"古意"。不仅是具有新文学家身份的教师，连当时的清华学生也对此表示相当不满：

教材的选择，似乎带教员的个性太重。因为新教员所自来之E大学本有"复古"之风，染于苍则苍，原也是自然法则，不能跑出去的；所以他所选的教材，有好多在时代潮流上开倒车，就是不反潮流的，也多涉于"迂晦的艰涩的山林文学"式，我对于今后中等科教学法的主张，可分为三项来说：（一）教材的选择　选择教材，应依下列标准：思想要迎合现代潮流；最低限度，亦须与现代潮流不背。文字宜平易清楚言中有物；词章须合逻辑；语句须合文法①。

这里所谓的"E大学"当是学衡派发源地东南大学；所谓"新教员"，应该指吴宓——他和朱自清一样，1925年进入清华。从上面的批评中可以清晰地反映出当时清华校园的复古潮流。这时刚刚进入该校的朱自清当然不敢去教授新文学。他为了在清华立足，甚至专心研究旧诗词，还向著名的"旧"派人物黄节请教并与吴宓、浦江清时有唱和——这些自然都是清华微观权力网络的规训与限制的结果。

另外必须指出的是，民国时期的新文学课程所遭受的压抑，不仅仅来自所谓"旧派"，新文学阵营内部的分歧与冲突，也制约着新文学进入大学课堂时的立场与形态。1932年，苏雪林开始在武汉大学教授新文学研究。据她回忆，当时该校的国文教材是不选鲁迅文章的。这不仅因为苏雪林本人是"反鲁"大将，更重要的是，当时的武汉大学乃北京大学所援建，先后任校长的王世杰、王星拱以及文学院院长陈西滢等都是"现代评论派"成员，和此派颇有宿怨的鲁迅，自然成为一种言语禁忌。叶绍钧就曾因为触犯这个禁忌而招致权力的惩戒。

其实，1938年10月到武大任教的叶绍钧本是陈西滢请来整顿国文系的。当时武汉大学国文系主任刘博平，是原北京大学《国故》派黄侃的弟子。陈西滢邀叶到校，显然是为了驱除旧派势力——据苏雪林说，虽然叶绍钧最初去的时候不过是教员，但是做起事情来，却"俨然成了一个没有名义的国文主任"②。然而，叶绍

---

① 彭光钦：《中等科国文问题》，1925年《清华周刊》总第335期。
② 苏雪林：《文坛旧话》，转引自商金林编《叶圣陶年谱》，江苏教育出版社1986年版，第218页。

钧非常推崇鲁迅。在1940年2月的一次国文常识考试中，叶绍钧拟定的题目中有鲁迅文坛地位如何、他的著作以何者为最有名等等。苏雪林看到这种题目后，大为不满，认为鲁迅不过是"左"派有心塑造出来的偶像，国立大学提到他的名字似乎不宜，并说"鲁迅一辈子恶骂'西滢教授'……圣陶（即叶绍钧）受陈（即陈西滢）礼聘前来，宾主相得，可是他（叶绍钧）也知道鲁迅骂他（陈西滢）的话太不公平"①。苏雪林愤激之情见于辞色，而叶绍钧却坚持不改。这不仅导致两人多日不交一言，也使叶绍钧和现代评论派的关系出现危机，并为叶脱离武大埋下伏笔。

1940年4月，教育部制定各大学生学业竞赛方法：先于校中竞赛，学生自由参加，选择优秀的参加统考。武汉大学的题目是由国文系主任刘博平亲自拟定的：将柳宗元的《佩韦赋》译为"恒言"。叶绍钧和同在国文系任教的朱东润、高晋生看到考试题目后，联名写信抨击这种莫名其妙的考题，并以"恒言"二字不知所云为由，拒绝阅卷。刘博平则以有人捣乱为名，一面向校长王星拱辞职，一面指使说客登门求情，要叶绍钧等人向刘表示歉意，让他有面子返校，而叶还是没有让步。

结果原北大化学系教授、时任武汉大学校长的王星拱肯定了"恒言"这个说法是正确的，并表示以后如果再有人指责刘博平，学校必力为解决。刘博平返校后，开始报复：他派了一名助教去听叶绍钧讲课，让助教"有闻必录"。助教听着苏州人叶绍钧的"吴侬软语""有闻必录"的笔记，则成了刘博平指责叶"文句不通"的把柄，于是在新、旧势力夹缝中间的叶绍钧只能辞职。

上世纪40年代曾在延安"鲁艺"讲授"中国新文学运动史"

---

① 商金林：《叶圣陶年谱》，江苏教育出版社1986年版，第230页。

的周扬虽然不会遇到关于鲁迅的言语禁忌,但也难以逃脱权力的规训。通过周扬的讲义《新文学运动史讲义提纲》可以看到,1940年1月毛泽东的《新民主主义论》(原题《新民主主义的政治与新民主主义的文化》)甫一发表,就立即被周扬所接受。他的《新文学运动史讲义提纲》"引言"交代新文学运动的正式形成,即完全按照毛泽东《新民主主义论》的论断,将甲午战争之后、"五四"之前的新文化运动定性为"旧民主主义的新文化的时期",而"五四"以后,则是新民主主义的新文化时期,新文学运动也就是这种新文化的一翼。另外,该文还根据《新民主主义论》把新文学的领导权归为无产阶级所有:"中国资产阶级,由于它生不逢辰和本来的弱点,没有余裕和能力来领导新文学运动,而这个领导权就不能不转让到无产阶级手里。"[①]

不言而喻,在新文学知识和权力的共生体中,权力固然在鼓励知识,但是它对于知识仍然具有一种压倒性的优势,或者说,权力一直不停地对知识进行限制、规训,这自然是对知识的"否定"。其实,也许福柯并不完全否定权力的否定性:"在任何社会中,话语的生产是被一些程序所控制、筛选、组织和分配的"[②],就民国大学的新文学知识来看,确实如此。

三、权力之外:个性与思路

文学是"人"学,文学知识的生产自然也不可能将"人"排除

[①] 周扬:《新文学运动史讲义提纲》,《文学评论》1986年第1期。
[②] 刘北成:《福柯思想肖像》,上海人民出版社2001年版,第228页。

在外。如果将社会关系全部看作权力关系,并作为理解知识的切入点,实际上是取消了人文知识者特有的"个性",也就等于取消了"人"的存在——虽然福柯的谱系学本意就是要揭示"人"在知识生产中的地位。民国时期的大学体制,是以教育独立、教授治校为基本理念,自由主义知识分子是其主体,并未被"一体化"的政治收编,这就给新文学的传授者展现不同的个性创造了某种机会——虽然是有限度的机会。

1930年6月,朱自清曾为余冠英写小传,谓其为"狷者之流","外温然无圭角而内颇有所守",其文章"理胜于辞"。余冠英看后认为,这不过是朱自清自况——因为别人也正是这样评价他的①。翻看朱自清的《中国新文学研究纲要》,态度严正、不媚时俗,脉络清晰而不事辞藻,确实比较契合朱氏"狷者"的个性品格。若仅仅从权力关系的角度来揣度他的讲义,结论不会准确:他对新文学的反对者如林纾、胡先骕的观点并不完全忽略,而是将其和新文学的提倡者蔡元培、罗家伦的观点并陈,还把"学衡派"的复古运动列为专节。论述胡适的《尝试集》时,他首列的也是胡先骕的意见②。他是杨振声的下级,和叶圣陶私交甚好,但是也没有故意抬高两人作品的价值,反而多有批评。王瑶在《先驱者的足迹——读朱自清先生遗稿〈中国新文学研究纲要〉》中曾明确指出:"《纲要》评述文学现象和不同流派的态度应该说是客观的和谨严的。凡是重要的,即有一定社会基础并发生过相当影响的,它都予

---

① 姜建、吴为公:《朱自清年谱》,安徽教育出版社1996年版,第89页。
② 胡先骕对于《尝试集》的意见是:(一)枯燥乏味之"教训主义"(如《人力车夫》、《你莫忘记》、《示威》);(二)"肤浅之象征主义"(如《一颗遭劫的星》、《冬鸦》、《乐观》、《上山》、《周岁》);(三)"纤巧之浪漫主义"(如《一笑》、《应该》、《一念》);(四)"肉体之印象主义"(如《蔚蓝的天上》);(五)"无谓之理论"(如《我的儿子》);(六)"最佳之作"(如《新婚杂诗》、《十二月一日奔丧到家》、《送叔永回四川》)。

以评价,而且首先是介绍论述对象自身的主张和特点。它比较尊重客观事实和重视社会影响,避免武断和偏爱,让学生有思考判断的余地,这也是《纲要》的一个显著的特点。"① 朱自清的新文学讲义可说是比较纯粹的"学者之学"。

与朱自清不同,沈从文新文学讲义的特色跟他的作家身份密切相关,可谓"作家之学"。他的讲义的句子如同其小说一样充满个性色彩,偏重对研究对象的体验与感悟,善于总结概括作家作品的风格。关于其长处,温儒敏曾经说:"风格评论曾经是传统文学批评的强项,但在现代文学批评中反而见得少了。当多数评论家和文学史家纷纷都在追求比较科学性阐述性的评论方法时,沈从文这种偏重风格评判的文字反而显得有特点了。"②

但是沈从文的缺点也随处可见。仅凭个人感觉,缺乏理论烛照,他的新文学讲义不仅显得零散琐碎,而且有些结论明显有失公允。譬如他认定冯文炳的《莫须有先生传》所用的是一种不庄重的文体,是一种"趣味的恶化";称鲁迅的《阿Q正传》、《孔乙己》等作品也有相似的缺点——"诙谐的难以自制"等等③。在《鲁迅的战斗》一文中,沈从文还认为,鲁迅对于社会进行激烈讽刺与批判的大无畏精神只是出于中国人的"任性",属于"名士"一流的任性,"病的颓废的任性","可尊敬处并不比可嘲弄处为多"④。沈从文显然没有看到冯、鲁作品讽刺意味背后深刻的严肃性,他在批评别人"趣味恶化"的同时,不可避免地陷入了自身趣味的陷阱。

---

① 王瑶:《先驱者的足迹——读朱自清先生遗稿〈中国新文学研究纲要〉》,朱乔森编《朱自清全集》第8卷,江苏教育出版社1996年版,第131页。
② 温儒敏:《作为文学史写作资源的"作家论"——"现当代文学学科史"研究随笔之一》,《北京大学学报》(哲学社会科学版)2005年第2期。
③ 沈从文:《论冯文炳》,《沈从文全集》第16卷,北岳文艺出版社2002年版,第147—148页。
④ 《沈从文全集》,北岳文艺出版社2002年版,第165页。

再看废名（即冯文炳）。周作人曾说他有一种"特殊的谦逊与自信"①。说废名谦逊虽未敢深言，"自信"倒是确实的——1936－1937年废名在北京大学讲"现代文艺"之前曾问过胡适这门课怎么上，胡适叫他按照《新文学大系》上讲，意思是按照胡适的《谈新诗》一文讲即可，谁知他却在课堂上大说胡适的不是，一口一个胡适之②。

废名讲授"现代文艺"的讲义《谈新诗》中也处处和胡适作对：胡适提倡新诗形式的大解放，而废名则强调新诗首先要有"诗的内容"；胡适激赏"元白"，贬低"温李"，废名则以为"温李"一派反倒体现了当时新诗的趋势；胡适称道元人小令"枯藤老树昏鸦，古道西风瘦马"是具体的写法，而废名却认为那正是抽象的写法。如此等等，不一而足。如果考虑到胡适当时在北大的显赫地位，废名的讲义足可以作为一个"知识"、"权力"非同一性的绝好例证。

废名和周作人在反对胡适的进化论文学史思路上颇为相同——这大概有二人师生关系的因素在内。然而这只是想当然之言，废名自有其个性，和周作人并不完全一致。周作人在《怀废名》中曾说：

废名在北大读莎士比亚，读哈代，转过来读本国的杜甫李商隐，《诗经》，《论语》，《老子》，《庄子》，渐及佛经，在这一时期我觉得他的思想最是圆满。只可惜不曾更多所述著，这以后似乎更转

---

① 周作人：《怀废名》，陈振国：《冯文炳研究资料》，海峡文艺出版社1991年版，第59页。
② 眉睫：《新发现的一封废名佚信——兼评〈新诗十二讲——废名的老北大讲义〉》，《博览群书》2007年第2期。

入神秘不可解的一路去了①。

周作人略示不满的"神秘不可解",正好反映了废名《谈新诗》解诗的独特路径。废名写小说固然以晦涩出名,他讲解新诗也并不清楚易懂。可以说,《谈新诗》全部围绕新诗要有"诗的内容"这个命题展开,然而废名却始终未对"诗的内容"进行界定。当论及诗和其他体裁的区别时,废名也只称:"大概作者自己觉得要写一首诗,读者读之也就是读一首诗。如果作者自己本是在那里布置写文章,读者读之也自然是读小说,读戏剧,或者读一篇散文了。"②

或者是废名认为所谓"诗"者,根本无法用理性剖析,他在对具体的新诗作品进行评价时也充满了超理性的色彩,将其称为新诗理论中的"玄学派"并不为过。他对那些有"古意"的新诗非常欣赏:譬如他认为鲁迅的《他》"最是诗"好像是新诗里的魏晋古风;又说周作人的《小河》、《所见》等"比'日出而作,日入而息,凿井而饮,耕田而食'还要新鲜,因此也就很古了"③;还把卞之琳的新诗也比成是古风——"他(卞之琳)的格调最新,他的风趣却最古了"。然而这种"古意"究竟谓何,废名并不解释——因为"大凡'古'便解释不出"④。论到刘半农《扬鞭集》里的《大风》,废名干脆就直接承认自己的评价是"玄之又玄,无法证明"⑤ 了。

废名的诗论自然大有可商榷之处,但是正如和他交往很深的卞之琳所言,在新中国建立前废名"从不趋时媚俗,哗众取宠,从不

---

① 周作人:《怀废名》,陈振国:《冯文炳研究资料》,海峡文艺出版社1991年版,第58页。
② 废名(冯文炳):《谈新诗》,人民文学出版社1984年版,第54页。
③ 同上,第92页。
④ 同上,第167页。
⑤ 同上,第54页。

知投机为何物"①,他的《谈新诗》正是他独特的"玄学"诗歌思路的呈现,即使充满了肤浅与偏见,却正足以彰显其"真"。

如果将废名乃至前文所述的朱自清、沈从文、苏雪林等人的"偏见"汇合在一起,其实大可见出新文学初登大学课堂时的深刻与丰富。一旦取消了这些由"个性"所造成的"肤浅"与"偏见",所有的声音都归于一统,也就等于宣布了"深刻"与"丰富"的死亡——新中国成立后一段时期内的大学新文学课程就是明证。此时的新文学知识和权力的结合更加紧密,权力对知识"异端"的检查也更加严密,学术也就完全变成了政治的一环。这个时期的新文学已经成为和古代文学比肩的课程,固然可以说是权力对知识的激励,然而其实正好也显示出权力对知识者"求真意志"的否定。当然这是后话,在此毋庸赘言。

---

① 卞之琳:《冯文炳选集·序》,《冯文炳选集》,人民文学出版社1985年版,第10页。

近现代文学的进化立场

晚清时代出现的进化论对中国知识分子来说是一个新概念。在这个传统的老大帝国中,有所谓"道之大原出于天,天不变,道亦不变"①的天命论;有"天下之生久矣,一治一乱"②的历史循环论;也有类似鲁迅小说《风波》中"九斤老太"那种"一代不如一代"的历史退步论。即使康有为曾以之作为维新理论基础的公羊学派"张三世"学说具有某种程度的历史进化论色彩,也是托之孔子,最终归于复古。相对于西方在工业革命之后的突飞猛进,在这种思想控制下的中国不能不说是一个几近于停滞的帝国。一旦当他暴露于强敌环伺之中,顿时就展示了"天命"的脆弱,也彰显了进化论的巨大意义。

虽然进化论原是一种生物学理论,将其应用于人类社会中有所谓社会达尔文主义的危险,但是人类既然无法完全摆脱其自然属性,那么用进化的观点考察社会历史自然也有其合理性,从原始社

---

① 《汉书·董仲舒传》,中华书局1964年版,第2518—2519页。
② [宋]朱熹:《孟子集注·滕文公章句下》,齐鲁书社1992年版,第87页。

会到现代社会，进化的证据无法否认。在 19 世纪末 20 世纪初中国面临的"弱肉强食"的环境中，"物竞天择、适者生存"，求生存、求进步之说此时被引入，其合理性得到完全彰显，正可谓"势所必至、理有固然"。

进化论对当时中国文学的意义也大致如此。传统中国文学主要包含的是儒家思想，是贵族化的，和普通民众无关，且以模仿古人为能事，再加上科举制度的钳制，若无后来陈独秀、胡适等人以文学进化学说为根据倡导的白话文学，旧文学断难完全传达现代人的情思，更无法应对启迪民智、挽救危亡、振衰起敝的时代要求。

然而，直到现在，新文学本身已经成为中国文学的一种"传统"，仍然有人在不断对文学进化学说提出否定或质疑。有理有据的否定、质疑自然是学术探讨所允许的，问题是如果对中国近现代文学进化论的来龙去脉没有比较深切的了解，这种否定、质疑虽然体现了足够的学术勇气，却难免有以偏概全的嫌疑。纵或是已经有了"偏见"，也难得有期望中的"深刻"。

一、旧文学的"新花样"
——晚清的文学进化观

　　文学进化论是新文学的理论支撑，其缘起却甚早于"五四"时期。胡适在《五十年来中国之文学》中曾经说，"五四"新文学运动发生前的二十几年，是古文学翻"新花样"[①]的时期。中国近现代文学进化学说的发生大致就在此时，而且应用范围确实主要在旧

---

① 《胡适文存二集》卷二，上海亚东图书馆 1924 年版，第 92 页。

文学之内。

　　严复堪称近代中国鼓吹进化学说影响之最大者。从他开始，语言、文学就被引入了进化论视野："天演之义，所苞如此，斯宾塞氏至推之农商工兵、语言文学之间，皆可以天演明其消息所以然之故。苟善悟者深思而自得之，亦一乐也。"①

　　然而，作为一个深受旧学影响的晚清名流，他的文学进化观念与后来的新文学家所张扬者有方向性的差异。对于晚清声势颇盛的白话运动，严复虽然也给予了某种程度的支持，但是却坚决反对将这种"近俗之辞"和"文章"挂钩——在他看来，那与其说是进化，毋宁说是退化："设今之译人，未为律令名义，闯然循西文之法为之，读其书者乃悉解乎？殆不然矣。若徒为尽俗之辞，以取便市井乡僻之不学，此于文界，乃所谓陵迟，非革命也。"②

　　关于这一点，他在新文学运动兴起之后给熊纯如的信中写得更加明白：

　　今夫文字语言之所以为优美者，以其名词富有，著之手口，有以导达要妙精深之理想，状写奇异美丽之物态耳。……今试问欲为此者，将于文言求之乎？抑于白话求之乎？诗之善述情者，无若杜子美之《北征》；能状物者，无若韩吏部之《南山》。设用白话，则高者不过《水浒》、《红楼》；下者将同戏曲中簧皮之脚本。就令以此教育，易于普及，而斡弃周鼎，宝此康瓠，正无如退化何耳。须知此事，全数天演，革命时代，学说万千，然而施之人间，优者自存，劣者自败，虽千陈独秀，万胡适、钱玄同，岂能劫持其柄，则

---

　　① 王栻主编《严复集》第5册，中华书局1986年版，第1328页。
　　② 参看严复《与梁启超书（三封）》中的第二封（1902年新民丛报刊载了严复的这篇答书，下注壬寅三月），王栻主编《严复集》第3册，中华书局1986年版，第516页。

亦如春鸟秋虫,听其自鸣自止可耳。林琴南辈与之较论,亦可笑也①。

由此可见,在严复那里,文学确实是进化的,但绝非是从古文进化到白话,"古文辞"(文言)反而可以说是中国文学经过物竞天择、自然淘汰而产生的一个高级形态。严复甚至否定"时代"在文学发展中的作用。"一时代有一时代之文学"的看法很难获得他的认同:"古人有作,其所谓'不废江河万古流'者,断非幸致,何则?其无真价值而适合时人多数之程度,虽幸窃时名,不胫而走;至于时异趣阑,将如飘风之过,而不存留于社会久矣。"②

严复这种以"古文辞"为优、以白话为劣的看法,可以从他对进化论的理解中找到根源。他非常推崇斯宾塞的进化观点:"天演者,翕以聚质,辟以散力。方其用事也,物由纯而之杂,由流而之凝,由浑而之画,质力杂糅,相剂为变者也。"③从这样的观念出发,白话文显然是"纯"、"流"、"浑"的,而"古文辞"则是进化之后的"杂"、"凝"、"画"的④。这当然不仅仅是那种以时间先后为序,由外部环境决定的"适者生存"式的进化论。

在严复看来,进化并非只有物竞天择、适者生存这一条定律,他还想强调的是,在进化过程中,"先世所习传"是根本:"而本日所欲特标而求诸公留意者,则有达尔文所发明之二例:其一即天择,所谓各传衍最宜者存;其二则先世所习传为种业。至今学者于第一例翕然承认,以此为天演最要功能,一切进化皆由于此。其第

---

① 王栻主编《严复集》第3册,中华书局1986年版,第699页。
② 严复:《思古谈》,王栻主编《严复集》第2册,中华书局1986年版,第323页。
③ 严复:《天演论》,王栻主编《严复集》第5册,中华书局1986年版,第1327页。
④ 严复这里所说的"纯"即简单,"流"即易变的、柔弱的,"浑"就是芜杂的;"杂"、"凝"、"画"即是复杂、坚强稳固、界限清晰之义。

二例虽为达氏所笃信，而学者则不必以此为信例。"①

就此可以了解严复复古主义倾向的内在逻辑。虽然他也承认"大抵古书难读，中国为尤"②，但他并不认为这是古书的问题，而是后人"徇利禄，守阙残，无独辟之虑"所致，那种科举为中心的帖括文章，不能代表旧文学中的精髓，也不能被称为"古文辞"。他在《涵芬楼古今文钞》序（该书系吴增祺以涵芬楼藏书编选而成。序文末署宣统二年正月）中就说："夫帖括讲章向之家唔咿而户揣摩者，其于亡古文辞，乃尤亟耳。然而自宋历明，彼古文辞未尝亡也。以向之未尝亡，则后之必有存，固可决也。"③当时一些人睁开眼睛看世界，在严复说来，也不过是为了"识古之用"，难怪他在翻译《天演论》的时候采用那种"骎骎与晚周诸子相上下"的文风了。虽然他比较系统地从西方引入了进化论，但是却未能突破那种"中学为体、西学为用"的晚清思想壁垒。

晚清学界名流们中也多有持文学进化观念而不像严复那样保守者。梁启超不反对"时代性"："中国数千年以来，皆停顿时代也，而今则过渡时代也"④，这使得他和严复的观点大相径庭："社会之变迁日繁，其新现象、新名词必日出，或从积累而得，或从交换而来，故数千年前一乡一国之文字，必不能举数千年后万流汇沓、群族纷拿时代之名物意境而尽载之尽描之，此无可如何者也。"⑤刘

---

① 严复：《天演进化论》，王栻主编《严复集》第2册，中华书局1986年版，第309页。
② 严复：《天演论·自序》，王栻主编《严复集》第5册，中华书局1986年版，第1320页。
③ 王栻主编《严复集》第2册，中华书局1986年版，第275页。
④ 梁启超：《饮冰室文集之六》，《饮冰室合集》第1册（文集1—9）中华书局1989年版，第27页。
⑤ 梁启超：《饮冰室专集之四》，《饮冰室合集》第6册，中华书局1989年版，第57页。

师培则以为:"要而论之,文虽小道,实与时代而迁变。故东京之文殊于西京;魏代之文复殊东汉。文章之体在前人不能强同,若夫去古已远,犹欲择古人一家之文以自矜效法,吾未见其可也。"①连国学大师章太炎也承认中国古诗的"数极而迁"现象:"吟咏性情,古今所同,而声律调度异焉。魏文侯听今乐则不知倦,古乐则卧。故知数极而迁,虽才士弗能以为美。"②

在晚清学界这种对不断变迁的"时代"的认同中,似已经可以看到"五四"新文学运动"以白话为正宗"的萌芽。梁启超在戊戌变法失败后逃亡日本期间所创《新小说》杂志中即指出:"文学之进化有一大关键,即由古语之文学变为俗语之文学是也。各国文学史之开展,靡不循此轨道。"③刘师培虽然认为随着世界的进化,文学会越来越退化,但实际上也承认了俗语入文的合理性:

夫所谓退化者,乃由文趋质,由深趋浅耳。及观之中国文学,则上古之书印刷未明,竹帛繁重,故力求简质,崇用文言;降及东周,文字渐繁;至于六朝,文与笔分;宋代以下,文词益浅而儒家语录以兴;元代以来复盛兴词曲。此皆语言文字合一之渐也,故小说之体,即由是而兴,而《水浒传》、《三国演义》诸书已开俗语入文之渐。陋儒不察,以此为文字之日下也。然天演之例,莫不由简趋繁,何独于文学而不然?故世之讨论古今文字者,以为有浅深文质之殊,岂知此正进化之公理哉!……就文字之进化之公理言之,则中国自近代以来,必经俗语入文之一级④。

---

① 刘师培:《论文杂记》,《刘师培全集》第 2 册,中共中央党校出版社 1997 年版,第 85—86 页。
② 转引自胡适:《五十年来中国之文学》,《胡适文集》第 3 册,北京大学出版社 1998 年版,第 232 页。
③ 梁启超:《小说丛话》,光绪二十九年(1903)七月十五日《新小说》第 7 号。
④ 刘师培:《论文杂记》,《刘师培全集》第 2 册,中共中央党校出版社 1997 年版,第 82 页。

刘师培在《中国文字流弊论》中还明确指出中国文字繁难是一种弊端，提出了"用俗语"、"造新字"两大对策①。在《论白话报与中国前途之关系》中，他也断言："就文字进化之公理言，则中国自近代以还，必经白话盛行之一阶级，此有可预测者也。"② 从这些文字中似乎很难看出日后北京大学复古派教授的影子。

然而，晚清不等于"五四"，当时的文学进化学说并没有促成一种新文学样式的出现。在晚清时代，即使所谓"新"派，保守性也远远大于创造性。刘师培并不打算抛弃"国粹"，而是主张古文、白话文共存，白话的作用仍然仅仅停留在"开启民智"的层面上："然古代文词，岂宜骤废？故近日文词，宜区二派：一修俗语以启瀹齐民；一用古文以保存国学，庶前贤矩范赖以仅存。若夫矜夸奇博、取法扶桑，吾未见其为文也。"③ 他还对于中国历史上受外族交侵、"国粹"沦亡的现象痛心疾首，发出"言念及此，能勿凄然？此古人所由虑夷患也"④ 的悲叹，这足可见他对于"国粹"的钟情了。

即令经常被认为是新文学运动先驱的王国维，有时也显得很"旧"。王国维关于"楚之骚，汉之赋，六代之骈语，唐之诗，宋之词，元之曲，皆所谓一代之文学，而后世莫能继焉者也"⑤ 的论断虽然是胡适等一批新文学家们的理论资源，但是如果就此将王氏认定为"新"派，不过是皮相之见——王国维的"一时代有一时代之

---

① 参看《刘师培辛亥前文选》，三联书店1998年版，第183页。
② 参看汪宇编《刘师培学术文化随笔》，中国青年出版社1999年版，第241页。
③ 刘师培：《论文杂记》，《刘师培全集》第2册，中共中央党校出版社1997年版，第82—83页。
④ 刘师培：《论中国并不保存国粹》，《刘师培辛亥前文选》，三联书店1998年版，第197页。
⑤ 王国维：《宋元戏曲考·自序》，《王国维集》第1册，中国社会科学出版社2008年版，第3页。

文学",是被严格限制在古代文学的范围内的,他并不打算将进化论和自己的命题挂钩①。学界在论及王国维的这个观点时,往往也会引用他在《人间词话》中的一段话:"四言敝而有楚辞,楚辞敝而有五言,五言弊而有七言,古诗敝而有律、绝,律、绝敝而有词。盖文体通行既久,染指遂多,自成习套。豪杰之士,亦难于其中自出新意,故遁而作他体,以自解脱。一切文体所以始盛中衰者,皆由于此。"然而,王国维在这段话后面还有一句,却经常被人忽略:"故谓文学后不如前,余未敢信;但就一体论,则此说固无以易也。"②

很明显,王国维实际上想强调的是:虽然不能泛泛地说前人的文学一定胜于其后的文学,但是就某一文学体裁来看,后代确实是很难超过前人的,也就是说,"古"是胜于"今"的。这种价值取向,跟后来胡适等人的主张正好背道而驰。

当然,作为晚清的新异人物,王国维还是表现出了他的不同常人之处。虽然他并未明确提出过中国文学要以西方为榜样,但是也曾经指出:文学可分为抒情(如《离骚》、诗词等)、叙事(指叙事诗、诗史、戏曲等,不指散文)样式,叙事是文学最高的一个类型③。中国古代抒情文学虽然足够发达,但是叙事文学却仍旧处在幼稚阶段。在他看来,元杂剧之辞是够美的了,然而不知道描写人

---

① 王国维对于严复的进化论学说也大不以为然。王自己对于"纯粹"的哲学层面的理论更有兴趣。他认为严氏所崇信的英国达尔文、斯宾塞诸人的进化论,虽然也扩展到了经济学、社会学等领域,但是功利性太过浓厚,只是一些比较"形而下"的哲学分支学科。所以,王国维批评严复学风是"非哲学的,而宁科学的",并认为这正是严复学说不能感动中国思想界的原因。参看王国维:《论近年之学术界》,《王国维集》第2册,中国社会科学出版社2008年版,第301—302页。
② 参看《王国维集》第1册,中国社会科学出版社2008年版,第222页。
③ 王国维在《人间词话未刊稿》中曾经说到:"抒情诗,国民幼稚时代之作也;叙事诗,国民盛壮时代之作也。"参看《王国维集》第1册,中国社会科学出版社2008年版,第226页。

格为何物;至于清代的《桃花扇》,知道描写人格了,但又是一枝独秀,其他作品并不能达到相同的高度。于是他发出慨叹,并对文学家们进行鞭策:"东方古文学之国,而最高之文学无一足以与西欧匹者,此则后此文学家之责也。"①

另外值得注意的是,王国维对于"五四"时期的文学"死活"之说,似乎也并不反对。据日本学者青木正儿回忆,大正十四年(1925)春,他初到北京求学时王国维曾经对他说:"明以后无足取,元曲为活文学,明清之曲,死文学也。"② 不过,王国维对于"死""活"概念并未展开,这就很难断定他的观念是否来自胡适。

大致说来,晚清时代许多持文学进化观念者,随着时代往前发展,思想却越趋于守旧。严复在1912年任新成立的北京大学校长期间给熊纯如的一封信中说:"比者,欲将大学经、文两科合并为一,以为完全讲治旧学之区,用以保持吾国四、五千载圣圣相传之纲纪彝伦道德于不坠,且又悟向所谓合一炉而冶之者,徒虚言耳,为之不已,其终且至于两亡。故今立斯科,窃欲尽从吾旧,而勿杂以新。"③

梁启超也是如此。在晚清时代,梁启超并不那么固执于"国粹","五四"之后,他也承认新文化运动的积极意义:"到如今'新文化运动'这句话,成了一般读书社会的口头禅,马克思差不多要和孔子争席,易卜生差不多要推倒屈原。这种心理对不对,另一个问题。总之这四十几年间思想的剧变,确为从前四千余年所未尝梦见。比方从前思想界是一个死水的池塘,虽然许多浮萍荇藻掩

---

① 王国维:《文学小言》,《王国维集》第1册,中国社会科学出版社2008年版,第25—26页。
② 《青木正儿转述王国维论明清戏曲》,《王国维集》第3册,中国社会科学出版社2008年版,第419页。
③ 王栻主编《严复集》第3册,中华书局1986年版,第605页。

映在面上,却是整年价动也不动。如今居然有了'源泉混混不舍昼夜'的气象了。虽然他流动的方向和结果,现在还没有十分看得出来,单论他由静而动的那点机势,谁也不能不说他是进化。"①

然而,梁启超并不完全认同"五四",他倡导"文界革命"、"小说界革命"时的豪情与勇气此时已经消磨殆尽。1918年底,梁启超和蒋百里、刘子楷、丁文江、张君劢、徐振飞、杨鼎甫一起赴欧洲游历。这次游历使梁启超对刚刚经历过世界大战的欧洲产生了幻灭情绪。在他回国后的《欧游心影录》中对西方思潮表示了极大怀疑,要人们"人人存一个尊重爱护本国文化的诚意",复活"先秦诸哲、汉唐诸师",跟着"三圣"(指孔子、老子、墨子)前进,在对西方文明的否定中,回归了传统。

欧洲文学也并没有让梁启超感到乐观:"欧洲文学,讲到波澜壮阔,在前则有文艺复兴时期,在后则推十九世纪。两者同是思想解放的产物,但气象却有点根本不同之处。前者偏于乐观,后者偏于悲观;前者多春气,后者多秋气;前者当文明萌苗之时,觉得前途希望汪洋无际;后者当文明烂熟之后,觉得样样都试过了,都看透了,却是无一而可。"②他把欧洲19世纪文学又划分为浪漫派全盛时代和自然派全盛时代,认为自然派文学"把人类丑的方面,兽性的方面,赤条条和盘托出,写得个淋漓尽致。真固然是真,但照这样看来,人类的价值差不多到了零度了"③。这样的自然主义,和"五四"时期的新文学家们眼中那种作为科学精神在文学中的反

---

① 梁启超:《五十年中国进化概论》,《饮冰室文集之三十九》第43页,《饮冰室合集》第5册,中华书局1989年版。
② 参看《饮冰室专集之二十三》第13页,《饮冰室合集》第7册,中华书局1989年版。
③ 参看《饮冰室专集之二十三》第14页,《饮冰室合集》第7册,中华书局1989年版。

映,作为进化阶梯必然阶段的自然主义不同,也不是一个可以效法的对象。

对于欧洲文化、文学的这种看法,也导致了梁启超对自己原来的进化论思想的修正。1923年,梁启超应邀到南京金陵大学第一中学演讲。在演讲中,他虽明言自己仍然坚持进化论的思想,但是进化论中的"线性"色彩已经很淡薄。他认为,就文化方面说,能证明进化论的,只是"世界各部分人类心能所开拓出来的'文化共业',永远不会失掉,所以我们积储的遗产,的确一天比一天扩大"① 而已,除此之外,则只好编在"一治一乱"的循环圈里。

由以上看来,虽然晚清的文学进化观念还主要局限古文范围内,且存在方向性的差异,但是进化论应用于文学的可行性,文界大家们一般还是承认的——只有章太炎曾明确表示过对达尔文、斯宾塞、赫胥黎等人的进化论的质疑与反诘:"彼不悟进化之所以为进化者,非由一方直进,而必由双方并进,专举一方,惟言智识进化可尔。若以道德言,则善亦进化,恶亦进化;若以生计言,则乐亦进化,苦亦进化。双方并进,如影之随行,如罔两之逐影,非有他也。"② 他得出的结论自然也很悲观:"上来所述,善恶、苦乐二端,必有并进并行之事。世之渴想于进化者,其亦可以少息欤?"③

具体到文学上,虽然陈平原说章太炎只是反对白话诗,不反对

---

① 梁启超:《研究文化史的几个重要问题——对于旧著〈中国历史研究法〉之修补及修正为南京金陵大学第一中学演讲》,《饮冰室文集之四十》第6—7页,《饮冰室合集》第5册,中华书局1989年版。
② 章太炎:《俱分进化论》,《章太炎全集》第4卷,上海人民出版社1985年版,第386页。
③ 章太炎:《俱分进化论》,《章太炎全集》第4卷,上海人民出版社1985年版,第393页。

白话文①,章氏甚至还写过"白话文"。然而,章太炎显然对所谓"死文字"、"活文字"之说并不同意:"今人谓文字不用于时者,即为死字,不悟用与不用,亦无恒准。如《说文》(牸)(音 bèi),二岁牛。㸬,三岁牛。牭,四岁牛。群书未见有用者,而清时作蒙古律用之。"②章太炎曾把自己羼杂了许多佛教思想的论调称为"俱分进化论",但这与时人的主流进化观念并不相干。

二、西方、白话、写实主义:
"五四"文学进化论(上)

清末民初至"五四"之前所谓的"黑幕派"、"鸳鸯蝴蝶派"等通俗文学家们,也曾表露出过某些新意:徐枕亚的《玉梨魂》描写"寡妇恋爱",吴双热的《孽冤镜》鼓吹"自由结婚";李定夷的《贾玉怨》批判包办婚姻……鲁迅虽然对鸳鸯蝴蝶派极为不屑,也认为这些作品为主人公们设置的悲剧的结局打破了原来的大团圆模式,"实在不能不说是一个大进步"③。另外,在文学理论方面,也不难找到这些通俗文学作家们"与时俱进"的片言只语。如包天笑说自己在光绪年间就曾经提倡过白话文,在胡适发表《文学改良刍议》的同时,1917年1月创办《小说画报》时又云:"盖文学进化

---

① 陈平原:《导读:学问该如何表述——关于〈章太炎的白话文〉》,《章太炎的白话文》,贵州教育出版社2001年版,第1页。
② 章太炎:《菿汉闲话》,《章太炎全集》第5卷,上海人民出版社1985年版,第107页。
③ 鲁迅:《上海文艺之一瞥》,《鲁迅全集》第4卷,人民出版社2005年版,第301页。

之轨道，必由古语之文学变而为俗话之文学。"①

然而，这些通俗小说家们的媚俗气息和后来新文学们有根本差别，所谓的"新"也和对传统的迷恋杂糅在一起。徐枕亚对《玉梨魂》中何梦霞和白梨影的"发乎情止乎礼义"并无微词；吴双热对《孽冤镜》中王可青同意纳妾，也视为理所应当；《游戏杂志》的编者期盼着该刊"等诸诗书易礼春秋宏文之列"②，《香艳杂志》发刊词归本刊宗旨为"表扬懿行"、"保存国学"、"网罗异闻"、"搜集异事"、"提倡工艺"、"平章风月"③；就连揭"黑幕"者也称是要挽救道德："考黑幕一端，实为道德心之大敌。黑幕日张，道德日蔽。……世风日下道德沦亡者，实此层层黑幕为之从中作梗也。"④郑振铎对此看得很清楚：他们不过是"在陈陈相因的小说中，砌上几个'解放'、'家庭问题'的现成名词"⑤ 而已。他们的"进化"，只是时代变迁下的说辞，难以掩盖其意识形态的贫弱。

无论是从理论上，还是创作上，真正着力中国文学进化的，自然是"五四"新文学家们。他们的文学进化学说不仅更加系统、完整，而且鲜明地提出应以白话文学为路向，以西方文学为模范，充斥着由线性历史观念所带来的乐观主义情绪，这是晚清时代所不能比拟的。

这里首先应该提到的是陈独秀——"五四"时代一个坚定的进

---

① 《〈小说画报〉短引》，芮和师等编《鸳鸯蝴蝶派文学资料》（上），福建人民出版社1984年版，第12页。
② 《〈游戏杂志〉序》，芮和师等编《鸳鸯蝴蝶派文学资料》（上），福建人民出版社1984年版，第4页。
③ 均卿：《〈香艳杂志〉发刊词》，芮和师等编《鸳鸯蝴蝶派文学资料》（上），福建人民出版社1984年版，第9页。
④ 《中国黑幕大观·序》，芮和师等编《鸳鸯蝴蝶派文学资料》（上），福建人民出版社1984年版，第79页。
⑤ 郑振铎（署名西谛）：《思想的反流》，芮和师等编《鸳鸯蝴蝶派文学资料》（下），福建人民出版社1984年版，第728页。

化论信仰者。他在《敬告青年》中将青年比作社会中新鲜、活泼的细胞，认为"人身遵新陈代谢之道则健康，陈腐朽败之细胞充塞人身则人身死；社会遵新陈代谢之道在隆盛，陈腐朽败之分子充塞社会则社会亡"①，对青年进化的殷殷之情溢于言表。1915年《青年杂志》（《新青年》）创刊后，在陈独秀《法兰西人与近世文明》、《今日之教育方针》、《抵抗力》、《东西民族根本思想之差异》、《一九一六年》等一系列的重要文章中，"进化"都是一个关键词。

"欧化"是陈独秀进化观念的一个重要内容："其足使吾人生活状态变迁而日趋觉悟之途者，其欧化之输入乎？"② "五四"新文学以西方为模范，实始于陈独秀。在1915至1916年间的《新青年》上，屠格涅夫、王尔德、达葛尔、泰来夏甫等人的作品不断被翻译刊出，陈独秀在1915年发表的《现代欧洲文艺史谭》中还介绍了欧洲文学从18、19世纪之交的古典主义、理想主义，到19世纪末写实主义、自然主义的进化过程，对19世纪以来欧洲作家进行了高度评价："西洋所谓大文豪，所谓代表作家，非独以其文章卓越时流，乃以其思想左右一世也……西洋大文豪，类为大哲人……而为大思想家著称于世者也。"③ 在《文学革命论》中，他更是盛赞"庄严灿烂之欧洲"，呼唤雨果、左拉、歌德、霍普特曼、狄更斯、王尔德式的中国作家的出现，"五四"新文学的"欧化"色彩，无论是功是过，首先都要归于陈独秀。

陈氏虽然对新文学进化学说有首倡之功，然而论及理论的系统性以及影响的广泛性，却要逊于胡适。1917年，胡适在倡导新文

---

① 陈独秀：《敬告青年》，1915年9月15日《青年杂志》第1卷第1号。
② 《独秀文存》（一），亚东图书馆1927年4月第8版，第49页。
③ 参看陈独秀《现代欧洲文艺史谭》，1915年11月15日《青年杂志》第1卷第3号。

学革命的第一篇纲领性文献《文学改良刍议》中,就开始大力宣扬文学进化论:

　　文学者,随时代而变迁者也。一时代有一时代之文学:周、秦有周、秦之文学,汉、魏有汉、魏之文学,唐、宋、元、明有唐、宋、元、明之文学。此非吾一人之私言,乃文明进化之公理也。……凡此诸时代,各因时势风会而变,各有其特长,吾辈以历史进化之眼光观之,决不可谓古人之文学皆胜于今人也。……唐人不当作商、周之诗,宋人不当作相如、子云之赋——即令作之,亦必不工。逆天背时,违进化之迹,故不能工也①。

　　在《历史的文学观念论》一文中,他又重申:"居今日而言文学改良,当注重'历史的文学观念'。一言以蔽之,曰:一时代有一时代之文学。此时代与彼时代之间,虽皆有承前启后之关系,而决不容完全抄袭;其完全抄袭者,决不成为真文学。"② 在《文学进化观念与戏剧改良》一文中,他则系统地概括了其文学进化说的四层含义:"文学乃是人类生活状态的一种记载,人类生活随时代变迁,故文学也随时代变迁,故一代有一代的文学";"每一类文学不是三年两载就可以发达完备的,须是从极低微的起原,慢慢的,渐渐的,进化到完全发达的地位";"一种文学的进化,每经过一个时代,往往带着前一个时代留下的许多无用的纪念品:这种纪念品在早先的幼稚时代本来是很有用的,后来渐渐的可以用不着他们了。但是因为人类守旧的惰性,故仍旧保存这些过去时代的纪念品";"一种文学有时进化到一个地位,便停住不进步了;直到他与别种文学相接触,有了比较,无形之中受了影响,或是有意的吸收

---

① 参看 1917 年 1 月 1 日《新青年》第 2 卷第 5 号。
② 《胡适文集》第 2 册,北京大学出版社 1998 年版,第 27 页。

人的长处，方才再继续有进步"①。对于为什么这个主张还需要人为的提倡，而不能仅仅依靠自然演进，他说："因为自然的变迁是很慢的，缓缓地衍化。现在自然变迁不够了，故要人力改造，就是革命，文学方面如仅随着自然而变化是不足的，故必须人力。"②

如果说陈独秀对"五四"文学进化论的主要功绩在于首倡"欧化"，那么胡适的最大贡献就在于提出了"白话正宗"说。

他在《文学改良刍议》中即明确指出："以今世历史进化的眼光观之，则白话文学之为中国文学之正宗，又为将来文学必用之利器，可断言也。"③ 在《答黄觉僧君折衷的文学革新论》中他又强调："我们主张用白话最重要的理由，只是'国语的文学，文学的国语'十个大字。足下若细读此篇，便知我们的目的不仅是'在能通俗，使妇女童子都能了解'。我们以为若要使中国有新文学，若要使中国文学能达今日的意思，能表今人的情感，能代表这个时代的文明程度和社会状态，非用白话不可。我们以为若要使中国有一种说得出听得懂的国语，非把现在最通行的白话文来作文学不可。"④

当然，胡适也并不反对将西方文学作为中国文学进化的方向。虽然他曾经说新文学的"来路"有两条：（1）民间文学；（2）除印度外，即为欧洲文学⑤。但实际上，胡适心仪的还是西方文学："中国文学的方法实在不完备，不够作我们的模范"，所以只好"赶

---

① 参看《中国新文学大系·建设理论集》，上海文艺出版社 2003 年影印版，第 377—381 页。
② 参看 1925 年 10 月 10 日《晨报副镌》。
③ 参看 1917 年 1 月《新青年》第 2 卷第 5 号。
④ 胡适：《答黄觉僧君折衷的文学革新论》，《中国新文学大系·文学论争集》，上海文艺出版社 2003 年版，第 69—70 页。
⑤ 胡适：《中国文学过去与来路》，1932 年 1 月 5 日天津《大公报》。

紧多多的翻译西洋的文学名著做我们的模范"①。

除了以白话为正宗、以西方为模范的目标之外,陈、胡还都认为中国文学应当循序渐进,以写实主义为当下文学进化的一个必要阶段。陈独秀的《现代欧洲文艺史谭》所描绘的进化论图谱中,自然主义固然是文学进化的最高阶段,然而他在实际策略层面,更倾向于写实主义。在1915年致张永言的一封信中,他称:"吾国文艺,犹在古典主义理想主义时代,今后当趋向写实主义。"② 至《文学革命论》中,他又将"建设新鲜的立诚的写实文学"③ 作为文学革命的三大任务之一。

对于陈独秀的写实主义主张,胡适大表赞同:"足下之言曰:'吾国文艺犹在古典主义理想主义时代,今后当趋向写实主义。'此言是也。"④ 正因如此,陈独秀在1915年11月15日《青年杂志》上发表《现代欧洲文艺史谭》,同时刊登好朋友谢无量的《寄会稽山人八十四韵》,并推其为"稀世之音",招致了胡适的批评:"适所以不能已于言者,正以足下论文学已知古典主义之当废,而独啧啧称誉此古典主义之诗,窃谓足下难免自相矛盾之消矣。"⑤ 陈独秀则知错能改:"以提倡写实主义之杂志,而录古典主义之诗,一经足下指斥,曷胜惭感!"⑥

经过陈、胡等人的鼓吹,文学进化论终于在"五四"时代具备

---

① 《中国新文学大系·建设理论集》,上海文艺出版社2003年版,第138页。
② 《陈独秀答张永言》,水如:《陈独秀书信集》,新华出版社1987年版,第16—17页。
③ 陈独秀:《文学革命论》,《中国新文学大系·建设理论集》,上海文艺出版社2003年版,第44页。
④ 胡适:《寄陈独秀》,《中国新文学大系·建设理论集》,上海文艺出版社2003年版,第31页。
⑤ 同上。
⑥ 陈独秀:《答胡适之(文学革命)》,《独秀文存》(四),亚东图书馆1927年第8版,第17页。

了比较完整的形态，它所包含的西方、白话、写实主义以及相伴而生的线型历史发展观，也在此后很长一段时间内被新文学界大致认同、信奉。钱玄同站在西方立场上批判汉字，主张将其废除："中国文字，字义极为含混，文法极不精密，本来只可代表古代幼稚之思想，决不能代表 Lamark，Darwin 以来之新世界文明。"① 朱自清说："拥护文言的人也许叹息文言的退化，但这是免不了的；人事日繁，难学的文言，总有一天会崩坏，让白话取而代之。"② 康白情："新诗以当代人用当代语，以自然的音节废沿袭的格律，以质朴的文词写人性而不为一地底故实所拘，是在进化底轨道上走的。——进化非人力所能挡得住的。"③ 周无："诗的根本上是进化的，是有时间的关系，背了这个自然规律，便应该淘汰。"④ 沈雁冰虽然对文学进化论"新"必胜"旧"的逻辑表示过怀疑，认为"最新的不就是最美的、最好的"，但是他也认同陈、胡等人提倡写实主义的做法，认为徘徊于"古典""浪漫"之间的中国文学，必须得经过一个写实主义、自然主义的阶段："中国现在要介绍新派小说，应该先从写实派、自然派介绍起。"⑤ 胡愈之（愈之）也指出，西方"写实的文艺思潮已渐渐衰退了"，但在文艺进化史上，写实主义毕竟有重大的意义："中国现在科学思想已渐渐萌芽，将

---

① 钱玄同：《中国今后之文字问题》，《中国新文学大系·建设理论集》，上海文艺出版社2003年版，第142—143页。
② 朱自清：《文言白话杂论》，《朱自清全集》第4卷，江苏教育出版社1990年版，第351页。
③ 康白情：《新诗底我见》，《中国新文学大系·建设理论集》，上海文艺出版社2003年版，第326页。
④ 周无：《诗的将来》，《中国新文学大系·建设理论集》，上海文艺出版社2003年版，第341页。
⑤ 《"小说新潮"栏宣言》，《茅盾全集》第18卷，人民文学出版社1989年版，第13页。

来的文艺思想,也必得经过写实主义的时期,才可望正规的发展。"①

不管当时的新文学家们身上笔下还存在多少传统的影响,他们的方法、途径有多少不同,进化是大多数"五四"新文学家们的共同取向。无论从问题小说家揭示种种社会弊端,乡土小说家描写爱恨交织的故土,无不以进步的西方人道主义思想作为其价值基础。"人生派"的沈雁冰固然一直大力宣扬进化论,追求文学"全"与"美"的郭沫若又何尝不如此。他不仅在《女神》中呼唤现代文明,且直接讴歌"革命":"宇宙中何等的一大革命哟! /新陈代谢都是革命的过程……革命哟! 革命哟! 革命哟! /从无极以到如今, /革命哟! 革命哟! 革命哟! /日夕不息的永恒的革命的潮流哟!"② 宣扬"爱"的哲学的冰心则说:"我做小说的目的,是要想感化社会,所以极力描写那旧社会旧家庭的不良现状,好叫人看了有所警觉,方能想去改良。"③ 从文体形式上看,小说对传统"某生者"体的突破、戏剧领域内话剧的引入、新诗的自由体等等,自然是因为在新文学家们认为它们是更"进步"的。胡适不满传统小说的"记账式"粗糙叙事方式,倡导用"最经济的文学手段"来"描写事实中最精彩的一段",这就是短篇小说,"文学越进步,自然越讲求'经济'的方法"④。谈到新诗的进步性,胡适认为:"五七言八句的律诗决不能容丰富的材料,二十八字的绝句决不能写精密的观察,长

---

① 愈之:《近代文学上的写实主义》,1920年1月10日《东方杂志》第17卷第1号。
② 郭沫若:《宇宙革命的狂歌》,王锦厚等编《郭沫若佚文集(1906-1949)》上册,四川大学出版社1988年版,第28页。
③ 冰心:《我做小说,何曾悲观呢?》,《冰心全集》第1卷,海峡文艺出版社1994年版,第41页。
④ 胡适:《论短篇小说》,《新青年》1918年第4卷第5号。

短一定的七言五言决不能委婉达出高深的理想与复杂的感情。"①钱玄同以为中国旧戏"有价值者则殊鲜"②。后来曾倡导"国剧运动"的余上沅在1922年12月1日《晨报副镌四周纪念增刊》第17、18版上的《晨报与戏剧》一文中也曾经明确表示：

> 我们中国的戏剧达到了什么程度呢？……到了宋元，中国的戏剧才渐就发展，然不幸他不久就转入了迷途，至今还不曾超拔出来。清季的"戏子"，说出来更是可怕，他们不但不能代表艺术，而且还留下许多污秽的野蛮痕迹。民国以来，所谓之"戏子"的人格算是抬高了一点，然而也不过是从地板扒上芦席的进步，没有多大的意义。再论到现行的旧戏本身，第一个问题就是他能否列为戏剧，有人牵强的认它为歌乐剧，然而歌乐剧和戏剧之间的差别，简直是不可以道里计，误认歌乐剧为戏剧的人，实有不小的罪过；况且旧戏还够不上歌乐剧呢。

"五四"时代，除了新文学家外，社会上对陈、胡等人的观点也有许多支持者。《每周评论》1919年第17、19号上开设的"对于新旧思潮的舆论"专栏，就罗列了一些支持新文学的言论。其中冷眼投稿《新思想不宜遏抑》（原文刊于《顺天时报》）说："近来一班新学者之思想，发表于《新青年》《新潮》等杂志中，大为旧学者所驳斥，几成一种文字之诉讼。吾以为新学者之论说，固不免于过激。然中国之旧习惯旧制度，不宜于现时之趋势者，[须]有改革之处，不必拘守成见，以格进化之途程，新学者不为无见。"③署名遗生的《最近之学术新潮》（原文刊于《北京新报》）中更明白

---

① 胡适：《谈新诗》，《中国新文学大系·建设理论集》，上海文艺出版社2003年版，第295页。
② 参看1918年7月15日《新青年》第5卷第1号《随感录》。
③ 冷眼投稿：《新思想不宜遏抑》，1919年4月13日《每周评论》第17号。

地宣称:"近时北京大学教员陈独秀胡适之刘半农钱玄同诸君,提倡中国新文学,主张改用白话文体,且对于我国二千年来障碍文化桎梏思想最甚之孔孟学说,及骈散文体,为学理上之析辨,而认为违反世界进化之公例,亟应自根本上廓清更张,声宏势大,确衷至理。"① 这似乎说明,以进化论为支撑的新文学在社会上还是产生了一定影响的,新文学并非完全是一种"炒作"的结果。

到后来虽然"五四"文学潮流势头渐弱,革命文学风潮渐起,"五四"文学进化观也并未完全消歇。1927年,郭绍虞仍然在强调文学进化的合理性:"无论何种文体,实在都有三个共同的倾向,即是(1)自由化,(2)散文化,(3)语体化。中国文学演进的趋势无论如何曲折纡回,却总是向着这三个目标以进行。"② 30年代陈子展的《中国近代文学之变迁》中,也还在称赞胡适的文学进化观念"至为精透"③。

三、分歧与反诘:"五四"文学进化论(下)

第一次世界大战带给中国新知识界一种新刺激:在一部分人那里,原本由于景慕西方文明而形成的"西方/东方=先进/落后"的思维模式遭到质疑。在两种文化之间差异性对等的观念下,否认西方文化的普世性原则,甚至强调东方文明对西方文明缺失的"弥补"作用,是质疑者的新逻辑,前面说过的梁启超可算一个代表。

---

① 遗生:《最近之学术新潮》,1919年4月13日《每周评论》第17号。
② 郭绍虞:《中国文学演进之趋势》,1927年6月《小说月报》第17卷号外《中国文学研究》上册。
③ 陈子展:《中国近代文学之变迁》,中华书局1931年再版,第164页。

风行一时的进化论作为由西方传来的普世性原则之一,往往也被列入"可疑者"之列。1923年的"科学与人生观"论战中,张君劢引德国生物学家杜里舒(Hans Driesch,1867-1941)和英国生物学家托摩生为同道,谓生物学上的进化论"除在君之武断的科学家外,鲜有认为既已解决者"[①]。生物学意义上的进化学说都失去了可靠性,遑论文学进化论了。

其实,即使在新文学阵营中,进化固然是一种"公论",却也包含着种种分歧与否定。陈独秀、胡适的进化学说并未被文学革命家们一致奉为圭臬。下面不妨对此稍加罗列:

"五四"新文化阵营的进化论,是以西方为模范的。胡适喜以"中国文艺复兴"来指称"五四"新文化(学)运动;当时的北大学生傅斯年、汪敬熙、顾颉刚、罗家伦等人组织新潮社,发行《新潮》杂志,显然都是向西方学习的意思。然而,在新文化运动的保护者蔡元培那里,"文艺复兴"却被悄悄转换成中国古代文化的回归运动:"我国周季文化,可与希腊罗马比拟,也经过一种烦琐哲学时期,与欧洲中古时代相埒,非有一种复兴运动,不能振发起衰;五四运动的新文学运动,就是复兴的开始。"[②]

李大钊并不反对进化论,但是他不像陈、胡那样一味"除旧布新",而是主张新派要有容人的"雅量":"宇宙的进化,全仗新旧二种思潮,互相挽进,互相推演,仿佛像两个轮子运着一辆车一样,又像一个鸟仗着两翼,向天空飞翔一般。我确信这两种思潮,都应该知道须和他反对的一方面并存[而]进,不可妄想灭尽反对

[①] 张君劢:《再论人生观与科学并答丁在君》,《科学与人生观》,山东人民出版社1997年版,第71页。文中的"在君"即丁文江。

[②] 蔡元培:《总序》,《中国新文学大系·建设理论集》,上海文艺出版社2003年版,第3页。

的势力,以求独自横行的道理。"①

刘半农、傅斯年不像陈独秀、胡适、钱玄同那样,必以白话文学为正宗。在刘半农看来,文言也有所长,不能偏废,"故胡、陈二君之重视'白话为文学之正宗'、钱君之称'白话为文章之进化',不佞固深信不疑,未尝稍怀异议,但就平日译述之经验言之,往往同一语句,用文言则一语即明,用白话则二三句犹不能了解"②。这显然是要和胡、陈、钱保持距离了。傅斯年甚至认为文言才是进化的,白话反倒是退化的:"文言分离之后,文词经二千年之进化,虽深芜庞杂,已成陈死,要不可不谓所容不富。白话经二千年之退化,虽行于当世,恰合人情,要不可谓所蓄非贫。"③

直到 30 年代,提倡"语录体"的林语堂还认为,写信时如果不说"示悉"而说"你的芳函接到了",不说"至感,歉甚"而说"很感谢你""非常惭愧",便显得很啰嗦,引来朱自清的反驳:"经济不经济其实应该分文体论,不该只看字数多少。一种文体有一种经济的标准;文言的字句组织和白话不同,论繁简当以各自的组织为依据。若将一句文言,硬翻成白话,那当然是噜索,不过这种硬翻成的白话并不是真话。"④

再举一例。鲁迅是相信进化论的,他在早期名文《摩罗诗力说》中就指出:"进化如飞矢,非堕落不止,非著物不止,祈逆飞而归弦,为理势所无有。"⑤"五四"时期,鲁迅在许多文章中也谈到进化。但是鲁迅所说的进化,大多和自然科学或社会人生相关,

---

① 守常(李大钊):《新旧思潮之激战》,1919 年 3 月 9 日《每周评论》第 12 号。
② 刘半侬(农):《我之文学改良观》,1917 年 5 月 1 日《新青年》第 3 卷第 3 号。
③ 傅斯年:《文言合一草议》,1918 年 2 月 15 日《新青年》第 4 卷第 2 号。
④ 朱自清:《文言白话杂论》,《朱自清全集》第 4 卷,江苏教育出版社 1990 年版,第 349 页。
⑤ 《鲁迅全集》第 1 卷,人民文学出版社 2005 年版,第 70 页。

很少直接应用到文学上,即使偶尔一用,也保持了一种相对谨慎、克制的态度:"古文已经死掉了;白话文还是改革道上的桥梁,因为人类还在进化。便是文章,也未必有万古不磨的典则。"① 这使得鲁迅的文学进化论缺乏陈、胡等人那种明朗的乐观主义情绪,更多的是显出一种无奈。1924 年他在西安讲授中国小说的历史的变迁时就说:

  我所讲的是中国小说的历史的变迁。许多历史家说,人类的历史是进化的,那么,中国当然不会在例外。但看中国进化的情形,却有两种很特别的现象:一种是新的来了好久之后而旧的又回复过来,即是反复;一种是新的来了好久之后而旧的并不废去,即是羼杂。然而就并不进化么?那也不然,只是比较的慢,使我们性急的人,有一日三秋之感罢了②。

  至于革命文学论争后,鲁迅思想转向阶级论,鲁迅说自己改变了"只信"进化论的偏颇,也就意味着他并未完全抛弃进化思想——1930 年鲁迅在为其弟周建人的《进化与退化》写的"小引"中还在叹息进化学说"连名目也奄奄一息了"③。当然,他后来所说的进化多数只是局限在自然科学范围内,未纳入文学范畴。

  和鲁迅相比,周作人对文学进化的态度就不仅仅是求之不得的无奈了,而是对立——当然,周作人的观念有一个转变的过程。"五四"时期,周作人和新文学主流的进化思路还是非常一致的。1918 年他评价中国旧戏时说:"我们从世界戏曲发达上看来,不能不说中国戏是野蛮。……凡中国戏上的精华,在野蛮民族的戏中,

---

① 鲁迅:《古书与白话》,《鲁迅全集》第 3 卷,人民文学出版社 2005 年版,第 228 页。
② 鲁迅:《中国小说的历史的变迁》,《鲁迅全集》第 9 卷,人民文学出版社 2005 年版,第 311 页。
③ 《鲁迅全集》第 4 卷,人民文学出版社 2005 年版,第 255 页。

无不全备。"[1] 但是后来周作人逐渐趋向保守，1924年他再次发表对戏剧的意见时就说："新剧当兴而旧剧也决不会亡的，正当的办法是'分道扬镳'的做去，用不着互相争执。"[2] 到了30年代的《中国新文学的源流》中，他更是明确主张文学的循环论，以"言志"、"载道"作为中国文学史上两种互相对立、此消彼长的派别，且谓"过去如此，将来也总如此"[3]，这不免成了鲁迅所讽刺的"拉车屁股向后"[4]，背离了"五四"新文学的基本精神。

梁实秋更是一个文学进化学说的反对者——他对"五四"新文学的"浪漫趋势"表示不满，其实也就是对文学进化论的批评。他将那种主张"无论什么东西凡是'现代的'就是好的"者称为"现代狂"[5]，谓"今年的汽车比去年的进步，这是无庸疑的，但今年的诗不一定就比去年的更好。因为文艺这东西的优劣，并不是知识多寡的问题，而是表现的手腕好与不好的问题。所以必谓今胜于古，这是不正确的见解。"[6]

周作人、梁实秋等人其实和新文学反对派的意见已经颇为一致——他们大都不主张在思想文化领域应用进化学说，否定新旧之间简单替代的机械进化论。1919年12月《东方杂志》第16卷第12号上刊登了署名景藏的《我之新思想观》，其中谓"思想之新旧，决不能悉随日晷之运行，而有新陈代谢，永无再来之望"。该刊同

---

[1] 周作人：《论中国旧戏之应废》，《中国新文学大系·文学论争集》，上海文艺出版社2003年版，第419页。

[2] 周作人：《中国戏剧的三条路》，1924年1月25日《东方杂志》第21卷第2号，纪念号（下）。

[3] 周作人：《中国新文学的源流》，北平人文书店1932年版，第36页。

[4] 鲁迅：《趋时与复古》，《鲁迅全集》第5卷，人民文学出版社2005年版，第565页。

[5] 梁实秋：《浪漫的与古典的 文学的纪律》，人民文学出版社1988年版，第11页。

[6] 梁实秋：《古今之争》，《偏见集》，上海书店1988年影印版，第264页。

期所刊伦父的《论通俗文》中更是针对新文学革命提出批评："抑今日之提倡通俗文者，往往抱有一种褊狭之见，以为吾国今后文学上，当专用此种文体，而其余之文体，当一切革除而摈弃之。此种意见，实与增进文化之目的不合。"甲寅派的章士钊主张混同新、旧："意大利之文艺复兴。其思潮昭哉新也。而曰复兴。是新者旧也。英吉利之王政复古。其政潮的然新也。而曰复古。是新者旧也。即新即旧不可端倪。必通此藩。"① 学衡派的梅光迪虽然早在美国时就曾对胡适文学革命当从民间文学入手的观念表示大体赞成，但谓其同意文学进化学说则不可。他认为："文学进化，至难言者。"② 吴宓也说："人事之学，如历史、政治、文章、美术等，则或系于社会之实境，或由于个人之天才，其发达也，无一定之轨辙，故后来者不必居上，晚出者不必胜前。"③

不过这时的新文学反对者们与晚清时代的名流们相比，保存国粹的立场大多已经松动，不再像严复那样固执地以古文为独尊，而是退缩到反对白话文学"专制"的立场上，主张白话、文言"不妨各行其是，各擅所长"："今之白话文学，谓其为适应现代之学术思想，面［而］为文学的时代发展之一新产物，可也；谓其为承前代之小说、文学发扬光大，为今后文学界辟拓殖民地，亦无不可。若必以其为随时代进化而来之、今所专用之新文学，以其为文学界之唯一途径，则为不可通之论。"④

令人颇感惊奇的是，有的旧派中人，甚至还会为新文学的前途出谋划策，与新派的文学进化思路非常接近——胡先骕就是其中之

---

① 章士钊：《评新文化运动》，《中国新文学大系·文学论争集》，上海文艺出版社2003年版，第197—198页。
② 梅光迪：《评提倡新文化者》，《学衡》1922年1月第1期。
③ 吴宓：《论新文化运动》，1922年4月《学衡》第4期。
④ 易峻：《评文学革命与文学专制》，1933年7月《学衡》第79期。

一。他曾把中国旧诗的进化历程划分为四个时期：第一时期从唐虞到周末；第二时期从西汉到陈、隋；第三时期从盛唐到五代；第四时期开始于元祐年间。他还承认，中国诗经过这四个阶段的进化，逐渐达到技术完美的境地，在旧文化中很难有开拓的余地了，只有输入新文化、发扬旧文化，才能为中国诗开一个新纪元①。胡先骕也像沈雁冰一样，把欧洲的新浪漫主义作为文学进化的长期目标，但是又认为新文学的现阶段应该从欧洲吸取写实主义："中国小说戏曲之写实主义。实不发达。故社会之提倡欧洲写实主义与自然主义之新文学。于中国新文学之将来，为益必非浅鲜。"②

胡先骕这样的观点，俨然就是一个新文学家口吻。难怪沈雁冰对他的观点不免有些欣赏："胡君举欧美二百年来文学进化之曲线（以其自古典派说起，故得二百余年），纳之于万余言短篇之中，简练精湛，而又明白晓畅，此固吾人所深服膺，而亦读者诸君所共睹，无待余之赘言。"③

当然，偶然的契合并不能弥合新、旧阵营深深的裂痕。学衡派虽然号称要"融贯中西"，其实重点还是在于"昌明国粹"，对胡适等人的全盘西化（充分世界化）倾向有深深的疑虑："西方人士，日日谋革命，日日谋改造。要之，日日责人不责己，日日谋利而不正义，人人为经济之奴隶而不能自拔于经济之上。反之，则惟宗教为皈依，不求之上帝则求之佛国，欲脱人世而入于超人之境，而于人之本位，漠然不知其定义及真乐，苟得吾国之学说以药之，则真

---

① 参看胡先骕：《评〈尝试集〉》（续），1922年2月《学衡》第2期。
② 张大为、胡德熙、胡德焜合编《胡先骕文存》上卷，江西高校出版社1995年版，第7页。
③ 茅盾：《〈欧美新文学最近之趋势〉书后》，《茅盾全集》第18卷，人民文学出版社1989年版，第45页。

火宅之清凉散矣。"①

平心而论,学衡派诸人对于以白话、西方文学为旨归的文学进化论的反诘,也不乏精彩之处。

胡适论诗,以"诗体的大解放"相号召,断定"新体诗是中国诗自然趋势所必至的"②。他在《逼上梁山》中描述文学革命的发起时曾经录了一段自己在1916年4月5日的日记,其中写到:"文学革命,在吾国史上,非创见也。……古诗之变为律诗,四大革命也。"③ 在《文学改良刍议》中,胡适也有类似说法:"江左之诗流为排比,至唐而律诗大成,此又一时期也……诗至唐而极盛。"④

这是胡适从文学进化观念出发,对中国文学的流变过程进行的描述,然而这并不符合文学进化论那种"新"必胜"旧"的逻辑。易峻就对此进行了反诘:"夫律诗之义法,较古诗大拘束。既谓文学趋解放,而何以此处又认'开倒车'为进化也?"⑤ 易峻承认"一代有一代之文学"的提法,但显然不愿意将其和进化的观念挂钩:"若生物之求适应环境以生存,斯有进之要求。文学则惟随各时代文人之创造冲动与情感冲动,及承袭其先代之遗产,而有发展之弹性耳。果何预于进化与退化哉!"⑥

学衡派还从文学的美学标准出发,对文学进化论进行质疑。吴芳吉谓新文学家们"只知有历史的观念,而不知有艺术之道理也。夫文无一定之法,而有一定之美,过与不及,皆无当也。此其中道,名曰文心。文心之作用,如轮有轴,轮行则轴与俱远,然轴之

---

① 柳诒徵:《中国文化西被之商榷》,1924年3月《学衡》第27期。
② 胡适:《谈新诗》,《中国新文学大系·建设理论集》,上海文艺出版社2003年版,第300页。
③ 《中国新文学大系·建设理论集》,上海文艺出版社2003年版,第10页。
④ 同上,第35页。
⑤ 易峻:《评文学革命与文学专制》,1933年7月《学衡》第79期。
⑥ 同上。

所在,终不易也"①。邵祖平说:"'文字之有死活',以其艺术之优劣之结果定之,非以其产生时期之迟早定之也。"②

这些批评大都能指出"五四"文学进化论的某些缺陷:太浓烈的乐观主义情绪、直线式的线性发展观都难免造成对文学演进复杂性以及文学的美学价值稳定性的忽视。但是这种质疑与反诘在当时的语境中难免被淹没在时代的喧哗声中。因为"五四"文学进化论的背后,是强大的中国近现代"救亡—启蒙—新文化"的历史逻辑。当这个逻辑尚未完成的时候,阻挡者难免成为带有喜剧色彩的悲剧人物,不管他们有多少看起来很正当的学理性。

四、批判与继承:左翼文学的"进化—革命"说

20世纪20年代末至30年代初,随着一部分新文学家的向"左"转向,文学进化论已经不再是文坛的焦点——或者说,它已经化为新文学界一种不言自明的常识,一种新话语的前提。然而,达尔文的生物进化学说,既是马克思主义的理论来源之一,左翼文坛自然不会反对将其运用到文学上——革命文学的理论里面,潜藏着进化的根柢。当然,左翼文学家们以阶级论为武器,用革命文学理论代替文学改良主义,努力追求政治上更"进步"的文学,这些和"五四"时期并不相同。

从革命进化论的逻辑出发,20世纪20年代中后期现代文坛上的向"左"转向者,就开始了对"落后"的"五四"文学的批判。

---

① 吴芳吉:《三论吾人眼中之新旧文学观》,1924年7月《学衡》第31期。
② 邵祖平:《论新旧道德与文艺》,1922年7月《学衡》第7期。

不惟鲁迅、茅盾、叶圣陶、郁达夫等"五四"文坛名家不能幸免，小作家也难逃苛评。钱杏邨批评孙梦雷的《英兰的一生》所宣扬的妇女解放时就说："作者所要表现的，不过是浅薄的人道主义的思想。痛快点说，这种思想如果表现在十年二十年前，我们觉得是崭新的，然而在这个时代却未免落后了，却未免太与伟大隔绝了！"①

胡适等人确立的白话传统，也受到了攻击。成仿吾说："我们远落在时代的后面。……创制一种非驴非马的'中间的'语体，发挥小资产阶级的恶劣的根性。"② 20世纪30年代，政治上失意的瞿秋白走上文坛，他也认为，"五四"式的白话是一种非驴非马的"骡子话"，实际上是一种新式的文言，和当时广大民众的要求相去甚远。瞿秋白青睐的是那种在新兴阶级"五方杂处"的大都市里面、现代化的工厂里面正在产生着的"现代的中国普通话"③。虽然当时"左联"中也有人不赞成瞿秋白的偏激之见——茅盾就认为当时还不能不用通用的白话，而所谓的"现代的中国普通话"太过粗糙，不能用作文艺的工具④，但是茅盾的观点显然并不能代表时代潮流的方向。1934年"左联"开展"大众语运动"，提倡比白话更"白"的大众语，虽然针对的是汪懋祖等人的"文言复兴"，但主要批判目标也包括"新文言"："'五四'的白话虽然在理论上战胜了文言，而稍缓立刻与文言结合而成了新文言。——今日的所谓'语录体'之盛和文言的提倡原是一个联系中的事情，同样都是不

---

① 钱杏邨：《英兰的一生》，《"革命文学"论争资料选编》（上），人民文学出版社1981年版，第91页。
② 成仿吾：《从文学革命到革命文学》，《"革命文学"论争资料选编》（上），人民文学出版社1981年版，第136页。
③ 参看瞿秋白：《普洛大众文艺的现实问题》，《瞿秋白文集》第1卷，人民文学出版社1985年版，第464—469页。
④ 参看止敬（茅盾）：《问题中的大众文艺》，1932年7月《文学月报》第1卷第2号。

容我们轻视甚至忽视的。"①

左翼文学界对于"五四"白话的批判,绝非仅仅是追求文学形式更大的进化;改良文学工具或者追求新的文艺美学形态,绝非他们的最终目的。使文学能够更好地为政治目标服务,发挥其作为意识形态工具的有效性,才是左翼进化观念的核心内涵。李初梨称"一切的文学,都是宣传"②、郭沫若以为无产阶级大众文学"通俗到不成文艺都可以"③,都是此意。在左翼人士看来,胡适等人的文学进化论轻视文学与社会、阶级的联系,缺陷是显而易见的。对鲁迅、瞿秋白推崇备至的李何林曾明确对胡适提出批评:"这种'历史的进化论',在'古人已造古人之文学,今人当造今人之文学'的立场上,固然尽了反古文的任务;然而因为不了解历代文学所以不同和变迁的社会基础,只看见文学形式的些微变化,以致强指各时代用典少和造词较平易的作品为白话文学,与同时代的其他作品对立。"④

在左翼文人看来,进化的杠杆是阶级斗争,包含于社会各领域,自然也可以应用于文艺。然而,即令如鲁迅所说,文学"断不能免掉所属的阶级性"⑤,也并不能说文学就只应该成为阶级意识的载体。也许更为严重的是,这种激进进化哲学将自身认定为代表"人民"意志的全称话语,要求的是一种"独尊"的地位,将所有不同声音都看作"他者",拒绝妥协与包容,忽视人的"类"范畴中应有的丰富性和异质性,消解了文学对于生命的敬畏与关爱,

---

① 胡绳:《文言与新文言》,1934年6月28日《中华日报·动向》。
② 李初梨:《怎样地建设革命文学》,1928年2月15日《文化批判》第2号。
③ 郭沫若:《新兴大众文艺的认识》,1930年3月1日《大众文艺》第2卷第3期。
④ 李何林:《近二十年中国文艺思潮论》,生活书店1938年版,第29页。
⑤ 鲁迅:《"硬译"与"文学的阶级性"》,《鲁迅全集》第4卷,人民文学出版社2005年版,第208页。

"斗争"不但是政治对文艺的要求,也成为文艺的审美意识形态。这实际上已经成为文艺的一种"异化",也背离了马克思主义规划的社会远景——那应该是一种和谐社会。

那么,左翼的激进进化思想真的完全离开了"五四"的进化逻辑吗?答案显然是否定的。即使左翼文学家们为了宣传、普及大众的需要(20世纪30年代"左联"曾组织了三次文艺大众化讨论),从普罗文学运动时期到"左联"解散,不断有人发出反对"欧化"的声音,他们为中国的"落后"而苦恼的时候,所选择的进化方向也还是西方的先锋文学潮流。

当然,左翼文学界对于西方是有选择的,主要是以日本、苏联为代表的世界左翼文学思潮(尤其是苏联的)。作为世界上第一个社会主义国家,苏联的文学界有一点风吹草动,都能影响到国内的同道者。1932年,湖风书局重版了阳翰笙(华汉)的小说《地泉》,当时的左翼理论家们认为这部小说具有"革命的浪漫谛克"倾向,于是瞿秋白(易嘉)、郑伯奇、茅盾、钱杏邨以及小说作者本人分别为本书写了序言,有意识、有组织地对其进行批判并倡导"唯物辩证法的创作方法",要作家们"尽可能的最大限度的从'偶然的外表'之下显露出现实的客观的辩证法"[①]。然而,这种被左翼文学阵营所大力鼓吹的创作方法,在第二年就遭到了批判。周扬在1933年11月1日《现代》第4卷第1号上发表了《关于"社会主义的现实主义与革命的浪漫主义"——"唯物辩证法的创作方法"之否定》一文,其中就写到:"'拉普'的批评家们常常用'唯物辩证法的创作方法'这个抽象的烦琐哲学的公式去绳一切作家的

---

① 瞿秋白(易嘉):《革命的浪漫谛克——"地泉"序》,华汉著《地泉》,湖风书局1932年版,第2页。

作品。他们对于一个作品的评价并不根据于那作品的客观的真实性、现实主义和感动力量之多寡,而只根据于作者的主观态度如何。"

左翼阵营之所以这么快地又一次进行创作方法理论的转向,是因为1932年4月23日苏联的"拉普"已经因为其"宗派主义"、"关门主义"被联共(布)中央宣布解散了。1932年瞿秋白等人提倡唯物辩证法的创作方法之初,已经注定要被淘汰。

左翼文学界对"现实主义"一词情有独钟,这也和"五四"传统一脉相承。尽管左翼理论家们存在种种派别、分歧,且对现实主义的理解和命名也各有不同,有时还对现实主义话语权进行争夺,但是对于它的推崇却并无二致。鲁迅、瞿秋白、郭沫若、周扬、茅盾、胡风……左翼文人其实都是现实主义的信奉者。

在20世纪20年代末的普罗文学时期,沈雁冰受到过批判。即使到后来左联成立,他与批判者们成了同一战壕的战友之后,对当年倡导新写实主义者仍然耿耿于怀:"一些没有生活实感的革命文豪果然可以靠这'公式'大卖其野人头,然而另一些真正有生活经验的青年作家在这'公式'的权威下却不得不抛弃了他们'所有的',而虚构着或者摹效着他们那'所无'的。这就叫做我们中国的'新'写实主义!"① 然而这并不意味着沈雁冰排斥现实主义,反倒从一个侧面反映了沈雁冰自身一贯的现实主义观念——在"五四"时期,他就提倡过写实主义(自然主义)客观、精确的观察、描写技巧,加入"左联"后,他的理论也并未完全改弦更张。

无论这种建筑于革命乌托邦之上的现实主义和"五四"现实主

---

① 茅盾:《〈法律外的航线〉读后感》,《茅盾选集》第5卷,四川文艺出版社1985年版,第197—198页。

义的差别有多大（相对于"五四"来说，它已经不再仅仅是一个文学进化途中的驿站，而是成为一种现实法则和终极目标），它与后者之间是有历史连续性的，有一脉相承的关系。周扬就认为，"五四新文学运动是一个文学上的现实主义的运动，当时所倡导的大体上都是为人生的文学的主张"，"现实的和大众的这两种精神正是五四给我们的最好传统"①。茅盾在抗战期间所作的《现实主义的道路——杂谈二十年来的中国文学》中也承认：中国新文学从"五四"以来所走的一直就是现实主义的道路——所有的文艺论战"都是为了现实主义的更正确地被把握，都是为了争取现实主义的胜利"②。胡风在为《时事新报》1944年元旦增刊所做的文章中曾对"五四"以来的新文艺进行总结，也认为它基本上是现实主义的③。

也就是说，左翼文学走的仍然是"五四"新文学所确立的道路——不过更为激进而已。1926年郭沫若在《革命文学》一文中首先描述了欧洲文学自希腊时期至当代的几个发展阶段，随后即指出："在欧洲今日的新兴文艺，在精神上是彻底表同情于无产阶级的社会主义的文艺，在形式上是彻底反对浪漫主义的写实主义的文艺。这种文艺，在我们现代要算是最新最进步的革命文学了。""在社会的进展上我们可以得一个结论，就是凡是新的总就是好的，凡是革命的总就是合乎人类的要求，合乎社会构成的基调的。"④ 从中大可看出后来左翼文学的走向。

左翼作品中常见的"革命"主题，正是这种激进哲学的一种

---

① 周扬：《新文学运动史讲义提纲（续）》，《文学评论》1986年第2期。
② 茅盾：《现实主义的道路——杂谈二十年来的中国文学》，《茅盾选集》第5卷，四川文艺出版社1985年版，第298—299页。
③ 参看胡风：《现实主义在今天》，《胡风评论集》（中），人民文学出版社1984年版。
④ 郭沫若：《革命与文学》，《"革命文学"论争资料选编》（上），人民文学出版社1981年版，第10页。

形式。有时作者们太想突出这个主题,以至于作品中的观念往往远远超出了形象本身的逻辑。被鲁迅讽刺过的冯乃超《同在黑暗的路上走——A Dramaticsketch》为了表现自己的革命情绪,让"小偷"、"青年"和"野雉"具有了阶级意识,在黑夜的公园墓地旁团结起来并喊出"我们反抗去"的口号。华汉的《深入》中也让一个农村老汉慷慨陈词:"为了我们将来的全人类的衣食住,我们用不着怕用不着哭,我们只有拿我们这一点一滴的热血去拼啊!"《复兴》中的林怀秋则由一个堕落的海派文人突变为具有传奇色彩的革命英雄,组织城市总同盟罢工。洪灵菲的《转变》中饱受家庭包办婚姻之苦的李初燕也是在省城接触到革命大潮之后,突然地获得了"普罗列塔利亚的意识"。这些都使他们的作品变成了一种"进化—革命"主观逻辑的简单演绎,丧失了小说人物应该具有的丰富内涵。

这种演绎观念的做法,其实不独革命的浪漫谛克情绪浓烈的普罗文学家为然。受过普罗文学家批评的茅盾及其影响下的"社会剖析派"小说家们就能完全摆脱吗?《子夜》可谓茅盾的扛鼎之作了,然而那也主要是回应托派关于中国社会性质的判断的:"中国并没有走向资本主义发展的道路,中国在帝国主义的压迫下,是更加殖民地化了。"[①] 从中依稀可以看出后来"文革"作品"主题先行"的兆头——那不过是以政治为标尺、以进化为目的的文学范式的一个自然结果而已。

正是因为左翼和"五四"的文学进化论有着这样的承续关系,所以当时的左翼理论家们没有将"五四"前辈们的观点完全否定,

[①] 茅盾:《〈子夜〉是怎样写成的》,《茅盾选集》第5卷,四川文艺出版社1985年版,第293—294页。

大多还是承认其积极意义的。只是后来随着中华人民共和国的建立，政治上不"正确"的文学进化论者才遭到非常严厉的批判。20世纪50年代中期大规模地批判胡适的运动中，李长之发表看法，认为胡适的文学进化论"由于阉割具体历史内容，往往流于形式主义的演化；又由于主观主义的偏见，往往也歪曲了历史的真相"[①]。刘绶松认为胡适在运用达尔文进化论的时候"恰好阉割了这个科学学说的革命的进步的一面，而只采取了他的落后的一面，来支持和散播他的反动的改良主义思想"[②]。从这些言论中，都可以明显看到这种变化。

对于这种批判，显然不能太过当真，因为它们往往是在政治高压下一种非自愿的表态而已。再往后，随着20世纪80年代后社会政治气候的转变，左翼文学进化理论逐渐式微，然而"五四"文学进化学说也并没有重新获得话语霸权——这似乎也能反映出两者之间的亲密关系以及大致相同的命运。在当代文化相对主义的语境里，保守主义重新抬头，"五四"文学进化论及其所支撑的新文学也不免受到质疑[③]。

这些批评者的言论，没有超越以学衡派为代表的旧派人士以及左翼阵营的理论，当然也不可能完全否定"五四"文学进化学说的合理性，或者反倒可以视为"一时代有一时代之文学"命题的又一明证——现在已经不是"五四"时代，文学及其理论自然都会变

---

① 李长之：《胡适的思想面貌和国故整理》，《胡适思想批判（论文汇编）》第1辑，生活·读书·新知三联书店1955年版，第222页。
② 刘绶松：《批判胡适在"五四"文学革命运动中的改良主义思想》，中国作家协会上海分会《胡适思想批判资料集刊》，新文艺出版社1955年版，第290页。
③ 如金华：《文学进化论质疑》，《重庆师范专科学校学报》2001年3月第20卷第1期。另外毕耕在《满纸荒唐言　岂废江河流——胡适〈白话文学臭〉批判》（《鄂州大学学报》2003年7月第10卷第3期）中不仅谓胡适的文学进化论是"拾人牙慧"，更主张要"打破白话文的话语垄断，倡导文言文的创作复兴"，语气非常激烈。

化。"五四"的新文学家们虽然没有（或者说不可能）完全预测到新文学进化的具体结果，但是那种求新、求变、努力为中国文学创造新路的取向还是值得肯定的；而且直到今天，无论从事实判断还是价值判断上来看，这种力主文学回应时代、引领时代的逻辑都没有、也不应该失效。

抗战时期七月诗派的重庆经验

作家的创作往往和他生活的地域相关,探讨作家与其所生活过的地方之间的关系就成了学术研究常见的话题之一。但人们似乎不太注意的一个问题是,有些作家其实不太认同他所生活的那个地方。举个例子,鲁迅就对他的故乡绍兴很不喜欢,他的《朝花夕拾》中所说的S城,就是绍兴。鲁迅曾经在《琐记》中写到对自己故乡的憎恶:"S城人的脸早经看熟,如此而已,连心肝也似乎有些了然。总得寻别一类人们去,去寻味S城人所诟病的人们,无论其为畜生或魔鬼。"① 1916年1月16日,他给许寿裳的信中又说"不复有越人安越之思想,而近来与绍兴之感情亦日恶,殊不自至[知]其何故也。"② 到1919年12月,鲁迅回故乡会同同族人卖掉新台门故居之后,就再也没有回过绍兴。当然,鲁迅如此憎恶绍兴,也并不妨碍有学者讨论绍兴以至吴越文化对他的影响。这里举鲁迅的例子只是想说,某些地方,在那些曾经在该处生活过的作家

---

① 鲁迅:《琐记》,《鲁迅全集》第2卷,人民文学出版社2006年版,第303页。
② 参看《鲁迅全集》第11卷,人民文学出版社2006年版,第370页。

脑海里留下的往往有很多是负面印象。

　　这种负面印象，也体现在那些曾经在重庆长期生活过的七月派诗人身上。重庆几乎可以说是抗战时期七月诗派的大本营，但是众多七月派诗人对于当时这个国民政府"陪都"的印象却并不见佳。胡风1938年12月第一次到重庆。两月后，他写了《写在昏倦里》一文，其中写到："但这'美丽的山城'（这描写是我从谁的文章里面记来的）底第一击给予我的昏倦，一直拖着我不曾散去，在昏倦里，我有的只是，无为。望着许多工作焦急，但自己却拿不出可以叫做力量的力量。"① 1940年旧历元宵节，胡风还赋得七律《旧历元宵节》，谈及在重庆的感受：

　　　　几人欢笑几人悲，莽莽河山半劫灰。
　　　　酒醋值钱高价卖，文章招骂臭名垂。
　　　　侏儒眼媚姗姗舞，市侩油多得得肥。
　　　　知否丛峰平野上，月华如海铁花飞②。

　　作为一个左翼文人，胡风无论是在重庆复旦大学、国际宣传处、"文工会"工作期间，还是在出版自己的文艺刊物《七月》、《希望》时，都不那么顺利，受到国民党的种种刁难，有时甚至是人身威胁。1939年3月的一天，重庆市卫戍司令部忽然给胡风来了个传讯的条子，还是由"文协"转来的。这让胡风感到很惊奇——以为自己有什么违法的事情要被传讯。胡风和《新华日报》总编辑华西园（华岗）商量后，到了卫戍司令部，虽然是一场虚惊，但是后来有人告诉胡风，这事并不是没有来头的。他们是想恐吓胡

---

① 转引自胡风《胡风回忆录》，人民文学出版社1993年版，第152—153页。
② 牛汉、绿原编《胡风诗全编》，浙江文艺出版社1992年版，第311页。本诗原题为《旧历元宵看首都欢乐气象有感》，最初发表于1940年3月21日《新蜀报》副刊《蜀道》第77期。另，在这首诗的后面有一小注，其中说最后一句亦作：等到更深人静后，四川耗子满街飞。

风,让胡少说话少写文章。

胡风和左翼主流阵营也并不和谐。在重庆时,他因为追求"独立"的品格,曾两次拒绝去延安,自觉和左翼文艺政策保持距离①。在《论民族形式问题的提出、争点和实践意义》一文中,胡风还对一些党员作家、左翼作家在这个问题上的论点都作了指名的批评,和郭沫若发生过关于"无条件反射"的争论,这些都显示出他和左翼主流阵营的距离。

胡风对重庆印象不好,大约也跟当时他的生活处境有很大关系。当时的重庆,虽然号称陪都,位于大后方,但是日军空袭频仍,兼之米珠薪桂,居之确实不易。1938年除夕,当时胡风一家刚到重庆不久,孩子还病在旅馆里,胡风从北碚赶回去时,甚至只能拾几粒圆石子,充作给孩子的新年礼物。

胡风尚且如此,那些当时还在复旦大学(时在重庆北碚)读书的七月派年轻诗人们的生活境况就更差了——他们几乎都在过着半饥饿的日子。当时诗人绿原的脸总是蜡黄的,少有血色。阿垅在《绿原片论》中回忆:"那是一个冬夜。他住到我那里。当外面的棉袍脱了下来,那一件衬衣,——那是怎样一件衬衣啊!破烂得万国旗一样!"又云:"有一次,他把一口箱子寄放在我底住处。这是一口普通的箱子,而且是一口坏了的箱子;否则,我无法打开的,就是老鼠吧,也不会在童话世界似的把它当做产子医院了。我底屋子很严密,很少有老鼠跑进来。一天,忽然有一种微弱的呦呦声,细

---

① 1944年五六月间某天的晚上,胡风在徐冰家听何其芳和刘白羽谈根据地情况。胡风谓:"他俩来重庆,当是帮助徐冰领导文艺的。在我的地位上(文协研究部主任),有责任创造些条件以帮助他们进行思想工作。我用文协研究部的名义召开了一个欢迎会。他们报告的内容是延安整风、作家的阶级性和思想改造。这是根本原则问题,但他们的报告却引起了反感。梅林在会后发牢骚说:'好快!他们已经改造好了,现在来改造我们了!'我也觉得他们没有注意'环境与任务的区别',但又没机会再开会了。"参看《胡风回忆录》,人民文学出版社1993年版,第328页。

听是在那口箱子附近。移开箱子,再听,发现原来在箱子里面。这口箱子,不重,也并不轻,我想,当然是所谓'财产'了。我只好打开来,在咬了一个洞的黑布棉袍中捉到了四只或者五只初生的小鼠。这是一件这箱子里面的仅有的衣服,后来知道还是借用的。"[1]冀汸的诗《寒冷》[2] 中写到:"没有一件好大衣/没有一顶皮帽/没有一双不开口的鞋子……"绿原在《希望》第1集第2期上的《给化铁》中则记录了1944年4月16日深夜,大风大雨中两个人还在大街上徘徊的情景:"在没有标明官衔的大门旁边/你等候我出来……/我出来了,/两个人用一顶草帽做雨伞,/在猩红惨绿的马路上/走过去,走过来,走过去……/又被重庆的警察讯问:/'半夜三更怎么不回家?'//你怕我丧气,常常说/世界的公民是没有家的。/当真,我回头望,也望不见/我们是从哪儿来/但是我们却向一个地方走。"

不仅诗人们自己的处境非常艰难,他们笔下的重庆似乎也到处充满了抗战时期特有的破败、混乱。1940年,冀汸初到重庆时就发现:"断墙残垣,瓦砾废墟,满目皆是,但侥幸尚存的商店、舞厅、茶楼、酒肆,也到处都有。衣冠楚楚的男人们,浓妆艳抹的女人们,依然显得'十分幸福'地徜徉其间。战争离他们很遥远,战争也就与他们无关了。这种情景,使我这个刚从战地跋涉到'陪都'的难民非常反感。我满脑子装的还是炸得四肢不全的尸体,冻馁而死者的尸体,嚎哭无助的儿童,为了减轻负载而沿途丢弃的行李……散开了的粉红色的军用电报纸沿着公路向前延伸,仿佛道路有多长它们就会有多长……即将投入战斗的士兵,围成小圆圈,盯

---

[1] 亦门:《绿原片论》,张如法编《绿原研究资料》,河南大学出版社1991年版,第176、179页。

[2] 《希望》1945年第1集第1期。

着一小盆切碎的榨菜，默默地嚼着已经发霉的米饭。"①

庄涌在《朗诵给重庆听》一诗中则这样描绘重庆：

> 大街上
> 成群的烟鬼抬竹轿，
> 七岁的小孩
> 背负五块砖；
> 小贩的叫卖
> 像垂死人的嘶喊，
> 下坡的车夫，
> 白了脸，
> 像决死的勇士，冲上前线！
> 贫穷，破乱，凄惨，黑暗，
> 休想用完整的字句，
> 形容你的全面！
> 鸦片，麻将，盗贼，娼妓……
> 贫血病，
> 迫害狂，
> 睁一双饥饿的眼②！

再看杜谷的《江·车队·巷》中的"巷"：

> 破碎的巷
> 坍倒的巷
> 我看到了

---

① 冀汸（冀汸）：《诗写大地——回忆邹荻帆》（下），《新文学史料》1997年第2期。

② 吴子敏编选：《〈七月〉、〈希望〉作品选》上册，人民文学出版社1986年版，第142—143页。

灾难的风暴
刮过我们城市的踪迹

你断裂的窗棂
你倒塌的楼台
你无顶的房舍
你破碎的庭园
你烧焦的墙壁……
都在雾蒙的天空下
裸露着乌黑的疤痕

扶着那锯齿似的残垣
在破瓦堆上
一拐，一拐
艰难地寻找着的
老母亲
你脸苦痛地皱结着
喃喃地诅咒些什么
是的，我知道
我们每一个
热爱祖国的人民
心里都种着仇恨[①]

七月派诗人的此类诗篇比比皆是。就这些诗看来，七月派一些

---

① 该诗1940年12月写于重庆，见绿原牛汉编《白色花》，人民文学出版社1981年版，第161—162页。

诗歌中带有的那种忧郁、悲愤的气质，恐怕和抗战背景下的重庆这个创作环境不无关系。

在当时诗人们的眼中，重庆的美丽山水也往往失去了它鲜艳的色彩。杜谷的《江·车队·巷》中的"江"就是喑哑、瘦弱、沉默的，失去了强壮的力量，仿佛在悲痛地啜泣。再看桑汀的《江边·图景》[①]中的嘉陵江：

嗨，静静地流，慢慢地流，不声不响地流啊，嘉陵江
嗨，在绿色的山丘间，在白云片片的蓝天下，流啊……
嗨，流啊嘉陵江，带着忧伤你每天弯过青色的草坡
哎嗨，忧伤啊，你潺潺的流水是你仰天的久久的叹息

嘉陵江啊，你底清澈的江水照见你自己的哀愁
你悄悄而流的波纹该不是你苦痛的表现
但是谁凌辱了你使你暗暗地涕泣
你起伏着胸口像有着无穷的诉说

至于重庆所特有的"雾"，也进入了七月派诗人们的视野。前面提到的庄涌的《朗诵给重庆听》中云："撒一江黑雾／瞒住青天"，因此要西北风："你刮吧，刮吧！／扫清这恼人的黑雾，／迎接朝阳！"[②] 这里的"雾"，成为了某种阴暗力量的象征。

从这些诗歌来看，山城重庆给七月派诗人们带去的多是压抑与痛苦的生活经验，并不足道。但是换个角度想想，也许恰恰是这些痛苦经验，才为七月诗派的诗歌带来了某些具体的内容并对其风格产生了影响。钱钟书的《诗可以怨》里就说过，在中国文艺传统里

---

① 载于1943年《诗垦地》第4辑《高原流响》。
② 吴子敏编选《〈七月〉、〈希望〉作品选》上册，人民文学出版社1986年版，第142—144页。

有一个流行的意见：苦痛比快乐更能产生诗歌，好诗主要是不愉快、烦恼或"穷愁"的表现和发泄。而且这种意见西方也有，并不是中国所仅见[①]。照此看来，七月派诗人的"穷愁"、在重庆的不愉快经验某种程度上使得他们成就了其诗歌，不也有一定道理吗？

　　当然，说七月派诗人从重庆得到痛苦经验只是问题的一方面。从七月派诗人的一些作品来看，他们也并未对重庆这座城市完全失去希望。令他们痛苦、愤慨的是多艰的民生以及与之形成鲜明对比的腐化堕落的上流阶层众生相——即由"扑克，假面会，赛路珞，玻璃玩具……/坤伶，明星，交际花，肉感的猥亵作家，美食主义者，拆白党，财政敲诈者……/茶会，午餐，鸡尾酒晚宴，接风，饯行，烹调术座谈，金融讨论……/勋章，奖状，制服，符号，可能的 PASS，鸡毛文书……/赌窟，秘密团体，娼妓馆，热闹的监狱，疯人院……/鸦片批发，灵魂收买，走私，诱拐，祈祷同忏悔……"[②] 构成的社会图景。诗人们对于重庆的底层社会还是表现了充分的同情与赞美的。1944 年曾卓在重庆的中央大学就读期间，曾看到一个在公路边熟睡的普通士兵，于是写下了诗歌《熟睡的兵》。曾卓在诗中对二等兵吴祥兴表示了极大的怜悯——这个士兵曾为了保卫祖国在前线浴血奋战，英勇负伤，而今却在秋雨缠绵中睡在街头，也许贫病将耗去他的生命。不过值得痛心的是，这样的事情就发生在当时的陪都重庆。

　　阿垅著名的《纤夫》一诗则是为那些沉默的下层人民所画的肖像，讴歌他们所蕴含的巨大力量：

　　　　佝偻着腰

[①] 参看钱钟书《诗可以怨》，《七缀集》，上海古籍出版社 1994 年版，第 120 页。
[②] 绿原：《给天真的乐观主义者们》，1945 年《希望》第 1 集第 3 期。

匍匐着屁股

坚持而又强进！

四十五度倾斜的

铜赤的身体和鹅卵石所成的角度

动力和阻力之间的角度，

互相平行地向前的

天空和地面，和天空地面之间的人底昂奋的脊椎骨

昂奋的方向

向历史走的深远的方向，

动力一定要胜利

而阻力一定要消灭！

这动力是

创造的劳动力

和那一团风暴的大意志力①。

严辰（厂民）②创作于1939年的《江之子》一诗，也是歌颂纤夫的，和阿垅之作可谓异曲同工：

呵，我亲爱的江之子，

虽然贫穷而落后，

可是那些米粮、食盐，

那些桐油、棉花、布匹、煤铁，

所有生存与抗战的原动力，

莫不由宽阔的肩头通过——

---

① 见绿原、牛汉编《白色花》，人民文学出版社1981年版，第13—14页。
② 严辰在抗战爆发初期曾在重庆流浪，1941年才到延安。他曾经以"厂民"为笔名在《诗垦地》上发表过诗作，应该和七月诗派有联系，虽然一般不把他看作七月派诗人。

——没有炫耀，没有骄傲，
　　在沉毅坚强的搏斗中，
　　壮迈地跋涉艰苦的长途①！

　　另外，即使往往被视为"黑暗势力"象征的雾，有时也不见得就那么令人反感——它至少可以使劳碌的人们免遭当时日军飞机狂轰滥炸的威胁。抗战时期曾居重庆的巴金就说过："我能一口气写完《火》第二部，也应当感谢重庆的雾季。雾季一过，敌机就来骚扰。我离开重庆不久，便开始了所谓的'疲劳轰炸'。"② 绿原的《雾季》③中也写到：

　　在我们底工厂里
　　在大烟囱底脚边
　　机器很早很早便热烈地响起来
　　站在马达边司理开关的工人
　　要想穿过这灰茫茫的水份
　　去看那飞轮底旋转
　　——将是不可能的呵
　　然而，轰响的旋律又如此和谐
　　曾经被空袭麻烦着而熄灭了的炼钢炉
　　今天，在这劳碌的雾季，它又燃烧起来了
　　……

　　在前面所提到的桑汀的《江边·图景》中，诗人当时面对的虽然是一条忧伤的嘉陵江，但是在对未来的梦想与希望中，这条江也会焕发出新的生机与活力：

---

① 见《严辰诗选》，人民文学出版社1980年版，第338—339页。
② 参看《巴金自传》，江苏文艺出版社1995年版，第234页。
③ 1942年《诗垦地》第1辑《黎明的林子》。

> 流啊，愉快地流，勇敢地流，自由自在地流啊，嘉陵江
> 我们的梦将有鲜亮的日子，鲜亮得将像五月初升的朝阳
> 当我看见你欢喜的笑脸上漾起一丝丝的欢跃的波浪
> 于是我唱起星星底歌，太阳底歌，海和土地底歌
> 对啊，你就这样自由自在地，勇敢愉快地流着啊
> 我底歌声也自由自在地伴和着你兴奋的调子永远高唱……

由以上可见，对七月派诗人来说，重庆也不是一个令人绝望的城市。诗人们对于上流社会的批判，对于底层社会的同情、赞美，对光明未来的憧憬是共存的。兼之重庆是七月派许多诗人们消耗着青春与心血的地方，是七月诗派达到全盛阶段的地方，因此一些诗人在离开此地之时或以后对它表示留恋就不难理解了。

在鲁迅在世的时候，胡风一直生活在他的光环中。可以说，只有在重庆的时候，胡风才真正得到了七月派领袖的地位。难怪1946年胡风一家人登上飞赴上海的飞机后，胡风还是非常"贪恋"地透过云层望着抗战期间居住过的山城，跟它说再见。诗人曾卓1979年又一次来到重庆后，还写下了《重庆，我又来到了你身边》一诗，表达对于重庆的思念与即将离别的不舍之情："好多年，好多年/有几首诗激荡在我心中/其中有一首是献给你的/重庆！""当离开你回到故乡时/我欢跳着挥手向你告别/而随着岁月的流逝/又萌生着对你的思念/因为，在你的怀中/留下了多少青春等等回忆/因为，是你的/既有圣火又有毒焰的/熔炉/锻炼了我，陶冶了我/给了我结实的身体和火焰的心！"[①]

抗战时期的重庆，用痛苦、忧郁和希望滋养了七月诗派，七月诗派则将诗歌的荣光回赠给重庆。

---

① 见《曾卓抒情诗选》，中国文联出版公司1988年版，第109—111页。

胡风的"沉重"与七月派的裂痕
——由胡风的一封信谈起

周燕芬在《执守·超越·反拨——七月派史论》中将《希望》作为七月派"成熟"的标志:"历经危难中的坚持和队伍的分化重组,在《希望》创刊之时,七月派走向相对稳定和成熟。"① 从表面上看,《希望》时期的"主观论"推动了他自身理论体系走向"成熟",七月派成员也都以胡风为领袖,流派的思想和艺术特征确实比《七月》时期更为突出鲜明。然而,实际上,七月派的这种"稳定"中包含了诸多裂痕,成熟中也存在许多"幼稚"。虽然在他们公开发表的作品中很难见到这类分歧,但是仔细考察此时期七月派成员们往来的书信等,仍然能从中发现端倪。

一

据《胡风回忆录》记载,1944 年 5 月 25 日,胡风得到国民党

---

① 周燕芬:《执守·超越·反拨——七月派史论》,中华书局 2003 年版,第 21 页。

中宣部洪昉来信，信中告诉胡风，《希望》已准送审出版。听说这个消息，胡风"高兴地得诗一首"：

又向荒崖寻火粒，荆榛凝露不胜寒。

大千孽浪连方寸，极目云天夜未阑①。

《希望》几经周折获准出版，胡风这时应该高兴。不过胡风的诗中，却很难看到令人"高兴"的迹象。如果说《希望》象征着"荒崖"的"火粒"，还稍微带有一点暖色的话，那么后几句中的"荆榛凝露"、"大千孽浪"、"夜未阑"，却使人更多感到一种黑暗、寒意与压抑。

其实胡风在最初接到《希望》获准出版的消息时，真正感到的是阴暗与沉重。

在接到洪昉信的同时，胡风同时接到了舒芜4月20日夜所写之信。在给舒芜的回信中胡风交代了写这首诗的过程和当时的心情：

廿夜信今天下午才收到。前一信早几天想回的，但因为心绪有些阴暗，搁下了。这阴暗，我也不想分析它了。总之好像置身在大家无端得意忘形地欢乐，但自己感受的正是相反，因而不但落[寞]不欢，反被当作异端仇视的那一种处境下的心绪。总之，好像和世界离开了。

但也在望信，但却是一位官员底关于希望的回信。这信和你底信刚才同时收到。希望实现了。看了他底、你底以及几封不相干的信以后，心里忽然感到沉重。恰好印着蜗牛的刊物寄到了。我耽心也许被弄去了一肢一节，随手翻看了后半。没有删。但心里更加沉重。后来茫然在院子外田岸上走了两圈（我常常去茫然地走走的）。

---

① 《胡风回忆录》，人民文学出版社1993年版，第327页。

回来就得到了这么四句：又向荒崖寻火粒，荆蓁凝露不胜寒，大千孽浪连方寸，极目云天夜未阑。

　　脱难后的两年多，我一直在等着这个希望，虽然理智上晓得是一个吃力的重负，但心情却是旺的。但一旦实现了，忽然感到意料外的沉重。忽然感到非和无穷多的东西甚至我自己仇人相见不可了。借用一个夸大点的比方，好像一个军人，接受了重大的危险的任务，但却没有准备，没有武器，没有自信，对于必要的条件没有认清，而敌人却是非常强大的。这时候我反而羡慕数年前初生之犊的盛气了①。

　　当时胡风感到的阴暗与沉重明显来自自己的阵营——"大家"。"大家"正沉浸在"得意忘形"的"欢乐"之中，对即将到来的"任务"并没有清醒的认识，这才是他最担心的。

　　据《胡风回忆录》以及《胡风全集》第9卷所载胡风书信来看，1943年3月胡风一家回到重庆后直到写此信时为止，和胡风来往密切者主要是阿垅、路翎、舒芜、何剑薰等人。这些人应该是当时胡风所谓"大家"的最重要成员。那么这些人当时大多处在抗战的颠沛流离中，生活不安定，事业上也尚未功成名就，如何能够"无端地得意忘形地欢乐"？

　　查阅相关史料，可以发现，阿垅和路翎还确实有值得"欢乐"的事情——恋爱、结婚。

　　阿垅1944年春季考入国民党陆军大学第20期并去成都实习，这期间认识了平原社诗人杜谷曾经的初恋情人——文学青年张瑞。阿垅和张瑞经短暂恋爱后于5月8日结婚。路翎于1943年回到国民政府经济部燃料管理委员会北碚办事处黄桷镇管理处，任办事

---

① 《胡风致舒芜书信全编》（上），《新文学史料》2008年第1期。

员，期间与湖北沙市人佘明英开始恋爱，次年5月14日订婚，8月结婚。

另外，七月派成员方然也在这时结婚。1944年2月29日舒芜致胡风信中记载："朱声（即方然）自蓉有信来，说是得'洋楼'一间，在其中度'蜜月'，并报告'鸡蛋十二元一个'云。"① 又，1944年5月经由胡风、何剑薰②的介绍，绿原到四川岳池县新三中学任教，随即将童年女友罗惠召来此地结婚，不过未详胡风1944年5月25日给舒芜信之前是否了解此事。

胡风5月25日信中所言"大家"的"欢乐"，当即指此而言。这些七月派成员们大多正处青春年少，恋爱、结婚乃至生子都如水到渠成，胡风为了要应对所面临的"强敌"而责之以"无端得意忘形"，未免太过悖于人情。

然而，胡风自有他的理由。路翎在恋爱期间，因为"势将提到结婚"，曾经感到"惶惑"并向胡风询问看法。1943年8月31日胡风给路翎的信中就说：

我担心你的精神是否受得起家庭生活的拖累。据我所看到的，在精神上，几乎没有成功的结婚。这里面有许多问题。我想，顶好的方式是朋友结婚，不住在一起，也不必取合法关系，这就要看双方的自信和互信。而那样，生活上双方不彼此拖累，且精神上可以竞走。当然，还有一重要的事情：不能生孩子③

也就是说，胡风对于婚姻保持着一种戒惧心理——也许跟他自己家庭颠沛流离的生活有关，这也正是他指责七月派年轻成员们"无端得意忘形"的最好注脚。

---

① 《舒芜致胡风书信全编》，东方出版中心2010年版，第11页。
② 何剑薰，亦名"何剑熏"，本文除所引用原文外，一律做"何剑薰"。
③ 《胡风全集》第9卷，湖北人民出版社1999年版，第214页。

而且，从事情后来的发展看，胡风对于七月派成员们恋爱、婚姻的担心并不是毫无道理的——阿垅的婚姻并不幸福。据1991年第2期《新文学史料》上冀汸的《忆阿垅》中所载，阿垅结婚后写给他的信总不免有些"怨声怨气"，甚至有比较激烈的语言，如"逼得我快发疯了"。冀汸以为："不好说他们夫妇之间的感情发生了什么'裂痕'，但过得不顺心、不愉快则是真的。"

阿垅这段不幸的婚姻不仅以妻子张瑞自杀为结局，还引发了七月派的分裂。

旧传杜谷和张瑞之死有关，却大多语焉不详。所幸杜谷晚年的《隐忍60年的往事》[①] 一文对此有比较详细的描述。按杜谷文中所说，张瑞虽然是杜谷的初恋情人，然而张瑞死前所留纸条中所云"原谅你不贞的妻"，"不贞"并不意味着"失身"；"他们都没有你好"的"他们"是复数，肯定也不能单指杜谷。阿垅的痛苦和张瑞之死，根本原因是阿垅夫妻爱情观念的差异——张瑞主张包容所爱之人的一切，包括以前的感情经历，而阿垅所要的爱情则是排他性的，他们的结合太过草率：

因为他们从结识到结婚，为时不到一年；而年龄相差，将近一代。他们的世界观、人生观、恋爱观有很大差异，阿垅铁骨铮铮的战士性格和张瑞缠绵悱恻的恋旧情结，原没有多少共同语言，直到结婚前夕，阿垅也只知道"她懂得多而且深，爱好纪德，和我有很多接近处"，但"也有彼此陌生——彼此需要之处"。

杜谷的分析尽管只是他的一面之词，但确有道理。

张瑞和杜谷原来是恋人关系，阿垅、舒芜乃至胡风都知情。1944年3月21日胡风给舒芜的信中有这样的话：

---

① 该文载于《文学自由谈》2009年第1期。

转来的梅兄（即阿垅）的信，我大略猜出了是什么一回事。使他底朋友（一个诗人，善良的诗人）受苦的女子现在在追求他，他在明白之前已经向她表示了爱。这一下可苦坏了这一个真诚的热血男子①。

胡风此信是回复舒芜3月19日来信的。虽然现在无法查考舒芜转给胡风的阿垅原信，但是依照胡风信中的交代可以推断：一个女人正在追求阿垅，阿垅也向此女人示爱，但是此后阿垅知道这个女人曾经使他朋友"受苦"，而这个朋友是一个"善良的诗人"，这令阿垅非常纠结。胡风此信后不到两个月时间，在1944年5月8日，阿垅和张瑞结婚。以阿垅重感情的性格，对一个女人示爱，断不可能在短时间内迅速和另外的人结婚。信中的女人，应该是张瑞；阿垅的那个"朋友"，也就是杜谷。至于信中说张瑞使阿垅"受苦"，也许是杜谷告诉阿垅，自己曾因张瑞之事感到痛苦，不可得而知之。

与上一封信可以相互印证的是1944年4月14日舒芜给胡风的信。其中说：

梅兄有信来，说是"至于我这方面的事，除掉对杜谷有不安之苦外，是很幸福了的"②。

阿垅对杜谷既然表示不安，说明对他尚无恶感。约两年后张瑞自杀，阿垅仅仅因为猜疑而迁怒杜谷，这未免不公。然而，当时的阿垅乃至他的年轻朋友们，都对杜谷充满了愤恨。舒芜1946年5月20日给胡风的信中即云："对那诗人（即杜谷），我也痛恨的，我主张'整'他，痛痛快快的，用流氓方法'整'他。"③

---

① 《胡风全集》第9卷，湖北人民出版社1999年版，第478页。
② 《舒芜致胡风书信全编》，东方出版中心2010年版，第21页。
③ 同上，第151页。

其结果是，不仅杜谷从七月派群体中消失，还连累杜谷所在的原七月派外围组织之一平原社诸人遭到七月派同人的排挤，并使阿垅、舒芜、路翎等人迁怒于"成都文化"，最后促成了《呼吸》的创刊。1946年7月11日舒芜给胡风的信中曾说道：

> 守梅来玩了五天，今早才走，情形已很好。我们谈到许多问题。尤其集中于"成都文化"上。嗣兴曾说那是野蛮而又假扮文明，守梅说是比以前上海的更低能的才子加更恶劣的流氓，我说是虚伪浮夸的浪漫主义；总之，就是发源于成都的，以什么"平原诗社"之流为代表，实在祸国殃民。因此，守梅想到成都，就在那里建立一个小据点，打击和突破。他说，可以找方然当"方面军总司令"，他就近辅助，大家来策应①。

有这个"据点"的倡议，此后才有了本年11月1日创刊的《呼吸》。该刊在创办期间，主编方然曾向舒芜约稿，舒芜表示："那杂志上若有成都诗人的东西，则决不与之为伍。"② 其仇恨若此。

二

从1944年5月9日舒芜的信中也可以发现胡风感到阴暗的某些缘由。该信除了向胡风报告阿垅结婚的消息并录阿垅的三首绝句外，还谈到自己5日到何剑薰处"喝酒畅谈"的情况以及对"体系"的检讨、对以群《关于固有学术的再评价》的批评。

对于舒芜信中提到的何剑薰，胡风是常有批评的——虽然在香

---

① 《舒芜致胡风书信全编》，东方出版中心2010年版，第162页。
② 同上，第163页。

港时还一度想让他和路翎、阿垅、张元松一起组成一个《七月》的编辑联络站，何剑薰后来也曾在《希望》上发表杂文，胡风还介绍他到《新蜀报》去编辑副刊《蜀道》。

在胡风看来，何剑薰虽有讽刺才能，但对人物嘲讽过度，用语有时太过露骨而至于刻薄，没有更深刻地暴露社会上的种种劣根①。大约路翎对何剑薰也有和胡风相近的看法——1941年10月16日胡风在香港给路翎的信中就说："你对于剑兄的批评也是对的，但他在态度上和方法（风格）上已成'型'，非三言两语说得明白。如果遭遇好，他当已成名作家了，现在只好慢慢挣，虽然希望他不只停留在这界限上。"②

然而何剑薰并不认同胡风对自己的不断否定，这才有了舒芜5月9日信中何剑薰的话：

我就是我，虽然不好，但总还是我。故那《チ天》，不管谷、宁二兄怎样批评，我自己还是喜欢的。

亲手扶植的作家，也未必肯听从自己的批评，而且舒芜这封信中提到何还在背后发牢骚，谈关于自己的"趣"事，自然会让胡风感到不满。

此后两人的矛盾不断加剧，"争斗"数有往还。

针对何剑薰不服气的态度，1944年7月6日胡风致舒芜的信中指出，对何剑薰"不做一次持续的大斗争，缺点是无法克服的，而且那缺点又致命的东西"③。而何剑薰在本年末则表示不再给胡风看自己的稿子。

1945年1月18日胡风给路翎的信中又称："刚才给了剑兄信

---

① 参看《胡风回忆录》，人民文学出版社1993年版，第329页。
② 《胡风全集》第9卷，湖北人民出版社1999年版，第189页。
③ 《胡风致舒芜书信全编》（上），《新文学史料》2008年第1期。

逼进一步,不弄到他解除武装,就万事休矣。"① 同日给舒芜信中也说:"剑兄后又有一长信来,谈些生活上的话。关于创作,只提了几句,还是老态度。我想今天回他一信,也还是老态度。这一堵壁不打通,什么也说不上的。"②

但是何剑薰这"一堵壁"最后也并未打通。抗战结束后一段时间里他甚至经常在舒芜面前诋毁胡风。1948年4月出版的何剑薰著《中国文学史》的序言和长篇《绪论》③中,不仅对"主观主义者们"的"横豪"表示了相当的不满,还点名批判了胡风《论民族形式问题》中关于"五四"新文学和旧文学之间异质性的论断,意在攻击胡风不懂历史,也不懂古典文学:

我们并不应当忘记,"特定的文艺形式的崩溃是远远地落在产生它的社会存在底崩溃后面。"(胡风:《论民族形式问题》)可是,也不应当忘记,特定的文艺形式的产生,也会远远的站在产生它的特定的社会存在的产生的前面。就是,在某种新的社会的产生之前即有这种新的阶级的悟性的产生与萌芽,和这新的阶级的文艺形式的产生与萌芽,和随着这一阶级的势力在社会上与政治上逐渐的加强与完成,他的文艺形式亦当逐渐的加强与完成。故在文艺史上,就通常的都要碰到一个可说不小的难关:即新旧递嬗的这个过渡时代,譬如,鸦片战争到五四运动之前——甚至以后一个短暂的时期,不消说,乃是中国封建社会过渡到半殖民地半封建社会的过渡时期,在这阶段,当旧的社会正是处于解体或[濒]于崩溃的由渐变到突变的辩证法的过程,而代表这种旧的社会阶级的文艺形式

---

① 《胡风全集》第9卷,湖北人民出版社1999年版,第236页。
② 《胡风致舒芜书信全编》(上),《新文学史料》2008年第1期。
③ 全书共323页,但仅仅是为批判而写的《序》和《绪论》就有180页,占全书的一多半。

也同样正处于解体或［濒］于崩溃的辩证法的过程。在这过程上面，便有许多代表那在当时算是革命阶级的新的形式的文艺作品产生。但是由于那种新的社会的不成熟性，新的阶级的力量薄弱，这些文艺作品，就当然是不成熟的。但它却是能够发展的、富有生产性质的东西。但是这个时期的传统的旧文艺形式，却仍旧是昂然的立于支配地位的东西。也就是，在同一的社会里面，却有这么不同的两种文艺形式①。

这就无异于向胡风正式宣战了。

除了舒芜的信，胡风的阴暗还由"几封不相干的信"而引起。胡风指的究竟是哪些信，虽然难以确定，但本年5月8-9日给当时在桂林的南天出版社负责人伍禾的一封无疑是值得重视的。这封信里不仅勾勒出了胡风和原《七月》老作者聂绀弩等人的矛盾，而且也揭示了胡风当时的出版基地——南天社——的困境。

胡风和聂绀弩分道扬镳，主要是胡风在皖南事变后离渝赴港，将《七月》托付给聂绀弩，最后该刊登记证却被吊销所致。吴永平的《聂绀弩与〈七月〉杂志的终刊》② 与谢刚的《关于聂绀弩与〈七月〉杂志的终刊——与吴永平先生商榷》③ 对此讨论颇详，毋庸赘述。但是吴文和谢文各执一词，都有偏颇之嫌。

吴文站在聂绀弩的立场上，认为聂绀弩和《七月》登记证被吊销没有关系，胡风之所以对聂绀弩不满，主要是因为一己私心，要和聂绀弩争夺原来的七月派"存稿"，不甘只处于"帮"聂绀弩的地位。这虽然自有其道理，却未免对胡风苛责太过。

早在香港的时候，胡风就坚持出以"七月"为名的丛书："老

---

① 何剑熏：《中国文学史（一）·自序》，寒流社1948年版，第9-10页。
② 见《新文学史料》2007年第3期。
③ 见《粤海风》2011年第1期。

名字，丛书，都是使文豪们不好过的，好像多占了他们华筵的座位，但我却非这样不可。"① 胡风到桂林后，聂绀弩表示不愿意用"七月丛书"的名字，胡风才让聂另外"弄一套"，而自己坚持要出"七月丛书"。二人意见不合，胡风向与自己相交甚厚的路翎索要稿件，无可厚非，何必独责胡风？

而且，将胡风之"夺稿"认定为争名之举，也不妥当——其实胡风何尝不怀疑聂绀弩是在"争名"？

胡风对聂绀弩借"捷径"而"成名"之心早有戒备。1941年9月18日胡风在香港时给聂的信中对其答应担任宋子文系政客曾养甫秘书一事进行讽刺："你赴渝原在求闻达，我及家兄曾抱热望，不料又匆匆返此，初衷不遂抑或桂地另有发展，均在念中。"②

直到1952年6月30日给路翎的信中，胡风还这样评价聂绀弩：

此人一方面有正义感，另一方面，不甘寂寞，常常想抓点什么冲出去。由于后一面，在港写文章也奚落过某某派；由于前一面，上次在京时，曾为我设计怎样防范诡计③。

胡风所谓聂绀弩"不甘寂寞"、"常常想抓点什么冲出去"，其实就是说聂绀弩有名利之心，也许会借机获取胡、路之间的"秘密"，进而靠批判胡风而发迹，因此他才一方面要路翎去聂那里探听上面对胡风的态度，一方面又时刻提醒路翎：提防产生"副作用"。吴文以胡风为"争名"，胡风怀疑聂绀弩有名利心，究竟孰是孰非，很难判断清楚。

至于谢文以为胡风把聂绀弩讽刺为"穿捷径而去的黠者"，其

---

① 《胡风全集》第9卷，湖北人民出版社1999年版，第192页。
② 同上，第425页。
③ 同上，第346—347页。

中原因之一是"在婚姻观与事业观上与聂有冲突",不确。胡风认为聂绀弩在事业上不严肃、不认真,这是有的,但是说胡风因为绀弩和周颖之间的家庭矛盾而将聂称为"穿捷径而去的黠者",显然是拉扯太过。另外,谢文称胡风"重婚姻道德和社会责任",也属想当然之言——看前述1943年8月31日他给路翎信中对婚姻的看法就可以知道。他之所以反复劝说聂绀弩和周颖和好,仍然是出于长久以来和二人的友谊。

无论对胡风"夺稿"的是非如何判断,其结果是确定的:聂绀弩及其助手彭燕郊从此也离开了胡风为首的七月派。

另外,伍禾的信中还透露出当时对七月派有极重要意义的桂林南天出版社的困境。南天社原来主要由朱谷怀出资创办,朱谷怀在桂林新结识的朋友米军负责具体社务,资本只有5000元。然而米军因事离开,将社务托付给同乡陈志华,但在胡风看来,陈志华并不可靠:

> 对于志华,当初只担心他能力不够,但离桂后数月,就怀疑他的忠实了。他常常来信叫我"勿念",但对实际的问题一件也不答复。社用那么大(只有一次报告书,就见到社用两万多一个月),而书不能出,我担心非被吃垮不止,所以去了那么苦劝的信。结果只得到他空洞的忏悔①。

南天出版社财务窘迫到负责人为社务"饿了三顿饭"的地步,这当然也让胡风高兴不起来。后来南天出版社搬到重庆,也未能支撑很长时间。到抗战胜利时,该社即宣布解散。

---

① 《胡风全集》第9卷,湖北人民出版社1999年版,第578—579页。

三

　　如果说1944年5月25日夜胡风的阴暗与沉重来自上述对七月派成员的不满和本阵营的分裂的话，那么这种分歧此后也一直存在。七月派年轻成员们在《希望》创刊后的一段时间内，因为有该刊作为集中发表阵地，胡风容易掌控，该流派的裂痕并不明显，到了《希望》结束后，七月派的青年人纷纷自己创办刊物，就很难尽合胡风之意了。1946年11月1日创刊的《呼吸》以及1947年8月重庆出版的"荒鸡文艺丛书之一"《天堂的地板》的作者们就曾招致胡风的严厉批评。

　　1947年9月9日胡风给阿垅的信中说：

　　得北平朱谷怀信，内中有一段，另纸抄下。我觉得他说得很好。这情形，到《天堂的地板》，就更甚了。我看，朱（朱声，即方然）与周（周遂凡，即绿原），行文都有聊以快意的成份，一种好像矫饰的成份，这会产生很大的害处。对自己，我们要求庄严，对战略，非有聚中的目标不可。像你的札海斯、夜壶等等，都是玩弄敌人的东西。对热情，对憎恨，我们决不能偶存骄纵之心的，一骄纵，它们就变质了。一开始，我提议《呼吸》要弄小些，就是担心这些，现在的《地板》，更是乌合之众，现出了轻敌之至的气概，完全忘记我们是在"群众"之中了①。

　　大约阿垅不服胡风的批评，胡4天后给阿垅的信中又说："关于《呼吸》的话，我只是以为大致如此，因为《呼吸》我没有详看。刘（指化铁）、徐（指路翎）当可以有参证的意见的。严肃，

---

① 《胡风全集》第9卷，湖北人民出版社1999年版，第11页。

我还有不相信的？但多少年来，我总感到战略的要求和战斗配合，总不为大家所注意，总脱不了一种恃才的文学青年的气氛似的，这在朱、周（即方然、绿原）方面特别明显。"①

胡风批评阿垅等人因为与杜谷的个人恩怨迁怒成都文化，同时伴随着"骄纵之心"，"玩弄敌人"，确实中肯。阿垅在《呼吸》和《天堂的地板》上发表的一些作品如诗歌《象征的成都市刺杀》（《呼吸》第1期）、《请看两青年双簧搭档演出》、《青年党党费问题》（以上两篇见《呼吸》第2期）、《人渣和炮灰这样做了屠刀》、《奇文共赏录》（以上两篇见《天堂的地板》）都是针对当时的成都文化、社会现象而发，且往往有过甚之言："成都文坛，文章，那是无聊的，文人，那是无赖的，总而言之，那是伪善的。"②

至于胡风批评《呼吸》、《天堂的地板》的青年作者们所忽视的"战略要求和战斗配合"，吴永平《几近被忘却的"荒鸡文艺丛书之一：天堂的地板"》一文中认为：

1947年2月8日《文汇报》组织了一次文艺座谈会，出席者有邓初民、胡风、潘梓年、翦伯赞、洪深、田汉、李健吾、周建人、胡绳等人，发言纪要载于2月23日《文汇报》"星期讲座"。胡风在会上作了两次发言，他指出："抗战后期，由于政治上的急剧倒退，社会退化，这在文艺上的反映，就是迎合堕落生活的趋向，甚至发展到用人民的进步的面具，伪装色情的东西，所以当时的情形是封建的文化、法西斯的文化，还加上色情的东西。"记录者从他的发言中抽出了一句话作为小标题，这句话是："号召：动员一切力量与反人民反时代的文化作斗争！"如果我们把这句话理

---

① 《胡风全集》第9卷，湖北人民出版社1999年版，第12页。
② 阿垅：《奇文共赏录》，"荒鸡文艺丛书之一"《天堂的地板》，重庆自生书店1947年版。

解为胡风提出的"战略的要求"或"大的要求",也许不会错①。

查当时的《呼吸》、《天堂的地板》上所刊阿垅、方然、绿原等人的作品,何曾离开"与反人民反时代的文化作斗争"的主旨?吴文自己都承认:"胡风同人基本上能正确地理解他提出的'战略的要求'或'大的要求'。"吴文关于胡风"战略要求"的推论显然不对。

1947年1月5日胡风为《逆流的日子》所写的序中曾经说:

文艺在自己的阵营里面也经验着一种逆流的袭击,这袭击正是和那大的逆流紧紧地互相呼应的。……

这就急迫地要求着战斗,急迫地要求着首先"整肃"自己的队伍,使文艺成为能够有武器性能的武器②。

如果结合此后七月派批评的大致走向来看,文中提出的"整肃""自己"(即进步文艺界)的队伍,才是他所谓的"战略要求"。反观《天堂的地板》上绿原的《口号》只是为配合"反饥饿、反内战"而作,和"整肃"无关;方然的《释"拨粪运动"》批评了胡适、沈从文、赵清阁、吴祖光、陈敬容、李白凤、蒂克、丰村等等,打击面太过分散。其他大部分作品也都不符合胡风制订的大方向,这显然是作者们被讥为"乌合之众"的一个重要原因。

至于胡风说这些青年作者们"脱不了一种恃才的文学青年的气氛",吴文中除方然、绿原以外,还举了罗洛、舒芜为例,认为他们批评李健吾、唐弢、郭沫若、臧克家十分过火,就是"才子气"的表现,这也难以令人信服。如果说方然的文章中还"酷评"了很多人,绿原的《口号》中并没批判任何具体的作家,为什么也被归

---

① 吴永平:《几近被忘却的"荒鸡文艺丛书之一:天堂的地板"》,《中国现代文学研究丛刊》2009年第6期。
② 《胡风全集》第3卷,湖北人民出版社1999年版,第172页。

为"恃才"者呢？阿垅在1947年9月17日出版的《泥土》第4辑上发表《从"飞碟"说到姚雪垠底歇死的里》，将姚雪垠比作"一条毒蛇，一只骚狐，加一只癞皮狗"，为何也没有被归为"恃才"者？

其实胡风在此之前也批评过绿原、方然，而且和"才子气"有关。

先看绿原。现存《胡风全集》中20世纪40年代胡风给绿原之信多有删节，故无法看到当时胡风对绿原的完全评价，反倒可从绿原自己的回忆文章中看到一点胡风对他的批评：

> 经过1944年的那段政治风波，我丧失了复旦大学的学籍，心情十分颓丧，在给胡风的一些书信中，曾经流露过一些典型的小资产阶级的伤感情绪。……在写作方面，我当时脱去了《童话》时期的天真和明朗，一度热衷于一些雕琢而又朦胧的意象；胡风也是几次来信，叮嘱我注意保持情绪的自然状态，不要把它揉了又揉，揉到扭曲的程度，同时叫我警惕追求所谓"绮语"的倾向①。

绿原1944年离开复旦大学后那些雕琢而又朦胧的意象的诗歌未必能够完全保存下来，但仍能从他此时创作的一些篇章中看到令胡风不悦的东西。绿原到四川岳池县后，曾于1944年9月18日写了诗歌《忏悔》②，发表于《诗垦地》第6辑《白色花》。这首诗是诗人偶然读到一篇关于15世纪的强盗诗人魏龙（Francois Villion）的传奇以后所作，整首诗意旨隐晦，色彩阴郁而怪异，用语雕琢，很能显示作者的另一种才气：

　　一缕幸福的红烟浓艳地盘绕着……

---

① 《胡风和我》，《我与胡风》下册，宁夏人民出版社2003年第2版，第565页。
② 这首诗后来被改作并收入1951年泥土社初版《集合》中，题目变成了《不是忏悔》，这正好显示了作者对自己原来思想情感的否定。

> 隔壁是一座宫屋呢，或是一座很什么地主底庄园呢！
> 魔鬼在里面做人们底老师：
> 食肉兽们举行着美宴；
> 银狐底皮革同孔雀底羽毛比赛着价值，
> 女人们像为女神卖淫的巴比伦的美妇，
> 接吻时差错地吞下一颗体温未散的宝石，快乐地死去；
> 男人们在酪酊的时光用蓝丝巾缢死他底情人，
> 同尼罗王用蔷薇的雨闷死赴宴的贤人一样痛快，
> 管是什么罗马的智慧呢？
> 酒巡半酣了，一只可怕的短笛
> 由一个行乞的喇叭教的幻术家呜呜低吹，
> 吹着，吹出一堆杂色的蛇嘶嘶作响——
> 呀，唱歌的绅士拥着跳舞的闺秀，大惊失色。

这首诗，虽然从纯艺术的角度来看不无可取之处，但肯定不符合七月派的文艺主张，它应该就是胡风所说的"扭曲"、"朦胧"的好例子。

再看方然。他虽然早就在《七月》上发表过作品，但是胡风、路翎、舒芜等人对他都不太欣赏。1943年8月16日路翎致胡风信中云："对于他底那首诗（告别什么一个朋友的）里的生活的态度，我们都嫌恶。"在9月2日的信中路翎又谈到方然"有着'文章千古事'之类的观念，认识相当多的人，都保留着批评。好像是要傲然独行的。"路翎还告诉胡风，方然对胡风也有批评，认为胡风评诗是"感觉主义"[①] 的。胡风则在11日回信说："朱声的感觉主义，不知道是怎么一回事。未必要的是理性主义么？我只见过一小

---

① 参看《致胡风书信全编》，大象出版社2004年版，第69—70页。

时左右,满身儒者风度,有点吃不消。"① 1944 年 7 月方然为马哲民的大学书局主编《青年园地》月刊,向胡风、舒芜、路翎约过稿,也遭到婉拒。

再翻看方然在《呼吸》及《天堂上的地板》中的作品如《论生存》、《死鱼的鳞——读〈困兽记〉两遍之后的若干印象》、《读〈色情的瘦马〉》、《文化风貌录》、《"主观"与真实》、《释"拨粪运动"》等,风格上确实和其他七月派成员有所区别。方然的文章,不同于胡风的义正辞严,也不同于阿垅富有激情的质拙。虽然他在点出批评对象的缺陷时往往也辛辣异常,甚至可谓尖刻,但是他学养较高,能够旁征博引,文章比其他人写得更有纤徐婉转之态。胡风谓其人有"儒者风度",路翎则云"傲然",和其文章正好吻合。

从以上可以推断:无论绿原还是方然,都是有才华的,但是本就不为胡风所欣赏,一旦绿原、方然凭着自己的"才气"表现出某种"骄纵"、"轻敌"的心态,把斗争当做"顽皮"。最重要的是,他们"聊以快意",达不到胡风的"战略要求"以及"战斗配合"目的的时候,就难免被胡风讥为"才子气",这和他们的文章是否是"酷评"无关。

另外值得一提的是,军伍出身的阿垅身上也有才子气。据舒芜 1944 年 4 月 25 日写给路翎的信中记载,本月 23 日胡风到重庆市郊南温泉中央政治学校看望舒芜时,两人谈及阿垅:

他(胡风)又说,恐怕守梅在文学上不能有所发展,因意志力太强,反而弄得不能吸收。而且,还有一个测验,即他做起旧诗来完完全全是旧式才子。我(即舒芜)想,这是可能的,但对大家也

---

① 《胡风全集》第 9 卷,湖北人民出版社 1999 年版,第 215 页。

都可怕的。你看如何①?

阿垅的旧诗确实写得不错。1944年5月8日他结婚后曾有三首绝句,可见其旧诗功底:

>柳影人家夜掩门,逡巡桥岸几黄昏。
>刘郎前度潘郎老,不是销魂是断魂。
>
>春夜何如春梦长,已无诗句写心芳。
>泪珠轻共槐花落,一样无声有素香。
>
>踏遍西门十二桥,春城夜夜可怜宵。
>半街急雨归来晚,带梦还听隔院箫。②

由此可以推断此时胡风对阿垅的看法:旧诗写得好,但是难以吸收别人的意见,所以在(新)文学方面难有发展。胡风所言"恃才",应该主要不是针对阿垅而言③。

应该说,胡风认为青年们"恃才",多是仅凭自己过去的印象而言——他甚至都未认真看过《呼吸》。其实该刊前两期最后的"关于投稿"中都曾明白表示对于"才子气"的拒斥:

4. 我们要强烈的、新鲜的、特别是真实严肃的东西。凡是中庸主义的、没有凭据的乐观主义的、学院文章、圣徒脸嘴的、才子气的,一律拒绝。

从七月派的艺术立场上看,也许还是路翎和逯登泰(或者也包

---

① 《路翎书信集》,漓江出版社1989年版,第32页。
② 转引自1944年5月9日舒芜致胡风信,《舒芜致胡风书信全编》,东方出版中心2010年版,第25页。
③ 另外值得指出的是,在《呼吸》作者中,舒芜作为一个旧式书香门第出身者,惯写旧诗,"儒者"气息更浓,路翎、余明英夫妇对舒芜的一个正式评价就是"旧知识人"。也许是因为舒芜自己对此比较警惕,且当时他还颇为胡风所看重,所以胡风虽然此前对他有所针砭,但这里并没有直接批评。

括朱谷怀）对《呼吸》的评价更加中肯：

> 《呼吸》是如你（指逯登泰）所说的那样，不过有些小文字油滑了一点。舒芜的几篇论文发表得没有选择，而方然的文字，带着一点"超然"的作风，这一点要不得的。梅兄大约弄得很吃力吧①。

四

胡风对《呼吸》、《天堂的地板》作者进行批评后，表面看起来确实有一种"聚中"的效果。《泥土》、《荒鸡小集》、《蚂蚁小集》上七月派青年作者们对姚雪垠、李广田、朱光潜、蒋天佐、袁水拍、茅盾等的批判，以及对香港《大众文艺丛刊》同人的回击，大体都可算作"听将令"的结果。然而，这也不意味着七月派作者完全没有分歧。

在1946年夏末秋初离开重庆后，舒芜就和胡风等人已经渐行渐远。1947年7月，舒芜曾造访时在南京的路翎，此后路翎给胡风的信中云：

> 管兄（即舒芜）已去，但却弄得我们有些神经过敏，即使是他的一些不明显的话和动作，也要想到不相干的地方去。回此后，慌慌张张地恋爱，一面又大谈其工作，使我们很不满，所以一直到现在还谈论他。大约你对他谈过你信上说的被选中了之类的话罢，看他的语气，他却觉得这是你给他的一个新发现，帮助了他的"自给自足"的味道。那就是"我们被人依靠了，你看有多了不起"的味道。听起来，是有点战栗的，所以我就拼命地跟他"胡说"了一

---

① 《路翎书信集》，漓江出版社1989年版，第73页。

通,也希望一直"胡说"下去,不谈任何"问题"了①。

由此信可知,胡风曾讽刺舒芜被"选中",而舒芜则有自得之态,路翎也对舒芜的这种心态表示不满。

舒芜到江苏学院,本是应在国民党中央政治学校时同事黄淬伯所邀,到江苏学院后,曾被目为"黄派"。1947年的"反饥饿、反压迫"学潮中,江苏学院学生要将本校更名为"江苏大学",并因此酿成学潮。后江苏绥靖公署机关报上刊登消息,认为此次学潮有该院某系主任等四教授(按:此四人是指当时的中文系黄淬伯、英文系主任杨先焘以及管劲丞和舒芜)从中煽动,舒芜因此不得不仓皇离开。舒芜在江苏学院虽然任教不足两个学期,但确实受黄淬伯等人器重,此或即是舒芜的所谓被"选中"。

然而这里的"选中",更可能是另外一解。

1947年5月1日舒芜到北平后,在与女友陈沅芷订婚的茶会上结识了陈的同宿舍同学张明享(叶遥)。张明享为泥土社成员,此后向舒芜约稿,舒芜从此在《泥土》上不断发表文章(从第2辑开始,每辑都有),故他也为《泥土》编者所重(此时朱谷怀尚未接编该刊)——《泥土》第2辑的编后记就明确表示要"谢谢舒芜先生"。

《希望》停刊后,七月派成员们失去了最主要的发表阵地,这时舒芜受《泥土》编者推崇,无须借助胡风而能"自给自足",于是表现出某种"自得"心态。这也许是舒芜被"选中"的另一含义,也是胡风、路翎对其不满的主要原因。

无论如何,这时的舒芜已经和胡风、路翎有了相当的距离。舒芜《泥土》上发表的文章如《论五四精神》、《什么是人生战斗——

---

① 《致胡风书信全编》,大象出版社2004年版,第153页。

理解路翎的关键》、《希望》（杂文集）、《虫鱼书》（杂文）、《求友与寻仇》、《论温情》、《还是老调子》、《空谈及其他》、《论"飘飘然"》、《中元节感言》、《再论求友与寻仇》、《白眼书》、《论谦卑》等文，虽然也大谈"战斗精神"，但是大都不针对文坛的具体对象，不符合"整肃"的要求，难怪胡风在1948年11月4日给冀汸的信中表示不满和遗憾："平刊（即《泥土》）看到否？方兄（即舒芜）几则短文，实在不好。他这心情，如不能从底改变，那一种病弱的气味是很难脱掉的罢。但要改变，恐怕非把他拖到泥塘里打些滚不可。以他的逻辑力量，真正是可惜的事情。"① 在胡风组织舒芜反击香港《大众文艺丛刊》同人时，舒芜虽然听命写了《论生活二元论》②，但是其间曾几次遭到胡风批评，多次退回令舒芜修改，谓该文"有些说法不能压倒对手"，最后甚至说："大家心情都大变，《二元论》，也许用不着发表了。"③

不仅如此，舒芜还试图阻止胡风进一步的"战斗"，这使他与胡风之间的分歧更加明显。1948年1月17日舒芜给胡风信："'泥土'来信，说五辑还要出，我回了一封信，大意是勿以文坛为对象，勿去对骂，只为了警惕老实人，有时不免要指出坛上的污秽，但切不可去'斗个三百回合'云。"1948年4月27日舒芜给胡风的信中不仅明确反对阿垅批评李广田等人，甚至要七月派成员们展开"自我检讨"：

《泥土》之类，气是旺盛的，可是不知怎样，总有令人觉得是坛上相争之处。我以为，梅兄近来的论文，如特别置重于李广田

---

① 参看《胡风全集》第9卷，湖北人民出版社1999年版，第124页。该书注释认为方兄疑指"方然"，不确。
② 发表于1948年12月31日"蚂蚁小集"第5辑《迎着明天》。
③ 参看1948年11月4日、17日胡风致舒芜信，《新文学史料》2008年第2期。

等，并且常有过分的愤愤，也不大好。或者是我不大熟悉这方面的事吧，总觉得今天重要的问题，并不在那里似的。昨天偶然看到《横眉小辑》（不知这是些什么人办的），曾想到，具体的批评是好的，可是还要展开，加深，提高，总之，还要有更强更丰富的思想性才好；那然后才不会被认为坛上相争。又，对于自己朋友们的东西，似乎今后最好也要展开检讨（这希望你能做一做）；这也许更有积极意义的①。

阿垅批评李广田等人，乃是出于胡风的"命令"。1947年8月31日胡风给阿垅的信中明示："朱光潜、朱自清、李广田、穆木天的一本诗歌作法，艾青等，要看一看，把他们的问题找出来。他们是有了影响的。"②舒芜对此公然反对，暴露出两人之间深层的"异质性"。吴永平谓："他（指舒芜）的美学趣味及社会交往与胡风有异。舒芜出生于书香门第，幼秉家学，稍长为新文化运动所吸引，举凡'陈独秀、胡适的理论，鲁迅、周作人、茅盾、徐志摩、梁实秋、郭沫若、田汉、宗白华、叶圣陶、朱光潜、冰心、陈衡哲……的作译'皆其所好，其审美情趣不囿于一派之见。他自1942年起便在各大学任教，由助教而副教授而教授，交往者多是'李广田'似的学者，唱酬者多为'钱锺书'似的鸿儒，他对他们的喜好、情感及脾性洞若观火，对他们的苦闷、挣扎及追求感同身受。因而，他无法认同王元化等对钱锺书现实主义小说的排斥，也无法接受阿垅等对'李广田们'的偏见。"③此论极为精辟。

其实，不仅舒芜，朱谷怀也反对阿垅对于李广田的批评，还曾经给阿垅和胡风都写信表达意见。胡风回复朱谷怀时虽然说阿垅的

---

① 《舒芜致胡风书信全编》，东方出版中心2010年版，第204—205页。
② 《胡风全集》第9卷，湖北人民出版社1999年版，第10页。
③ 吴永平：《1948年，胡风拒纳舒芜诤言》，《博览群书》2010年第2期。

文章只应当作一个批评的讨论去处理,并未否定李广田整个人,而且如果必要的话,可以再写一篇全面论述李广田的文章,但是实际对朱谷怀也心怀不满。他在1948年4月12日给阿垅的信中提及此事:"看来是有些人觉得好像打了自己,有些人原来夹有别的东西,因而不舒服了起来。"①

朱谷怀曾于1943年夏和1944年秋两次进入昆明西南联大就读,而李广田其间正在联大教书,和校内的学生文艺社团交往颇密。虽然现在尚无材料证明朱谷怀等人和李广田有过直接接触,但李广田可谓他们的师辈,朱谷怀对李并无恶感,这是可以确定的。如果说胡风信中"有些人觉得好像打了自己"是指舒芜而言,那么"有些人原来夹有别的东西,因而不舒服起来",应即针对朱谷怀。

除了舒芜、朱谷怀外,《希望》存在及停刊后的一段时间内,由于种种原因,还有很多七月派成员并不一定完全认同胡风的做法,也未必都能得到胡风首肯。譬如吕荧,胡风对其"炫学"之风大为不满。1944年10月9日胡风致舒芜的信中曾道:

吕荧化三个月写的大论文,看过之后,不能用。别人看了一定惊佩之至,但其实,似是而非,是非参杂,炫学之气可掬,艺术牧师之气可掬,你看这如何是好!官气固然要不得,牧师气又怎么要得?能以其人气相见者,就这么难么②?

然而吕荧却是一个始终不渝的"胡风派"。1955年正当全国轰轰烈烈地批判"胡风反革命集团"的时候,吕荧却胆敢在全国文联主席团和作协主席团扩大会议上公开为胡风辩护,称"胡风不是政治问题,是认识问题",表现出极大的勇气与对胡风的忠诚。

---

① 《胡风全集》第9卷,湖北人民出版社1999年版,第28页。
② 同上,第488页。引文末句"苦"字现据《新文学史料》2008年第1期所载同一封信改为"其"。

再如贾植芳，虽然和胡风思想相近，关系密切，但在1948年香港《大众文艺丛刊》刊载批评胡风的一系列文章后，他并不同意胡风与该刊同仁激烈相向，因为他已经看出那些文章"火药味很浓"，绝非个别人所为。他劝胡风对之"要冷静对待，不可感情用事"。胡风写出回应批评的《论现实主义的路》之后给贾植芳看原稿时，贾又劝他"用语应该婉转些，用商榷的态度讨论理论问题，所谓'就事论事'"①。

又如原来诗垦地社的领袖之一邹荻帆，本和胡风相交甚繁，然而1948年底至1949年初胡风离开上海赴东北解放区转道香港期间，曾和邹荻帆数次会面，谈话时连文艺问题都未涉及。对于个中原因邹荻帆说："我在那时也因胡风曾出我的诗集，发表过我的诗稿，当然也认为受到他的'影响'，而在小范围进行'思想帮助'，当然我也不愿意谈这些问题，因而只能谈谈一些友人的情况。"②到新中国成立后，两人的关系已经相当淡漠——胡风1950年1月18日给绿原的信中讽刺说："邹诗人就住在这里。第一（指胡风长诗《时间开始了》的第一乐篇《欢乐颂》）发表后，没有来过一次。大概已成宠儿了。"③

细细数来，自《希望》创刊前后到新中国成立，其实七月派年轻成员们之间以及他们和胡风之间的裂痕还是非常多的，其原因也很复杂：思想观念的差异、政治的压力以及个人生活等等都可能使流派成员们各自东西，并非单单因为"文学"。然而，这时的成员们后来往往也被归入七月派，到胡风集团平反之后即使不能扬眉吐

---

① 贾植芳：《我和胡风同志相濡以沫的情谊》，晓风主编《我与胡风（增补本）》上册，宁夏人民出版社2003年第2版，第180页。
② 晓风主编《我与胡风（增补本）》上册，宁夏人民出版社2003年第2版，第282页。
③ 《胡风全集》第9卷，湖北人民出版社1999年版，第368页。

气，至少也可平淡度日，只有舒芜因为"背友"而不断受到拷问。这当然也毫不奇怪，因为国人一向讲求的是"道德文章"，伦理底线自然是触碰不得的。然而，让道德评价取代学术研究，或者让学术研究停留在道德评价的水平，也可以算是学术的悲哀了。

谁为"七月派"

因为曾经被打成"反革命集团",七月派的很多成员大都否认"胡风派"的称呼。耿庸就曾经说:"虽然我不知道有个'胡风派',人家编辑《七月》和《希望》的胡风,派给他一个'派',把在《希望》上写过几篇杂文的我派到这个'派'里去,辱蒙看得起,却未免太抬举我了。"① 何满子也谓:

今年来我看到了几种叙述"胡风集团"这一公案始末的作品,对这个"集团"的受冤是采取同情态度的,肯定这些人受了不公正的对待;但是在追述事情的经过时,仍然给读者这样一个印象,好像这些人事先确有一个集团,互相配合,协同作战,因而必须除去这个巨大的威胁,才把他们一网打尽的。其实这种观点,正是制造这一案件时造成的舆论。这种舆论的影响不幸至今还顽强地在人们头脑里打上烙印,以至即使是为之辨冤的作者心目中仍然摆脱不了

---

① 耿庸:《枝蔓丛丛的回忆》,晓风主编《我与胡风(增补本)》下册,宁夏人民出版社2003年版,第637页。

这种印象。众口铄金，积羽沉舟，舆论的习惯力量真令人吃惊①。

耿庸、何满子并非"胡风派"的"核心"，政治上受到牵连，有怨言自然可以理解，但对于阿垅、路翎，以及《希望》创刊后一段时间内的舒芜等人来说，"互相配合、协同作战"却是事实。《希望》初创时，胡风在该刊上发表舒芜的大量作品，并对舒芜说："最好的是每篇一名，使我布得成疑阵，使他们看来遍山旗帜，不敢轻易来犯，快何如之。"② 此外，胡风还曾经数次组织他周围的年轻作者们对"自己的阵营"（即进步文学界）进行整肃，一旦这些年轻人忘记了他确定的"大的目标"，他还进行矫正——《希望》停刊后，胡风就曾批评出版《呼吸》、《天堂的地板》的方然、阿垅等人有"才子气"、"骄纵"，并称："我们要求庄严，对战略，非有聚中的目标不可。"③ "派"的存在是无可否认的。

当然，这种显得并不那么纯粹、并不单纯从文学着眼而是更多牵涉到人物之间纠葛的"派"，并非仅胡风及其周围的作者们自身所能造成——其实很纯粹的"文学流派"，在中国的人情社会中是少见的，文学流派的形成，固然有观念上的相通，其实也难免世俗人事关系的影响。且一个文学流派，其观念、发表阵地等等固然重要，如果缺乏从人事聚合、组织演化的角度的研究，那么只能停留在从观念到观念的层次上，这样的研究肯定是肤浅的。

一

七月派这个概念，得自 1937 年 9 月 11 日创刊的《七月》。然

---

① 何满子：《中国现代文学史上头等大事中一个小人物的遭遇》，晓风主编《我与胡风（增补本）》下册，宁夏人民出版社 2003 年版，第 376—377 页。
② 《胡风致舒芜书信全编》（上），《新文学史料》2008 年第 1 期。
③ 《胡风全集》第 9 卷，湖北人民出版社 1999 年版，第 11 页。

而正如耿庸反驳有人因为他在《希望》上发表过几篇杂文,就将其划归"胡风派"时说的那样:"单在重庆,储安平创办和主编的八开本杂志《客观》的《副叶》(聂绀弩编辑)几乎每期都有我的杂文(有的书名是绀弩给起的名字),曾敏之主编的《新生代》也有我的杂文,我就是'储安平、聂绀弩派'兼'曾敏之派'吗?"①以杂志定流派名字,有时并不能完全符合流派的实际特征,也未必能得到所有作者的首肯,虽然这也并非毫无道理。与其说《七月》导致了一个流派的形成,倒不如说是某种"派别"意识导致了《七月》的创刊。刘雪苇曾说:"所谓'胡风派',无非是'民族革命战争的大众文学派',实际是'鲁迅派'、'雪峰派'。"②刘雪苇将"胡风派"等同于"鲁迅派"、"雪峰派"虽不是很恰当,但确实在某种程度上道出了后来的"胡风集团"以及七月派在左翼阵营内部所属的谱系。所谓的七月派,在其开端的时候其实是"鲁迅派"。

《七月》周刊在上海所出的3期中,共计发表15位作者的31篇作品。其主要作者为:胡风(4篇)、萧军(4篇)、曹白(3篇)、端木蕻良(4篇)、萧红(3篇)、柏山(2篇)。另有署名刘白羽、老沙、艾青③、胡愈之、丽尼、冯仲足、焕甫、胡兰畦、周海婴的作品各一篇。很明显,这个作者群体主要是以20世纪30年代"左联"内部一些"鲁迅派"左翼同人为班底的。胡风、萧军、萧红和鲁迅可谓这些"鲁迅派"的核心,曹白、柏山、端木蕻良等人虽然和鲁迅的关系相对疏远,也并非毫无关联。

---

① 耿庸:《枝蔓丛丛的回忆》,晓风主编《我与胡风(增补本)》下册,宁夏人民出版社2003年版,第636页。
② 刘雪苇:《我和胡风关系的始末》,晓风主编《我与胡风(增补本)》上册,宁夏人民出版社2003年第2版,第69页。
③ 1937年7月6日,艾青即同张竹茹离开上海辗转流亡,故仅在《七月》周刊第1期上发表了诗歌《火的笑》。

曹白，即刘平（萍）若，江苏人，曾因木刻而与鲁迅结缘，1935年3月刻鲁迅像并寄给鲁迅，开始通信联络。鲁迅逝世后，曹白是抬棺者之一。柏山，即彭柏山，亦名彭冰山。他1933年加入"左联"时，虽然介绍人是周扬，但是在"左联"时期，彭曾得到鲁迅和胡风的多方照应。1934年11月间，当柏山到法租界参加吴奚如领导的印刷工人"读书小组"的会议后准备回家时被捕，翌年1月被判刑5年。在狱中，柏山曾以陈友生之名向鲁迅写信，后来又得鲁迅、胡风寄送药物、钱及书籍。1936年2月，日本《改造》杂志社社长山本实彦到中国访问时见到鲁迅并商定在《改造》上开辟"中国杰作小说"专栏，请鲁迅尽推荐之责。后来鲁迅因病委托胡风代为编选。经鲁迅首肯后，柏山的小说《崖边》被编入专栏内。端木蕻良虽然并未和鲁迅见过面，但是他1936年初到上海后，曾多次给鲁迅写信，其短篇小说《爷爷为什么不吃高粱米》还经鲁迅帮助发表在1936年《作家》第二卷第一期上，他曾尊称鲁迅为"永远的师傅"①。

抗战之初这些"鲁迅派"文人聚集在《七月》周围，自然跟当时左翼的"文学政治"有关。当时王明是中国共产党长江局书记，他支持"左联"一部分成员提出的"国防文学"并排斥鲁迅等人提出的"民族革命战争的大众文学"口号。1938年吴奚如到武汉时，王明还向吴多次表示过对鲁迅反对"国防文学"的不满，称鲁迅是个"读书人，脾气古怪，清高，不理解党的抗日民族统一战线政策。"②

---

① 转引自孔海立著《忧郁的东北人端木蕻良》，上海书店出版社1999年版，第75页。

② 吴奚如：《我所认识的胡风》，晓风主编《我与胡风（增补本）》上册，宁夏人民出版社2003年第2版，第25页。

由此可见,《七月》从甫一诞生就继承了原来左翼阵营的分歧,甚至可以说,它就是这种分歧的一个结果。关于在创办《七月》之前的情况,胡风在回忆录中曾经写到:

上海沉浸在抗战热潮中,我所接触到的人都是兴奋的。文化文艺界当然有组织活动,但和"民族革命战争的大众文学"口号有关的人们,除了党员外,好像都没有被吸收参加①。

大家激动着,时间空空地度过了。这时候,听到有人发起了"投笔从戎"运动,某某作家签了名的消息。但这个活动并没有扩大到我和与我接近的这些人里面来②。

何止上海的抗战文化组织将胡风等人排除在外,1937年7月18日,鲁迅先生纪念委员会在上海举行会议,推选宋庆龄为鲁迅先生纪念委员会主席并设立上海、北平鲁迅先生纪念办事处,上海由茅盾、许广平、田军(萧军)、胡愈之、郑振铎、黎烈文、张天翼七人负责,胡风也没能列名其中。

恰好在这个时期,与胡风不睦的茅盾在众多文学刊物停刊后,代表《文学》,邀请了《中流》、《作家》、《译文》等联合创办了《呐喊》(后改名《烽火》)。这显然也触动了胡风:"《呐喊》篇幅太小,而且,无论在人事关系上或它那种脱离生活实际的宣传作风上,这些人(指胡风以及和他接近的人)也都是不愿为它提起笔的。"③

在遭到原左翼阵营某些人排挤的情况下力图发出自己的声音,成了胡风创办《七月》的一个重要动机。胡风将原来左翼阵营中和自己比较接近的"鲁迅派"左翼作家拉到一起,成为《七月》的主

---

① 《胡风回忆录》,人民文学出版社1993年版,第73页。
② 同上,第75页。
③ 同上,第75页。

要作者。这就给以后的七月派奠定了一个基调,也增加了对于文学青年们的吸引力。后来胡风之所以赢得许多素未谋面的青年作者们的景仰和推崇,原因之一就是他的"鲁迅传人"身份。

然而,《七月》初创时的"鲁迅派"色彩,自然会引出一个问题。按一般理解,胡风才是七月派的精神领袖,而胡风对《七月》初期的很多作者,显然并无统摄能力。除了曹白、彭柏山算是同道者,艾青曾受他提携之外,很难说其他人都奉胡风为其领袖。即使从和鲁迅的关系上说,萧红、萧军比他也不遑多让。另外有些《七月》初期的作者甚至还不能说和胡风是完全意义上的同路人——当时端木蕻良除了和胡风接触较多外,和茅盾等人关系也非常密切,还参加了茅盾组织的文学沙龙"日曜会"。据梅志《胡风传》记载,《七月》创刊后,端木蕻良等人"总想搞个编委会",导致在武汉时胡风曾想将编辑权交出,由大家公推一人负责,只是因为没人愿意接受才作罢[①]。1948 年 9 月 27 日胡风给舒芜的信中,甚至将端木蕻良和姚雪垠并列为"全面攻来"的几人之一[②],端木显然已经被胡风完全视为对立面。当然,这也并非单纯是胡风方面的问题,20 世纪 80 年代,端木蕻良也曾告诉来访的美国学者葛浩文,自己"在一开始就不喜欢胡风,不仅是不喜欢胡风的个性,而且不喜欢他的政治观点和文学主张"[③]。

此后随着上海战事危急,《七月》周刊撰稿人陆续离沪,刊物难以外寄,胡风遂将《七月》带到武汉出版,并将周刊改为半月刊,但《七月》作者的"鲁迅派"同人关系在武汉时期仍然得以保

---

① 梅志:《梅志文集·胡风传》,宁夏人民出版社 2007 年 1 版,第 260 页。
② 《胡风全集》第 9 卷,湖北人民出版社 1999 年版,第 529 页。
③ 转引自孔海立著《忧郁的东北人端木蕻良》,上海书店出版社 1999 年版,第 78 页。

持——除萧红、萧军、端木蕻良、曹白、柏山等人的名字经常出现外，还新增加了聂绀弩、吴奚如等人。

聂绀弩，湖北京山人，1932年在东京时即经同乡同学方翰（何定华）介绍与胡风结识，后又经胡风介绍加入东京"左联"分盟。1933年，聂绀弩和胡风同时被日本当局遣送回国。1934年，聂绀弩曾主编《中华日报·动向》。1936年鲁迅倡办《海燕》，聂绀弩对外是主编。

吴奚如，原名吴席儒，湖北京山县人，曾参加过北伐战争、八一南昌起义，是原"左联"成员，担任过鲁迅和中共中央之间信息的传递者，也是"民族革命战争的大众文学"口号的支持者，1936年曾在鲁迅发起的《中国文艺工作者宣言》上签名。

另外，出现在《七月》上的日本普罗作家鹿地亘也曾和鲁迅有交往。1936年胡风和鹿地亘相识，就是经鲁迅介绍的。后来胡风还与鹿地亘合作编选了《鲁迅杂文选集》翻译成日文出版，鲁迅逝世后，两人又一起翻译了《大鲁迅全集》中的杂文部分和《野草》。

二

虽说武汉时期的《七月》大体仍属"鲁迅派"刊物，但其同人色彩已经出现某种程度的淡化。这些作者中甚至可能还有和鲁迅发生过冲突者——丘东平。据云，1933年12月15日《文学月报》发表了鲁迅针对该刊4号芸生的长诗《汉奸的供状》而写的《辱骂和恐吓决不是战斗》，丘东平反对鲁迅的意见，曾起草一份质问书，征求签名（但该质问书并未发出）。又一说则是首甲、方萌、郭冰若、丘东平四人署名给《文学月报》写了一封信，认为鲁迅之文"带上浓厚的'左'倾机会主义色彩"，是"文化运动中的和平主义",是"带白手套的革命论"。还有一说:"左联"成员祝秀侠主编的刊物上曾经发表过祝秀侠以及丘东平攻击鲁迅的信①。

但"鲁迅派"色彩的减弱仍然不意味着"胡风派"的形成。即使不考虑前文中端木蕻良等人想"夺权"的说法,从武汉时期的《七月》的文章作者构成来看,有大量新面孔在抗战流离之中写作"战时通讯"类的文章②,在《七月》上一闪而过,以流派成员视之,并不妥当。此外,原来"左联"的成员如丁玲、宋之的、周文、吴组缃、徐中玉、草明、欧阳山、葛琴等人,虽然不乏与胡风交好者,他们也未必认同胡风的文艺主张和"领袖"地位。他们和胡风之间的遇合往往只是出于抗战特殊环境中的一种偶然,后来并不一定同道。以丁玲为例,虽然胡风和她早有交往,但她最初在《七月》上发表的作品《重逢》(1937年12月16日第1集第5期)是在她自己完全不知道的情况下,由宋之的将剧本油印稿交给胡风发表的。尽管丁玲此后在《七月》上又发表过不少作品,1942年她的小说集《我在霞村的时候》还被胡风编入"七月文丛",由桂林远方书店出版,但是她的大量作品散布于各种文学期刊,对她来说,《七月》也不具备什么特殊的意义。

在武汉时期的《七月》作者中,即使有些人和胡风文艺观点相近,似也不能简单地视作七月派成员。以刘雪苇为例,他和胡风在文艺观点上有共识,早先曾在《中流》上撰文对胡风的《文艺笔

---

① 以上说法参看杨淑贤《丘东平生平年表》(上),《西南民族大学学报》(人文社科版)1985年第2期。

② 此类作者极多。仅以1937年12月1日《七月》第1集第4期为例,该刊在"他们战斗了以后"总标题下,就发表了冉洮曲的《临死之前(京沪线)》、萧雨的《在冷雨下面(开封)》、曼倩的《第五区重伤室(安庆)》、吴健的《不给吃的(武汉)》、于芳简的《在伤兵医院(武汉)》、史筠的《护士的一日(武汉)》,另外还有欧阳凡海的《中国人与中国人之间(旅行通讯)》、唐其罗的《沙喉咙的故事(皖北通讯)》、力群的《杜妹的罪行(安庆通讯)》、心一的《送别记(汉口通讯)》。

谈》做出肯定，但是后来两人的交往并不愉快，刘雪苇对胡风的"领袖欲"非常反感①。若说刘雪苇是七月派成员，他自己大概不会承认："整个《七月》时期我没有写稿，只介绍稿件。有一篇虽用我的名字，但那是别人用我的笔记整理的；其它只有补白式的'雪苇来信'。"②

当然，如果承认七月派是以胡风为"领袖"的，那么这时的一些新生代作者们确实表现了"胡风派"力量的萌芽及壮大：原来由胡风一力担任的《七月》，在武汉时也有了艾青、田间的帮助编辑。梅志曾谓：

艾青、田间来后，胡风在《七月》的工作上，显然轻松多了。田间常过江，总是来问问有什么事要办，往往就托他去印厂交稿或别的什么事。有时，校样下来了，还将他两人都拉去帮忙校对③。

曾受到胡风提携与指点的青年作者也逐渐在《七月》上增多——前面所说的艾青、田间以及阿垅、丘东平、邹荻帆、贾植芳、黄既、侯唯动、天蓝、孙钿、庄涌、吕荧等人自然都是好例子。以阿垅为例，他在武汉时期同胡风结识后就得到胡的信任和赏识，后来逐渐成长为贯穿整个七月派发展流程的中坚力量。此时他在《七月》上共发表作品6篇，胡风和该刊对他的意义自然与丁玲这样成名较早者不能同日而语。

如果要在此时《七月》新作者中寻找另一些"共性"的话，某些人的一个共同背景也许比他们的文艺观念更值得注意：胡风早年

---

① 可以参看刘雪苇《我和胡风关系的始末》，晓风编《我与胡风（增补本）》上册，宁夏人民出版社2003年第2版，第66—69页。
② 同上，第69页。其实，刘雪苇的说法不太准确。经查，他在《七月》上除在第9期上《关于诗歌朗诵：实验和批判》总标题下发表笔谈式文章外，还在第6集第1、2期合刊上发表过《鲁迅思想认识的断片》。另外在新中国成立后，雪苇还在"胡风派"的刊物《起点》上发表过《纪念鲁迅的话》，见该刊1950年1月第1期。
③ 梅志：《梅志文集·胡风传》，宁夏人民出版社2007年版，第259页。

留学日本，曾参加东京"左联"分盟。这对《七月》的作者构成也有一定影响——大抵有过相同经历者，感情上自然较一般人更为亲近。若思想上接近，交往中也无特殊事件影响，极易成为"伙友"。除前面所述的聂绀弩外，欧阳凡海、辛人、丘东平等也都曾在日本留学，与东京的"左联"分盟①关系密切。他们可说是此时期《七月》的中坚力量，是不应该被遗忘的。

欧阳凡海，浙江遂安人，曾就读于东京明治大学政治经济系。1933年东京"左联"恢复之初，欧阳凡海就成为其中一员。1934年东京"左联"筹办《东流》杂志，他列名编委之一，抗战时期由浙江老家逃亡到武汉，找到胡风（他此前和胡风通过信，想研究鲁迅著作）。他在武汉《七月》上发表作品8篇。

辛人，即陈辛仁，广东普宁人，原北平中国大学的学生，30年代参加北平"左联"的活动，1934年到日本留学，加入东京"左联"并任其同人杂志《杂文》编委，1936年曾撰《论当前文学运动底诸问题》（本年8月《现实文学》第2期）支持"民族革命战争的大众文学"口号。辛人在武汉《七月》上共发表作品8篇，他的散文《弱者的强处》（《七月》第1集第4期）因为触痛当局，曾导致该期《七月》被禁。他的论文极受胡风赏识，被称为《七月》上最出色者。

丘东平，广东海丰人，1931年"九·一八"事变后参加十九路军，经历过1932年"一·二八"上海事变。1934年丘东平由上

---

① 在1931年"九·一八"事变之前，东京早有"左联"组织，胡风即为其成员之一。但该事变后，成员纷纷回国，其组织也就无形中消散。1933年9月，原在上海暨南大学读书的是"左联"盟员林焕平前往日本留学，到日本后按上海"左联"党团书记周扬的指示，恢复了"左联"东京分盟。欧阳凡海、辛人、丘东平等即后期东京分盟成员。另，曾到过日本的尹庚也曾在《七月》上发表文章。据《"胡风分子"尹庚的凄凉人生》（《新文学史料》2008年第1期）中云：尹庚（楼宪）1931年到日本后曾协助胡风等筹建"左联"东京支部，此说待考。

海到东京，在东京参加"左联"分盟并和辛人结识，1937年11月1日在《七月》第1集第2期上发表《暴风雨的一天》，成为七月派成员，在武汉《七月》上发表作品10篇。胡风对他的报告文学和小说评价甚高，谓："这些是英雄的诗篇，不但那艺术力所开辟的方向，在中国新文学史上加进了一笔财富，而且，那宏大的思想力所提出的深刻问题，也值得为新中国底诞生而战斗的人们反复地纪念罢。"①

贾植芳虽非东京"左联"分盟成员，但是他的情况也许更能说明"东京留学"背景对于成为《七月》作者的意义。贾植芳1935年曾参加"一二·九"学生运动，在北平被捕，出狱后流亡到日本留学，进入日本大学社会科学习，1937年抗日战争爆发后放弃学业回国。在东京留学期间，贾植芳就曾在胡风主编的《工作与学习》上发表过作品，在武汉《七月》上发表过《记忆》（散文，第2集第5期）、《家》（剧本，第3集第6期）。胡、贾二人后来在重庆相见，结下深厚友谊。在两人的交往中，相似的日本留学经历显然起了很大作用。据贾植芳称，他和胡风虽然是不同时代的留日学生，但都算是政治亡命兼留学。这一点是他们"后来成为朋友的根本原因"②。

三

以胡风为首的七月派的正式形成，应该是胡风到重庆之后的

---

① 胡风：《东平著〈第七连〉小引》，《胡风全集》第2卷，湖北人民出版社1999年版，第587页。
② 贾植芳：《我和胡风先生的交游史》，《不能忘却的纪念——我的朋友们》，上海文化出版社2001年版，第2页。

事。1939年7月《七月》移师重庆到1945年《希望》创刊，很多"鲁迅派"同人们都逐渐和胡风失去联络。其原因往往是非文学的。萧军的名字在《七月》上还可偶尔见到，萧红和端木蕻良则因为和萧军之间的感情纠葛不仅同萧军分道扬镳，同时也从《七月》作者名单中隐退。至于前期曾对《七月》颇为热心的吴奚如，也因为私生活和胡风闹翻。当时吴和女作家梁文若（时为叶以群之妻）谈恋爱，受到周恩来、胡风等人的规劝。吴以为胡风"别有用心"，拒绝劝告，胡风则反唇相讥，两人以书信来往互相指责，胡风甚至对吴说："我等待将来革命成功后受镇压"①，吴奚如则声明在文学事业上和胡风断交，索还了准备在《七月》上刊发的小说《萧连长》，从此退出了《七月》作者群。另外，辛人从武汉云参加了新四军后，也未在《七月》上再发表过作品。

其他上海、武汉《七月》的作者中，在重庆《七月》上名字出现的次数依次为：曹白、阿垅各8次；艾青、田间各5次；吕荧（即倪平）、欧阳凡海各4次；丁玲、聂绀弩、宋之的、柏山、黄既、贾植芳、孙钿各3次；萧军、欧阳山、天蓝、庄涌各2次；鹿地亘、东平、陶雄、邹荻帆各1次。此外，更新的作者如路翎、方然（朱声）、彭燕郊、钟瑄、鲁藜、张元松、孔厥、冀汸、何剑薰、萧荑、艾谟（艾漠，即贺敬之）、鲁莎、雷加、山莓、杜谷等等也已在《七月》上出现。经胡风培养的作者们已经成为《七月》最有力的支撑者，这就使这个刊物基本摆脱了原来"鲁迅派"同仁的影响。除了萧军曾在1946年6月16日《希望》第2集第2期上发表了小说《回家》以外，到了《希望》时期，《七月》上的"鲁迅派"

---

① 吴奚如：《记胡风》，晓风主编《我与胡风（增补本）》上册，宁夏人民出版社2003年第2版，第28页。

同仁几乎完全不见了——包括原来与胡风交好者。其中聂绀弩、彭燕郊因为胡风对于他们"人品"的不满,兼之聂在皖南事变后胡风离渝赴港期间耽误了《七月》的出版而使其夭折,受到了胡风的指责。欧阳凡海也同样因为续办《七月》不力和胡风分手。另外,他扶植的年轻人也有一些离开了他。比如艾青,自皖南事变后他到延安后,胡风对他大约就相当疏远,1947年8月31日胡风在给阿垅的信中布置他"整肃"进步文学界,其中艾青的名字和朱光潜、朱自清、李广田、穆木天都赫然在列。至于其原因,胡风并未明言,只云:"他们是有了影响的。"① 艾青一方,自然也要和胡风划清界限。据牛汉回忆,1948年冬天,在河北正定召开的鲁迅逝世纪念会上,艾青曾发言讽刺胡风,说《七月》中的批评文章太粗暴,"编的刊物,不分青红皂白,像公牛闯进了艺术博物馆"② 云云。田间到解放区后诗风受到批评,改变自己的风格后,胡风亦谓:"他被那儿的批评压死了!"③

艾青、田间等人和胡风疏远,跟当时他们所处的解放区这一特定环境肯定有关。然而,这并不是说在当时的解放区的诗人一定就会和胡风划清界限。实际上,在《七月》和《希望》上发表作品者,不乏解放区的文学家。如前面所说的丁玲、雪苇以及鲁藜、天蓝、胡征、侯唯动、孔厥、晋驼等等。这些人中有一些虽然和胡风只是一种作者和编辑之间的关系,然而也有一些确实对胡风非常尊崇——虽然他们和胡风没有直接见过面。当时在延安的胡征、鲁藜、侯唯动、天蓝都比较崇拜胡风,而对周扬不满。1945年胡征

---

① 《胡风全集》第9卷,湖北人民出版社1999年版,第10页。
② 牛汉:《我仍在苦苦跋涉——牛汉自述》,三联书店2008年版,第116页。
③ 邹荻帆:《往事琐忆——怀胡风先生》,晓风编《我与胡风(增补本)》上册,宁夏人民出版社2003年第2版,第274页。

在延安整风运动期间，曾被勒令交代与天蓝、鲁藜、侯唯动的关系——胡征忧心的是，日记本上记载了很多跟天蓝、鲁藜、侯唯动的交往，其中经常出现议论胡风的文艺观点和敬仰之情①。侯唯动在延安时锋芒毕露，在延安抢救运动期间，曾与周扬有过直接冲突。他还经常在窑洞墙壁上题写名人语录，其中以胡风的警句为多，诗性大发时，常面壁而立，凝视语录，朗诵诗般地与胡风滔滔对话②。

再有一个必须注意的情况是，从《希望》创刊直到新中国成立前，如果说胡风是七月派的核心，那么七月派围绕他，是有层次的。大致说来，路翎、舒芜、阿垅是这时期"胡风派"的核心，互相之间交流频繁，来往书信中亦多推心置腹之言，其余则相对疏远。路翎自1939年《七月》第5集第3期上发表《"要塞"退出以后》，就受到了胡风的青睐，可谓是七月派作家中最受胡赏识者，胡甚至对他有"天才"之誉。1941年胡风拟出《七月》香港版时，还给路翎等人提出"发现新作者"③的任务，路翎乃将当时专注于哲学、学术，对文艺不感兴趣的舒芜拉去见了胡风。

路翎之所以给胡风介绍舒芜，是因为胡风当时急需"理论人才"。胡风自到重庆后，也许是受了当时文坛上"旧形式的利用"、"汉字改革与拉丁化问题"的刺激，对理论问题特别关注："到重庆以后，我感到有一个比较注目的现象，那就是文化界对于理论工作抱了热烈的要求。……虽然有一个出版界和出版物，所谓理论文章自不免有时出现，但理论工作在我们的战斗里面有着怎样的任务，

---

① 胡征：《如是我云》，晓风主编《我与胡风（增补本）》上册，宁夏人民出版社2003年第2版，第245—246页。
② 同上，第246页。
③ 胡风当时提出在全国组织七八个港版《七月》的"编辑联络站"（路翎、阿垅、何剑薰、张元松被划为重庆三个站点之一），要路翎等人按期自动寄稿。

以及为了达到这任务,应该怎样把理论工作向前推进,像这一类的努力却是很少看到的。"① 在 1941—1943 年之间的"混乱里面",他又提出:"未来的理论批评工作,应该是廓清混乱现象,说明混乱现象的内容,也就是在混乱现象里面指出有生的力量和能生的方向。"②

然而《七月》时期的理论人才如辛人、欧阳凡海等都已经离开了胡风,因此胡风当他四面出击反对"公式主义"和"客观主义"时,未免显得势单力薄。这时舒芜的出现可谓恰逢其时,胡风对其确实仰仗之处甚多。当时的胡风为了"布成疑阵",在《希望》创刊号上发表了多篇舒芜论文、杂文,竟然占到全刊篇幅的七分之二。此后的《希望》以及外围刊物《呼吸》、《泥土》等上面,舒芜的名字也是频繁出现。此后胡风去了上海,舒芜也离开重庆到江苏并显露乖违之象时,胡风一方面批评,另一方面仍然为他的理论才华感到遗憾。1948 年 11 月 4 日胡风在给冀汸的信中批评舒芜在《泥土》第七辑上发表的《论"飘飘然"》、《再论求友与寻仇》、《白眼书》等文章时就说:"他这心情,如不能从底改变,恐怕非把他拖到泥塘里打些滚不可。以他的逻辑力量,真正是可惜的事情。"③

至于阿垅,胡风对他的文学才能虽然并不欣赏,他在当时的七月派成员中却是人脉极广,非常有地位。据罗紫回忆,当时在重庆北碚的诗垦地社成员们对阿垅"都极其尊重,有时,在热烈的谈笑和争论中,阿垅一到,便鸦雀无声。人传,长者阿垅,圣者阿

---

① 胡风:《理论与理论》,《胡风全集》第 2 卷,湖北人民出版社 1999 年版,第 553 页。
② 胡风:《企望一个理论批评工作的成年——为《新华日报》副刊一九四三元旦特刊作》,《胡风全集》第 3 卷,湖北人民出版社 1999 年版,第 30 页。
③ 《胡风全集》第 9 卷,湖北人民出版社 1999 年版,第 124 页。

垅"①。阿垅自然也十分敬重胡风,胡风安排"整肃"进步作家时,阿垅可谓最得力者,曾发表一系列文章批判李广田、朱光潜、姚雪垠等等,皆由胡风授意。

除了几位七月派骨干之外,一般认为自重庆时的七月派还有两个"外围组织"——平原社和诗垦地社。诗垦地社以邹荻帆、姚奔为首,主要成员如绿原、冀汸、化铁等人确实和胡风有来往。诗垦地社中不为胡风所欣赏的曾卓虽然对胡心有不满,也还是推崇胡风的文艺理论。诗垦地社的邹荻帆作为领袖,更是一度和胡风关系密切。1955年胡风事件中邹并未被划归胡风分子,还令邹荻帆的同乡、同学冀汸大为不解:

> 荻帆是在《七月》上发表作品最早的诗人之一;1936年就认识了胡风,并且将他对胡风的印象传输给我,使我也产生了崇敬之情;巴金到北碚,当时在复旦任教的胡风在家里请客,也约荻帆作陪;皖南事变后,胡风避居香港,仍与荻帆保持通信联系;胡风拟在香港创办文学期刊,约稿信也是由荻帆转给我的,要我将稿子直接寄到香港某地"张成收"(这时我才知道胡风姓"张");香港沦陷,胡风一家辗转回到桂林,为南天出版社出版"七月诗丛"组稿,仍是写信给荻帆,由荻帆告诉我和绿原的;荻帆为《诗垦地》向胡风约稿,胡风便寄来了《一个诗人的历程》,发表在《诗垦地》第五辑……。这些都表明他和胡风的关系非同一般,至少超过我与胡风的关系②。

冀汸确实如他自己所说,政治上非常幼稚。1948年,香港的《大众文艺丛刊》正在批判胡风,邹荻帆在那时也因胡风的关系,

---

① 罗紫:《想着阿垅……》,《新文学史料》2007年第4期。
② 冀禤(冀汸):《诗写大地——回忆邹荻帆》(下),《新文学史料》1997年第2期。

在小范围内受到"思想帮助",此后也就和胡风渐行渐远了。

至于平原社,虽然和诗垦地社关系非同一般,但是他们和胡风的关系相对较淡。当时除了杜谷和芦甸等人和胡风有往来,大多数成员和胡风并不相干,而后来杜谷也因私人感情问题被阿垅误解并受到其他七月派成员们的仇视。如果将平原社视为七月派外围组织,多少有些牵强。

四

中华人民共和国建立后文化中心发生变动,北京、上海等地成为原来国统区、解放区文化人的集中地,原来《七月》、《希望》上的作者们也大多集于上海、北京、天津等地。

先说上海。其实早在1946年2月胡风离开重庆到达上海后,胡风在此地的住所就成了七月派聚集之所:贾植芳、路翎、化铁、冀汸及芦甸、孙钿、阿垅、舒芜、吕荧、罗洛、罗飞、耿庸、欧阳庄等人都曾到访。胡风与出版12册《七月文丛》的海燕书店老板俞鸿模也经常往来,成为朋友。另外,胡风还通过邻居冯宾符结识了满涛和王元化。

新中国成立初期的一段时间内,胡风在上海的故友新交依然不少:1952年3月,彭柏山从部队调任华东文化部副部长,后调任上海市委宣传部长、市委委员并兼任上海文化教育委员会副主任等职;刘雪苇曾任华东局宣传部文化处处长,于1951年受命将原来的海燕书店改组为新文艺出版社,自任社长。王元化、梅林、耿庸、罗洛、罗飞、张中晓等人一度汇集于此。另有贾植芳和何满子在震旦大学任教。

再说北京、天津。1955年胡风事件之前,在京津和胡风关系不错者人数更多：如鲁藜、芦甸、阿垅（以上三人在天津文协，1951年芦甸又随阿英调到北京筹建华北文联，后任华北文联常委），徐放（曾就职于《人民日报》社）、鲁煤（曾就职于中央戏剧学院创作室，时贺敬之任副主任）、谢韬（曾就职于人民大学马列主义教研室）、牛汉（先在人民大学，1953年3月调入人民文学出版社）、路翎（曾就职于中国青年艺术剧院）、绿原（曾就职于中央宣传部国际宣传处）、天蓝（曾就职于中央高级党校语文教研室）、庄涌（曾就职于人民文学出版社）、吕荧（曾就职于人民文学出版社）等等。

这时在上海、北京、天津和胡风关系密切者虽多，但是也有亲疏之别。彭柏山、雪苇可谓是胡风的老朋友，也对胡风有帮助，但这些帮助是有限的，胡风对他们也保持了某种距离。1952年5月29日胡风给路翎的信中称："柏、雪二人肩膀只那大，柏在华东可以顶住，但再上面他是不能回嘴的。"① 1951年雪苇负责筹备"华东文学艺术界联合会"时曾提议由胡风担任主席，但是被否决。彭柏山也曾想帮助胡风留在上海，后来也得到了周扬的同意，但是1952年6月华东人民艺术剧院成立时，中央文化部指定了熊佛西担任正院长，只给胡风安排了一个副院长的职位，这自然是胡风所不能接受的。

在上海诸人中，倒是耿庸、罗洛、罗飞、张中晓以及"泥土社"② 的成员张禹等"小字辈"，作为"胡风派"成员，更有所作为。张中晓，1930年生，浙江绍兴人。中学时期，张中晓就从一

---

① 《胡风全集》第9卷，湖北人民出版社1999年版，第335页。
② 该社为1950年春夏之交，许史华、尹庚、应悱村、张禹、胡今虚等人在上海开办的一家小小的私营出版社。该社曾先后出版过胡风的《人寰二记》、《美国鬼子在日本》、《文艺笔谈》、《剑·文艺·人民》等，另外还重印了《七月诗丛》。

个老师那里读到《七月》和《希望》，1946年在重庆北碚考入相辉学院，第二年转入重庆大学。1948年5月，因为肺病吐血，张中晓回到浙江绍兴老家，1950年开始给胡风通信，1952年经胡风介绍入新文艺出版社任编辑。当1950年《文艺报》开始对胡风的《光荣赞》、《安魂曲》等作品进行批判的时候，他曾写信给《文艺报》编辑部，为胡风鸣冤，《文艺报》编辑萧殷回信让他读毛泽东《在延安文艺座谈会上的讲话》、第一次文代会的重要报告以及萧自己的《生活思想随感》以提高认识，他却仍用"罗石"的笔名以及本名反复写文章、书信，为胡风申辩。

到1951年的"批判电影《武训传》"运动中，梅林编辑的上海《文汇报·文学界》于6月4日还发表了耿庸的《论诚实和负责》和罗洛的《从"黄马褂"谈起》、张中晓的《〈武训传〉·文艺·文艺批评》（署名罗石）；6月11日又发表了张禹的《一点杂想——和武训有关的》等文章。此后张禹又在《文艺报》发表《读夏衍同志关于〈武训传〉问题的检讨以后》。这一系列文章，虽然表面上看是应时之作，其实内里大有深意——它们所针对的都是夏衍。当时夏衍是上海文艺界的主要领导之一，还曾主持建立上海电影剧本创作所，与章靳以、周而复同任理事主席。电影《武训传》由上海昆仑公司拍摄，夏衍自然难脱干系。

在北京、天津的七月派成员中，除了路翎、阿垅之外，绿原和胡风渐渐走近。新中国成立前绿原虽然和胡风保持通信联系，但是胡风对其"才子气"不欣赏，胡风派回应香港《大众文艺丛刊》的论战，绿原也没有参加。1949年第一次文代会召开，胡风提名绿原为代表，1953年绿原被调入中共中央宣传部国际宣传处工作之后，才和胡风来往频繁。芦甸到北京后也是和胡风来往最频繁者之一，且对胡风非常推崇。据牛汉回忆，大约在1954年深秋的一次聚会上，芦甸曾经以马、恩、列、斯、毛、胡并称，可见对胡风的极度崇拜之情。

在路翎、鲁煤、鲁藜、徐放、芦甸、严望、谢韬、牛汉等胡风在北京北海附近太平巷住所的常客之中，亲密程度也是有区别的。仍据牛汉《我仍在苦苦跋涉——牛汉自述》记载：徐放曾告诉牛汉，这些人中还有一些人"在别的时间约会"①。

这在"别的时间约会"者，应该是此时"胡风派"骨干了。或者，这些人就是后来帮助胡风起草《三十万言书》者。

应该说，虽然这时的原七月派成员众多，作为一个文学创作流派的根据却已略显不足。新中国成立后除出版过7册《七月诗丛》第2辑②外，唯一可算是该派阵地的刊物只有《起点》③，但仅出两期即夭折。路翎应该算是当时发表作品较多者，却屡屡受到批判，难以为继。与其说这些人是创作流派，毋宁说更像一个有强烈意识形态色彩的"理论"派别。当时"胡风派"理论的集中体现，自然就是胡风起草的《关于解放以来的文艺实践情况的报告》（即"三十万言书"，以下通称《报告》）。透过这份汇集了"胡风派"集体意见的文献的出笼过程，隐约可见当时"胡风派"的"核心"与"边缘"以及成员们之间的远近亲疏。值得注意的是，所谓的"核心"不能简单地理解为此后被打成"骨干分子"的胡风派：贾植芳就没有参与过《报告》的工作。

---

① 牛汉：《我仍在苦苦跋涉——牛汉自述》，三联书店2008年版，第104—105页。
② 1951年，尹庚、许史华等人创办的上海泥土社出版的《七月诗丛》（第2辑）6册分别是：牛汉的《彩色的生活》、绿原的《集合》、化铁的《暴雷雨岸然轰轰而至》、冀汸的《有翅膀的》、孙钿的《望远镜》、贺敬之的《并没有冬天》。另外1册是田间的《戎冠秀》（上海中学时代社1950年版），不过此书最早于1946年9月由东北画报社出版，被列入"东北画报丛刊"。
③ 该杂志由梅志、罗洛、化铁、罗飞等人于1950年1月创办，诞生地就在上海雷米路文安坊六号胡风家中。

关于参与起草该《报告》的成员，各种文献记载虽略有不同，但大致不差。据胡风1954年3月—7月间的日记，在他起草期间，曾看过初稿的有欧阳庄、路翎、谢韬、绿原。牛汉则谓："胡风的三十万言书我没参与，参与者有阿垅、路翎、绿原、芦甸等人。"①梅志《青春祭——记张中晓与胡风》一文中则说：1954年秋末，张中晓曾到北京，曾看过《报告》的初稿，因为同情胡风、路翎等人的处境，回去后甚至想用个人的名义给党中央写信，为他们鸣不平②。

梅志在《胡风传》中对时在南京工作，到北京出差时看过原稿的欧阳庄着墨不少：

> 他（即欧阳庄）来后，胡风就将已写好的部分交给他看，他提出了很尖锐的意见。胡风和路翎认为他提得很对，不愧为工人阶级，才能这么大胆毫无顾虑地提意见，反倒是自己对党的政策体会不深，写得还很不够。所以，有的意见，他们就接受了③。

梅志还比较详细地描述了起草《报告》的过程：

> 他（指胡风）对照看过的马列文艺理论书籍，仔细研究林、何文章中的论点，请朋友们帮助找材料，找论据，从3月份开始着手写这报告中的理论部分。在写的过程中，常给绿原、路翎、芦甸和谢韬等人看，他们往往也谈起他们的感想。……
>
> 在写建议部分时，M（即梅志）忍不住提出了反对意见。她说，这样做太喧宾夺主了，好像就你是能人，这太直太忠的做法是会触怒人的，翻下来可不得了，可不能鸡蛋向石头碰，千万小心

---

① 牛汉口述，何启治、李晋西编撰《我仍在苦苦跋涉——牛汉自述》，三联书店2008年版，第103—104页。
② 参看《我与胡风（增补本）》上册，宁夏人民出版社2003年第2版，第122页。
③ 梅志：《梅志文集·胡风传》，宁夏人民出版社2007年版，第439—440页。

点，含蓄点吧。可是大家都笑她，都说向党提建设性的意见，党是会有这个雅量的，顶多不过是换几句申斥而已。所以胡风仍是辛辛苦苦地日夜赶写。别的朋友们知道他在写这个材料，也来看看，说点自己的读后感，对它抱着很大的信心，没有一个人反对，更没有人感到这个行为有什么不合适。

其实胡风并不像梅志所说的那样冒失。他在起草这份文献前后，就曾征求过吴奚如和刘雪苇的意见——这当然有试探的性质。吴奚如鼓励胡风："可以的，根据我的了解和经验，毛主席是一位宽宏大量的领袖，能容纳下面任何人的不同意见的。"[①] 当胡风想把自己的意见直接向毛泽东反映时，刘雪苇对此也非常赞成："好得很！把你所有的思想都告诉他，让他了解你，由他来判断，是件大好事。所以说得越透彻，越无保留越好！"[②] 这可能是促使胡风下决心写作并向上呈送三十万言书的关键因素之一。

当时胡风可能没有想到的是，虽然他和吴奚如、刘雪苇之间一度关系不错，但到此时私人交情既淡，二人不过是单从"工作"的角度，鼓励胡风向党"交心"而已。胡风那些深知政治斗争个中滋味的朋友们，断不会同意他这样做。

贾植芳就不像胡风那样是一个纯粹的书生。在 1948 年香港《大众文艺丛刊》刊载批评胡风的一系列文章后，贾植芳就已经看出那些文章"火药味很浓"，绝非个别人所谓，劝胡风"要冷静对待，不可感情用事"。胡风写出回应批评的《论现实主义的路》之

---

① 吴奚如：《我所认识的胡风》，晓风主编《我与胡风（增补本）》上册，宁夏人民出版社 2003 年第 2 版，第 29 页。吴奚如在本文中称"一九五三年，胡风的文艺理论受到批判，感到受了委屈，在起草他的对文艺理论问题总的意见书"，应是误记，时间应该是 1954 年。
② 刘雪苇：《我和胡风关系的始末》，晓风主编《我与胡风（增补本）》上册，宁夏人民出版社 2003 年第 2 版，第 71 页。

后给贾植芳看原稿时,贾又劝他"用语应该婉转些,用商榷的态度讨论理论问题,所谓'就事论事'"①。1952年5月29日胡风给路翎的信中记载,柏山也曾经劝胡风:"人家当家,要错也错下去,发现了以后再来改,不要别人插嘴的。所以有人说你杞人忧天。"②

然而,胡风没有听从贾植芳、柏山等人的规劝,这大概是胡风那种不屈服的性格所决定的。但是胡风自己没有将这种性格完全贯彻到底——当周扬发出了"战斗"的号召之后,胡风决定检讨自己的错误。这时的胡风已经不能像撰写三十万言书时那样从容不迫,严峻的形势已经使他很难理清那些纷繁的头绪,因此迫切需要朋友们的帮助。然而绿原几次去看胡风,昔日高谈阔论的座上客大多不见,往往只见路翎一人而已:"我们三人凑在一起谈了一两天,由路翎把讨论要点记录下来,最后由胡风自己整理成文。"③ 这经过路翎、绿原帮助而出炉的,是胡风的《我的自我批判》。

胡风加上路翎、绿原,也许算是此时七月派("胡风派")最后的"核心"了。

---

① 贾植芳:《我和胡风同志相濡以沫的情谊》,晓风主编《我与胡风(增补本)》上册,宁夏人民出版社2003年第2版,第180页。
② 参看《胡风全集》第9卷,湖北人民出版社1999年版,第335页。
③ 绿原:《胡风和我》,晓风主编《我与胡风(增补本)》下册,宁夏人民出版社2003年第2版,第590页。

跋

此书内容大致可分为三个部分：一是左翼文学研究；二是本学科历史研究；三是七月派研究。这基本上涵盖了作者从最初攻读硕士研究生直到现在任教西南大学所从事的主要学术领域。里面的文章，既有十几年前的旧作，也有最近的新创；有的曾在学术期刊上发表过，有些则属于首次面世。

作者之所以把十几年前的旧作重新拿出来，一是因为重新翻检之后，觉得其中谈到的问题、观点还并未完全过时；二是将这些文章中明显的错漏修订后出版，也算是对自己过去的一种纪念与交代。当然，这些修订过的文章（包括新作），还有不完善之处，那就只能说明作者的浅陋了。

这几乎注定会是一本平淡无奇的小书，也就无论什么个人风格。虽然如此，因为文章出自一人之手，也有一点所谓的"共性"或说"追求"。一是重材料。作者先后师从张大明、沈卫威先生学习，两位先生皆重史料，学问扎实厚重，不尚空谈。作者力虽未逮，但是两位先生的教诲犹在耳畔，未尝一日敢忘；二是重"思"。作者对各式各样的西式理论并不精通，不敢自矜文章高深，但也并未轻从时论。这些篇什确是作者思考的结果，虽然西谚有云：人类一思考，上帝就发笑。

　　这书里的文章，都是读了一些"半蠹"的书之后做出来的，一旦放进"历史"的筐里，大概很快也会归于湮灭——但愿如此，因为那说明了它们的陈旧以及历史的进步。

张传敏

2011年9月于柑子湾